短篇小説の快楽

Italo Calvino

Ultimo viene il corvo

最後に鴉がやってくる

イタロ・カルヴィーノ
関口英子[訳]

国書刊行会

最後に鴉がやってくる　目次

装幀　中島かほる
カバー作品　桂ゆき
「ゴンベとカラス」（一九六六年）
油彩、木炭、紙、紐／カンヴァス　200.0×130.2cm
東京国立近代美術館蔵

最後に鴉がやってくる

ある日の午後、アダムが

Un pomeriggio, Adamo

新しくやってきた庭師はまだ少年で、長い髪が落ちてこないように布をクロスにして頭に巻いていた。水を満杯にしたジョウロをぶらさげ、バランスをとるために、空いたほうの腕を思いっきり伸ばした体勢で、並木道をこちらに向かってくる。キンレンカの株に、コーヒー牛乳を注ぐようにして、そろそろと水をやっている。株の根もとの地面に、黒い染みがしだいにひろがっていく。その染みが大きな泥濘《ぬかるみ》になると、少年はジョウロを持ちあげて次の株に移るのだった。庭師っていうのは、なんでものんびりできるんだから、きっと楽しい仕事なんだろうな。マリア＝ヌンツィアータは調理場の窓から少年のことを眺めていた。少年といってもすでにそれなりの歳だったが、いまだに半ズボンを穿いていた。

長髪のせいで女の子のようにも見えた。マリア＝ヌンツィアータは皿を濯《すす》いでいた手をとめて窓ガラスを叩いた。

「ねえ、そこの子」と声を掛ける。

庭師の少年は顔をあげ、マリア＝ヌンツィアータをみとめると微笑んだ。マリア＝ヌンツィアータも笑った。お返しの意味合いもあったし、そんなに髪が長くて、しかもそんなふうにクロスにした布を頭に巻いている男の子を見たことがなかったからだ。すると、庭師の少年は「こっちにおいで」と手招きした。マリア＝ヌンツィアータは少年のその滑稽な手振りにまた笑い、自分も手振りでお皿を洗わなければならないのと説明した。それでもなお、庭師の少年は片方の手で「こっちにおいで」と呼びつづけ、もう一方の手ではダリアの植木鉢を指差している。どうしてダリアの植木鉢を指差してるんだろう？　マリア＝ヌンツィアータは窓を半びらきにして顔をちょこんと出した。

「どうしたの？」そう尋ねて、また笑った。

「ねえ、いいもの見せてやろうか」

「なあに？」

「いいものだよ。見においで。早く」

「なんだか教えてよ」

「きみへのプレゼント。いいものあげるよ」

「あたし、お皿を洗わないといけないの。それに、奥さまが呼びにきたとき、あたしがいないと困るもの」

「欲しいの？　欲しくないの？　ねえ、おいでったら」

「そこで待ってて」マリア＝ヌンツィアータはそう言うと、窓を閉めた。

勝手口から出ると、庭師の少年は相変わらずそこでキンレンカに水やりをしていた。

「こんにちは」とマリア＝ヌンツィアータが声を掛けた。

マリア＝ヌンツィアータはコルク底の上等な靴を履いているせいで背が高く見えた。仕事中に履くのはもったいない靴だったけれど、彼女はいつでもその靴を履いていたかった。顔つきはまだ幼く、黒い巻き毛の中央に顔がちょこんと納まっている。脚もまだ細くて子供っぽかったが、エプロンのギャザーに包まれた身体つきは、すでにふっくらとした大人のものだった。そして笑い上戸だった。ほかの人がなにか言うたびに、あるいは自分でなにか言うたびに、けらけらと笑った。

「やあ」庭師の少年も言った。顔も、首すじも、胸のあたりも、褐色の肌をしている。おそらくいつもそんなふうに、裸同然でいるからだろう。

「なんて名前なの？」マリア＝ヌンツィアータが訊いた。

「リベレーゾ」庭師の少年が答えた。

マリア＝ヌンツィアータは笑いながら繰り返した。「リベレーゾ……リベレーゾ……おかしな名前ね。リベレーゾなんて」

「エスペラントの名前なんだ」と少年は言った。「エスペラントで、『自由』っていう意味なんだよ」

「エスペラント……あんたはエスペラント人なの？」マリア＝ヌンツィアータが尋ねた。

「エスペラントっていうのは、言葉のことだよ」リベレーゾは説明した。「父ちゃんがエスペラント語を話すんだ」

「あたしはカラブリア人よ」マリア＝ヌンツィアータが言った。

「なんて名前？」

「マリア＝ヌンツィアータ」そう言って笑った。

「どうしていつも笑うの？」

「あんたはどうしてエスペラントって名前なの？」

「エスペラントじゃなくて、リベレーゾだってば」

「どうして？」

「じゃあ、きみはどうしてマリア＝ヌンツィアータって名前なの？」

「聖母さまの名前だもの。あたしは聖母さまとおなじ名前で、兄ちゃんは聖《サン》ジュゼッペとおなじ名前なの」

「じゃあ、サンジュゼッペだね？」

マリア＝ヌンツィアータはぷっと噴きだした。「サンジュゼッペだなんて！　サンジュゼッペじゃなくて、ただのジュゼッペよ！　リベレーゾったら」

「ぼくの兄ちゃんはジェルミナルで、妹はオムニアっていうんだ」

「いいものって……」マリア＝ヌンツィアータが言った。「その、いいものっていうやつを見せて」

「こっちだ」リベレーゾはジョウロを地面に置くと、彼女の手をつかんだ。

マリア＝ヌンツィアータは動こうとしない。「その前に、なんなのか教えてよ」

「来ればわかるさ。大切にするって約束してくれないと駄目だ」

「あたしにくれるの？」

「うん、あげる」リベレーゾは庭の塀沿いの片隅に彼女を連れていった。そこには二人の背丈ほどのダリアが鉢に植わっていた。

「そこだよ」

「なあに？」

「ちょっと待って」

マリア＝ヌンツィアータは少年の肩越しにのぞきこんだ。リベレーゾは屈んで鉢をひとつ動かし、もうひとつ、塀の近くにあった鉢を持ちあげると、地面を指差した。

「ほら、そこ」

「なによ」マリア＝ヌンツィアータは訝《いぶか》った。なにも見えなかったのだ。陰になっていたその隅は、湿った枯れ葉と土塊《つちくれ》だらけだった。

「見ててごらん、動くから」少年は言った。見ていると、枯れ葉でできた石が動いた。なんだかぬめぬめしていて、目と足がある。蟇蛙《ひきがえる》だ。

「なんなのこれ！」

マリア＝ヌンツィアータはコルク底の上等な靴でダリアのあいだを飛び跳ねるようにして逃げてしまった。リベレーゾは蟇蛙の傍らにしゃがむと、褐色の顔の真ん中で白い歯を見せて笑った。

「怖いのかい？　蟇蛙だよ！　どうして怖いの？」

「蟇蛙！」マリア＝ヌンツィアータはうめいた。

「蟇蛙だよ。おいで」とリベレーゾ。

少女は蟇蛙に指を突きつけて言った。「殺してよ」

少年は蟇蛙を防御するように、両手で覆った。「いやだ。いいやつなんだ」

「いい蟇蛙ってこと?」

「蟇蛙はみんないいやつなんだ。虫を食べてくれるからね」

「そうなの」マリア＝ヌンツィアータはそう言ったものの、近寄ろうとはしなかった。エプロンの襟を嚙み、横目でちらりと見るだけだ。

「よく見てごらん、きれいだから」リベレーゾは覆っていた手をどけた。

マリア＝ヌンツィアータは近くまで寄ってみた。その顔はもう笑ってはいなかった。口を開けて眺めている。「やめて! さわっちゃ駄目!」

リベレーゾは指で蟇蛙の灰緑の背中を撫でていた。ねばねばのイボだらけだ。

「正気なの? さわると、かぶれるのも知らないの? 手が腫れちゃうんだから」

少年は褐色の大きな両手を見せた。掌《てのひら》はたこだらけの黄色い層で覆われている。

「ぼくは平気さ。すごくきれいだろ?」

仔猫でもあるまいに、蟇蛙の首すじをつまみあげて自分の掌にのせた。マリア＝ヌンツィアータは、相変わらずエプロンの襟を嚙んだまま、おずおずと近づいて少年のそばにしゃがみこんだ。

「なんなのこれ、気持ち悪い」マリア＝ヌンツィアータは言った。

二人してダリアの陰にしゃがんでいたせいで、マリア＝ヌンツィアータのピンク色の膝小僧と、リベレーゾのすりむけた褐色の膝小僧とが触れ合った。リベレーゾは蟇蛙の背中を、手の甲と掌でかわるがわる撫でては、ずり落ちそうになるたびにつかんで持ちあげた。

「マリア＝ヌンツィアータ、きみも撫でてごらんよ」少年は言った。

少女はエプロンの下に両手を隠した。

「いや」

「どうして？　欲しくないの？」

マリア＝ヌンツィアータは目を伏せた。それからちらりと蟇蛙を見たものの、すぐにまた目を伏せてしまった。

「いらない」

「きみのだよ。きみにあげる」リベレーゾは言った。

マリア＝ヌンツィアータは目に靄《もや》がかかったみたいになった。せっかくのプレゼントをあきらめるのは悲しかった。これまでプレゼントをくれる人なんて一人もいなかったのだ。それでも蟇蛙はどうしても気持ち悪かった。

「家に連れて帰ってもいいよ。話し相手になってくれるから」

「いらない」マリア＝ヌンツィアータは言った。リベレーゾが地べたに戻してやると、蟇蛙はすぐに落ち葉の陰に隠れた。

「じゃあね、リベレーゾ」

「待って」

「お皿を洗わないと。奥さまはあたしが庭に出るのを厭がるの」

「待ってよ。なにかきみにプレゼントしたいんだ。とびきり素敵なもの。ちょっと来て」

少女は砂利道を歩いていく少年の後を追った。リベレーゾは、おかしな子だった。髪は長いし素手で蟇蛙をつかむ。

「リベレーゾ、あんた何歳？」

「十五歳。きみは？」

「十四」

「もう十四になったの？　これからなるとこ？」

「お告げの祭日《アンヌンツィアツィオーネ》が誕生日よ」

「もう過ぎた？」

「まだよ。お告げの祭日がいつかも知らないの？」

マリア＝ヌンツィアータはまた笑いだした。

「知らない」

「お告げの祭日よ。お祭り行列が出るじゃない。行列に行ったことない？」

「ない」

「あたしの生まれた村では、うんときれいな行列が練り歩くの。あたしの村はここととはぜんぜん違ってね、広い畑にどこもベルガモットが植わってて、ベルガモットしか生えてないんだから。仕事といえば、朝から晩までベルガモットを摘むだけ。うちは十四人きょうだいなんだけど、みんなでベルガモットを摘んでたの。でも、そのうちの五人は小さいうちに死んじゃって、母さんが破傷風にかかったものだから、あたしたちは一週間かけて電車でカルメロ伯父さんのところに来て、八人で車庫に寝泊まりしてた。だけど、どうしてあんたはそんなに髪の毛を長く伸ばしてるの？」

二人はカラーの花壇のところで立ちどまった。

「伸ばしてるからさ。きみだって長いじゃないか」

「あたしは女の子だもん。あんたも、髪を長く伸ばしてたら女の子みたいよ」

「ぼくは女の子みたいじゃない。男か女かは髪の毛からは判断できないよ」

「髪の毛から判断できないってどういうこと？」

「髪の毛からじゃあない」

「どうして髪の毛からじゃないの？」

「いいもの、欲しくない？」

「欲しい」

リベレーゾはカラーの花のあいだをめぐりはじめた。どの花もひらいていて、白いラッパを天に向けている。リベレーゾは花を一つひとつのぞきながら、二本の指で奥を探っていたかと思うと、握り拳の中になにかを隠した。マリア＝ヌンツィアータは花壇に足を踏み入れようとせず、声を押し殺して笑いながら少年のすることを見ていた。リベレーゾったら、なにをしてるんだろう。もう咲いている花は全部のぞきおわっていた。重ね合わせた両手を前に伸ばしてマリア＝ヌンツィアータのそばにやってくる。

「手を出してごらん」とリベレーゾは言った。

マリア＝ヌンツィアータは両手で器の形をつくってみたものの、怖《お》じけづいて少年の手の下には差し出せなかった。

「その中になにがあるの？」

「いいものだよ。手を出せばわかる」

「その前に、ちょっと見せて」

リベレーゾは両手の合わせ目に小さな隙間をつくり、中をのぞかせた。掌の中にはハナムグリがうじゃうじゃいた。いろいろな色のハナムグリだ。いちばんきれいなのは緑。それに赤味がかったのや黒いのもいる。一匹なんてトルコブルーだった。羽音を立てているかと思えば、ほかのハナムグリの鞘翅《さやばね》によじのぼっているものや、黒い肢を宙でばたばたさせているものもいる。マリア＝ヌンツィアータはエプロンの下に両手を隠した。

「あげるよ」リベレーゾは言った。「嫌いなの？」

「ううん」マリア＝ヌンツィアータはそう答えながらも、両手はエプロンの下にしまったままだった。

「手で握ってると、くすぐったいんだ。試してみる？」

マリア＝ヌンツィアータがおずおずと差し出した両手の中に、リベレーゾは色とりどりのハナムグリを滝のように流しこんだ。

「大丈夫だよ。嚙みついたりしないから」

「なんなのこれ！」嚙むことがあるだなんて考えてもみなかった。マリア＝ヌンツィアータは思わず両手をひろげて宙に放した。するとハナムグリたちが翅を伸ばしたので、きれいな色は消えてしまい、ただの黒い甲虫の群れとなって飛んでいき、ふたたびカラーの花にとまった。

「ああ残念。ぼくはプレゼントをあげたいのに、きみは欲しくないんだね」

「あたし、お皿を洗いに戻らないと。勝手に出歩いてるのが知られたら、叱られちゃう」

「プレゼントは欲しくないの？」

「なにをくれるの？」

「こっちにおいでよ」

リベレーゾはマリア＝ヌンツィアータの手をひいて、花壇のあいだをさらに分け入った。

「あたし、急いで調理場に戻らないといけないの、リベレーゾ。それに鶏の羽根もむしるんだ」

「ぷはーっ！」

「ぷはーってどういうこと？」

「ぼくら、死んだ動物の肉は食べない」

「一年じゅう四旬節なの？」

「なんて？」

「なにを食べるの？」

「いろいろだよ。アーティチョークとか、レタスとか、トマトとか。父ちゃんが、死んだ動物の肉を食べたら駄目って言うんだ。コーヒーや砂糖も食べない」

「配給のお砂糖はどうするの？」

「闇市で売る」

二人は、星をちりばめたような赤い花を咲かせた多肉植物が垂れさがっているところまでやってきた。

「きれいなお花」マリア＝ヌンツィアータは言った。「摘まないの？」

「摘んでどうするの？」

「聖母マリアさまにお供えするのよ。お花は聖母マリアさまのところへ持っていくためにあるんだから」

「メセンブリアンテマム」

「なんて？」

「この花は、ラテン語でメセンブリアンテマムって言うんだ。植物にはみんなラテン語の名前があるんだよ」

「ミサもラテン語でしょ？」

「知らない」

塀を這う茎のあたりをじっと見つめていたリベレーゾが言った。

「ほら、あそこ」

「なに？」

一匹のカナヘビが、じっと日向ぼっこをしていた。緑の背中に黒い模様が入っている。

「捕まえるね」

「やめて」

それでも少年は両手をひろげて、そろそろとカナヘビに近づいたかと思うと、次の瞬間ぱっと飛び出し、見事に捕まえた。褐色の肌に白い歯を見せて、さも得意そうに笑っている。

「ほら、逃げようとしてる」合わせた手と手の隙間から、途方に暮れた小さな顔がのぞいたかと思うと、こんどは尻尾がちらりと見えた。マリア＝ヌンツィアータも笑ってはいたものの、カナヘビが顔を出すたびに跳びのいて、膝のあいだにスカートをきつく挟むのだった。

「つまり、ぼくからのプレゼントはなんにも欲しくないんだね?」リベレーゾは、少し気落ちして、石垣の上にそっとカナヘビをのせてやった。するとカナヘビは一散に逃げていった。マリア＝ヌンツィアータは目を伏せている。

「一緒に来て」リベレーゾがふたたびマリア＝ヌンツィアータの手を握った。

「あたしは口紅のスティックが欲しいな。そうすれば日曜日にダンスへ行くとき、唇に塗れるもの。それと、そのあと、聖体降福式のとき頭にかぶる黒のヴェールも」

「ぼくは日曜日には……」リベレーゾは言った。「弟を連れて森に行って、袋を二つ、松ぼっくりでいっぱいにする。日が暮れると、父ちゃんがエリゼ・ルクリュの本を大きな声で読んでくれる。父ちゃんは髪の毛を肩まで伸ばしていて、鬚は胸まであるんだ。それに、夏でも冬でも半ズボンを穿いてる。ぼくはＦＡＩ〔イタリア・アナキスト連盟〕の掲示板に貼る絵を描くのさ。シルクハットをかぶっているのは銀行家で、ケピ帽をかぶっているのは将軍、丸い帽子をかぶっているのは司祭だ。できあがったら水彩絵の具で色を塗る」

そこには水盤があり、睡蓮の丸い葉が浮いていた。

「静かに」とリベレーゾが言った。

水中に蛙がいて、緑色の足を縮めたり伸ばしたりしながら上のほうへ泳いでくる。水面に出ると、睡蓮の葉に飛び移り、真ん中でしゃがんだ。

「いまだ」リベレーゾはそう言うと、一方の手を伸ばして蛙を捕まえようとした。ところがマリア＝ヌンツィアータが「うぇーっ！」と声をあげたので、蛙は水の中に飛びこんでしまった。リベレーゾは水面にくっつきそうなくらい鼻を近づけて探している。

「あの下だ」

水中に手を突っこんだかと思うと、握り拳を出してきた。

「いっぺんに二匹も捕まえたぞ。ほら、一匹がもう片方の背中に乗ってるだろ」

「どうして？」マリア＝ヌンツィアータが尋ねた。

「雄と雌がくっついてるんだ」リベレーゾは説明した。「なにをしてるか見ててごらん」

そう言うと、マリア＝ヌンツィアータの手に蛙を握らせようとした。マリア＝ヌンツィアータは、それが蛙だから怖いのか、雄と雌がくっついているから怖いのかわからずにいた。

「放してあげて。さわっちゃ駄目」

「雄と雌だよ」リベレーゾはまた言った。「それでオタマジャクシが生まれるんだ」

そのとき雲が太陽をさえぎった。急にマリア＝ヌンツィアータは困り果てた。

「遅くなっちゃった。きっと奥さまが探してる」

それでも立ち去ろうとしない。二人は相変わらず庭を歩きまわり、太陽は姿を消した。次に出会ったのは蛇。竹藪の陰に小さな蛇がいた。ヒメアシナシトカゲだ。リベレーゾはその蛇を腕に巻きつけて、頭を撫でた。

「前は蛇を飼ってたんだ。十匹ぐらいはいたかな。黄色くて、ものすごく長い水蛇もいたんだぞ。でも、いつの間にか脱皮して逃げ出しちゃった。見ろよ。こいつ、口を開けてる。舌の先っちょが二つに割れてるのが見えるだろ？　撫でてごらん。嚙まないから大丈夫だよ」

でも、マリア＝ヌンツィアータは蛇も怖かった。そこで二人は岩で囲われた池へ向かった。リベレーゾはまず噴水を見せた。コックをいっせいにひねってやると、マリア＝ヌンツィアータは大喜びだった。次に金魚を見せた。それは孤高の老金魚で、もはや鱗が白くなりかかっていた。初めてマリア＝ヌンツィアータは金魚を好きになった。リベレーゾが池に手を突っこんでかきまわし、金魚を捕まえようとした。至難の技だったけれど、捕まえれば、金魚鉢に入れてマリア＝ヌンツィアータが調理場で飼うこともできる。リベレーゾは金魚を捕まえたものの、息ができなくなると困るので、水から出そうとはしなかった。

「池に手を入れて、撫でてごらん」リベレーゾは言った。「息をしているのがわかるよ。ひれは紙みたいだし、鱗はちくちくするんだ。でも痛くない」

ところがマリア＝ヌンツィアータは金魚も撫でたがらなかった。

ペチュニアの花壇に柔らかな腐葉土があった。リベレーゾは指でほじくって、すごく長くてぶよぶよのミミズを引っ張り出した。

マリア＝ヌンツィアータは小さな悲鳴をあげて逃げ出した。

「ここに手を置いてごらん」リベレーゾは桃の老木の幹を指差して言った。マリア＝ヌンツィアータは、なんのことかよくわからないままに手を置いた。するとすぐにまた悲鳴をあげて走り出したかと思うと、池の水に手を突っこんだ。蟻がいっぱいにたかっていたのだ。桃の老木では小さなアルゼンチン蟻が何匹も行ったり来たりしていた。

「見てごらん」リベレーゾはそう言うと桃の幹に手を当てた。何匹もの蟻が手をよじのぼっていくというのに、はらおうともしない。

「どうして？」マリア＝ヌンツィアータが尋ねた。「どうしていっぱいの蟻を手にくっつけるの？」

リベレーゾの手には真っ黒になるほど蟻がたかっていて、手首のあたりまでよじのぼっている。

「手をどけて」マリア＝ヌンツィアータはうめいた。「身体じゅう蟻だらけになっちゃうよ」

蟻はリベレーゾのむきだしの腕をのぼり、早くも肘のあたりまで達していた。もはや腕全体がうじゃうじゃと動きまわる黒い点に覆われている。すでに腋まで到達しているというのに、少年は手をどかそうとしなかった。

「リベレーゾ、木から離れて、手を水に浸すの！」

リベレーゾは笑っている。首のあたりにいた数匹の蟻が、顔にたかりはじめた。

「リベレーゾ！　あんたの好きなようにするから！　あたしにくれるっていうプレゼント、みんなもらってあげる！」

マリア＝ヌンツィアータはリベレーゾの首のあたりに手を伸ばして、蟻をはらい落としはじめた。

リベレーゾはようやく桃の木から手を離し、褐色の顔に白い笑みを浮かべて、無造作に腕をはらった。それでも彼が感激していることは見てとれた。

「よし、とびきりのプレゼントをあげるよ。決めた。ぼくにできる最高のプレゼントだ」

「なあに？」

「ヤマアラシ」

「なんなのそれ……。奥さまが！　奥さまが呼んでる！」


マリア＝ヌンツィアータがお皿を洗い終えたところで、窓ガラスに小石が当たる音がした。下をのぞくと大きな籠を抱えたリベレーゾが立っている。

「マリア＝ヌンツィアータ、中に入れて。きみを驚かせてやりたいんだ」

「あがっちゃ駄目。その籠にはなにが入ってるの？」

ところが、ちょうどそのとき奥さまの呼び鈴が鳴ったので、マリア＝ヌンツィアータは奥に引っこんでしまった。

マリア＝ヌンツィアータが調理場に戻ってくると、リベレーゾの姿はなかった。調理場にも、窓の下にもいない。マリア＝ヌンツィアータは流しの近くまで行ってみた。すると、そこには驚きの光景が待っていた。

洗って水切りに並べてあったお皿というお皿の上では蛙が跳ねているし、片手鍋では蛇がとぐろを巻いている。スープ皿の中ではミドリカナヘビがうじゃうじゃしているし、クリスタルのグラスの上ではねばついた虹色の跡をつけながらカタツムリが這っている。水がいっぱいに張られた盥《たらい》では、例の孤高の老金魚が悠然と泳いでいた。

マリア＝ヌンツィアータは一歩あとずさりした。すると足もとに蛙が見えた。大きな蟇蛙だ。きっと雌なのだろう。後ろに家族がくっついてくる。子供の蟇蛙が五匹並んで、白と黒のタイルの上をぴょこぴょこ跳ねていた。

裸の枝に訪れた夜明け

Alba sui rami nudi

このあたりでは、凍るようなことはまずない。朝になるとサラダ菜の株がいくらか萎びて、かじかんだ風体で目を覚ますのと、地表が月面みたいな銀鼠《ぎんねず》色の殻で覆われて、鍬《くわ》に当たってくぐもった音を立てるくらいだ。十二月になると、木々の根もとでは、まるで軽いキルティングのように少しずつ折り重なる黄色い葉で地面が色づきだす。冬は、寒さよりも、澄みきった空気のなかに感じられるものだ。そんな空気のなか、葉のすっかり落ちた枝に何百もの赤い電球が灯る。柿の実だ。

あの年、ちっぽけな果樹園は、品物を宙にぷかぷかと浮かせた風船売りの行列みたいだった。二股に分かれたあっちの枝には九つ、ねじれたそっちの枝には六つ。てっぺんのあたりはなんだか物足りないみたいだが、きっと葉が落ちて隙間があるせいだろう。南側の枝にあるのは赤が濃いなあ。ひと足早く熟れたのかもしれん……。こんなふうにして、マジョルカ男《イル・マイオルコ》のピピンは毎朝、自慢の八本の柿の木を偵察してまわり、実の数が減っていないか確かめ、目で枝の目方を量り、頭のなかでそれを金に換算し、裸の枝に柿の実の代わりに金がぶらさがっている光景を思い浮かべた。薄汚れた百リラ札や千リラ札がはためいている。銀貨や金貨なら枝がきらきら輝いてきれいなのに、残念なことだ。

しまっておくのなら紙幣よりも硬貨のほうがいいに決まってる。小さな甕《かめ》に入れて塀沿いに埋めておけるし、紙幣のように黴《かび》が生えたり、鼠にかじられたりする心配もない……。ところが、銀貨だろうが紙幣だろうが、ピピンの思考はいつだって金のところで停止してしまうのだった。さらに連想をめぐらせて、リン酸塩になったり、シアナミドになったり、大地の汁や根っこから吸いあげられるエネルギー、トマトの甘味やアーティチョークの苦味といったものになることはあっても、そのあと決まって、金のところに戻ってくる。

「脳天気なやつだなあ、〈マイオルコ〉。いいか、戦争が終わったら、イタリアの金なんて大した価値がなくなっちまうんだぞ!」そう言ったのは、パラッジョの集落に住むヴェネツィア人《ヴェネッシア》のサルタレルだった。山道を伝って、上の段々畑を耕しているピピンの脇を通りがてら、声を掛けた。ピピンは耕す手を休めて、鳩を思わせる灰色がかった短い顎鬚をサルタレルのほうに向けた。「本当にそう思うのか、〈ヴェネッシア〉よ」するとサルタレルは嘲笑い、ヴェネツィア方言で、価値のなくなった紙幣の使い道を説明した。〈マイオルコ〉はがっくりと肩を落として地べたにしゃがみこみ、戸惑った顔で抗議の仕草をしてみせた。葡萄《ぶどう》の木を枯らすブドウネアブラムシや、オリーヴの実をちんちくりんにするハエ、サラダ菜に穴をあけるナメクジのことなら理解できたが、金のこととなるとさっぱりだった。政府の金の価値がまったく失《な》くなっちまうだなんて、いったいどんな虫がつくというんだ。ただでさえ、根っこを食い荒らすシバンムシや葉につくカイガラムシやナメクジ、花の奥に潜むハナムグリや果物に穴をあけるイモムシなど、収穫を脅かす存在はいくらでもある。それなのに、やっとの思いで野菜や果物を売り、細心の注意をはらって金銭という形で蓄えた、なにより豊かな収穫まで台無しにしちまう、そんな正体不明の虫がいるだなんて、とんでもない話だ！〈ヴェネッシア〉たちは、恐慌のときに移り住んできた哀れな流浪の民で、そのうちにみんなして都会に出て掃除夫になろうと考えているような連中だった。十把ひとからげに〈ナポリ人《ナポレターノ》〉と呼ばれている、アブルッツォ人みたいなもんだ。だから、そんなふうに言うのだろう。

それでなくとも、〈マイオルコ〉のピピンと畑の収穫物のあいだに立ちはだかる虫は、あまりにたくさんいた。とりわけ油断ならないのは、殺虫剤も毒も効き目がない、人間のような手をして狼のように足を忍ばせる夜行性の虫、こそ泥だ。野畑にはこそ泥がうじゃうじゃいいた。住む土地も仕事も持たずに放浪している連中だ。柿の木の植わっているあのあたりにも、夜中に何者かが忍びこんだのは明らかだった。ニンニクの畝《うね》を踏み荒らし、余所者《よそもの》が入っていく。ピピンは柿の木の枝を一本いっぽん、不安そうに点検してまわった。すると案の定、五番目の木の、実をたわわにつけた枝が、たったひとつの実を捥《も》ぐために付け根から折られていた。まだ青い実をひとつだけ捥ぐために、付け根でへし折られて地面に垂れさがっている、まだ青い実をたわわにつけた枝……。「この罰あたりめ！」と〈マイオルコ〉は、丘の上にあるパラッジョの集落に向かって拳を突きあげながら怒鳴った。黴の色をした平屋の家々が、プレゼピオ〔キリスト降誕の場面を模したクリスマスの飾り〕のコルクでできた村のように一列に連なるさまは、彼の怒鳴り声がもう少し大きかったら、谷底に真っ逆さまに落ちていくのではないかと思うほどだった。

〈マイオルコ〉は、へし折られた枝を、柿の実がぶらさがったまま杖代わりに手に持ち、まわりの者に聞こえるように地べたを強く叩きながら、パラッジョの集落を歩いた。するとサルタレルの女房が戸口にやってきて、歯の抜けた赤ら顔をのぞかせた。「もうクリスマスツリーの用意をしてるのかい、ピピン。けど、クリスマスに使うのは樅《もみ》の木だろう。柿の木じゃないよ」

その瞬間、〈マイオルコ〉の髭の先端が猫のひげのようにひくついた。「うちの土地に柿を盗みにくる奴を見かけたら、容赦なく撃つぞ！　今晩、猟銃に弾と塩粒をこめておくからな！」

そこへ、〈ヴェネッシア〉のなかでもいちばんの長老が現れた。コチャンチだ。

「せっかくだから、オリーヴ・オイルでもかけたらどうだね、〈マイオルコ〉よ」と老人は言った。「そうすりゃあ、柿のサラダができる」

それぞれのあばら家の戸口から顔を出していた〈ヴェネッシア〉たちは、一斉に笑い、罵り言葉を吐きながら去っていく〈マイオルコ〉の後ろ姿を見送った。

せめて柿がほんのり色づいていれば、そのまま捥いで、熟れるまで家においておくこともできただろう。だが、これでは、もう少し木の上で熟さないことには、どうにも食べられなかった。つまり、飢えとおなじように骨まで蝕む癖のある連中のやりたい放題というわけだ。枝ごと折っておきながら、ひと口かじっただけで、渋いと言って地面に投げ捨てて実を潰してしまうのだから。

夜のあいだ、銃を抱えて柿の木を見張るしかなかった。夕暮れから夜中の十二時まではピピンが見張り、その後、夜中の十二時から夜明けまでは女房と交代する。

ピピンと女房は、煤に覆われ、三つ編みにしたニンニクがあちこちにぶらさがっている田舎屋に住んでいた。家のまわりには、鉢植えの代わりに兎小屋が並んでいる。女房のマジョルカ女《ラ・マイオルカ》のバスティアニーナは、ピピンと同様、がむしゃらに働いた。亭主が鍬で割った地面を、女房が熊手で掘り返す。二人とも、顔も腕も掘り返された土とおなじ茶色だった。髪を振り乱し、麻袋のような服を着て、足には長靴を履いた女房と、裸足で、サボテンのように毛深い裸の上半身に、擦り切れたチョッキをじかに羽織った亭主。皺で縮こまった顔には、灰色がかった小鳩を思わせる口髭と顎鬚がちょこんとのっかっていた。

　柿の畑は、山道のむこうを流れる沢の上の、じめじめとした日陰にあった。〈マイオルコ〉は暗くなるのを待って、前装式のおんぼろ銃を担いでそこに現れた。四十年前にキツネを仕留めた銃だ。暗がりで見る柿の木は、片足で立っている巨大な鳥のようにも見えた。たわわに実をつけた柿の枝が銃の射程内にあるのを見てとると、ピピンは枕の下に玩具《おもちゃ》をそっと隠している子供のような甘い安堵を覚えた。

　沢を流れる水音が静寂を削っていた。暗闇のなかで距離を感じさせるものといえば、遠くに聞こえる犬の吠え声ばかり。しだいに耳が慣れると、パラッジョにあるヴェネツィア人の家々から洩れてくる笑い声や歌声が聞きとれるようになる。目が慣れると、むこうのほうで夜通し騒ぐ連中の焚火《たきび》の薄明かりが見てとれた。ヴェネツィア人たちは、夜じゅう歌っては踊る。コチャンチのでっぷりと肥った孫娘は、大勢の男らの手拍子のなか、風にスカートをひらつかせて踊っていた。すると、座っていたコチャンチ爺さんが、孫娘の腿に抱きついた。ヴェネツィア人のところでは、夜、気味の悪いことがいくつも起こる。サルタレルは毎晩酔っぱらい、おまえは馬車馬だと言っては女房を鞭で叩く。それでも女房は、ミミズ腫れを見せに警察に行こうとはしなかった。夜も更けて、歌が静まると、ヴェネツィア人たちは外に出てきて、這うようにして〈マイオルコ〉の畑のほうへ向かう。ほうら、皆こぞって塀によじのぼり、頭上に陣取ったかと思うと、〈マイオルコ〉に飛びかかる。コチャンチの肥った孫娘が目の前で腿をむきだしにして踊っている隙に、爺さんが柿を盗み出す……。おっと、目を開いたまま夢を見はじめると、ろくなことはない。たちまち眠りこけてしまうのだから。そうではなくて、目をしっかり見ひらき、耳を澄ましていなければ。あの沢の葦のあいだですっくと立ちあがったヴェネツィア人こそ、こっちへ近づいてくる盗っ人かもしれないぞ。いや、あっちのほうでは歌も笑い声も続いてるじゃないか。ここら一帯は、人の気配はなく、動くものもない……。

ピピンはときおり、その自分の土地で、生き物に囲まれながら、恐ろしく孤独を感じることがあった。上にも下にも、まわりじゅうに生き物がひしめいていて、ピピンもろとも野や畑を呑みこもうとしている。地中はミミズだらけだし、地表は鼠だらけ、空には雀がいるばかり。それに、税金の徴収員やら、堆肥で一山当てようという投機家やら、こそ泥やらがわんさといる。土地と向き合うと、ピピンはぼんやりとした無力感を覚えるのだった。土地をまるごと所有するなんて絶対に不可能な気がしてくる。それは、女を自分のものにしようと夢見ても無理なのとおなじことだ。土地というのは、巨大な黒い碾《ひ》き臼《うす》だ。あらゆるものを粉々に砕いて、形を変えてしまう。土塊《つちくれ》から根っこを伝って吸いあげられる不可思議な汁でもって、枝の先端に実る柿を、糖とタンニンで満たす。下へ下へととどまるところなく土塊を砕いていく碾き臼。どこまでも彼の土地であり、やがて世界の中心に達すると、そこからは地球の反対側に住む、もう一人のピピンの四角錐《ピラミッド》が始まる。〈マイオルコ〉のピピンは、身体ごと地中深くに沈んでしまい、そこで土を吸っていたかった。自分の持っている金をそっくり甕《かめ》に詰めて持っていき、家や持ち物すべて、兎も女房も地中に連れていきたい気分だった。そうすればおそらく安心できるだろう。地中で暮らす。それが彼の望みだった。鍬で地中深くを耕しているときに感じるような、ぬくぬくとした暗い地中で。けれでも、それは居眠りをしている者の空想にすぎなかった。ピピンは眠っていた。

月のない晩というのは、時空の真ん中で足踏みしているように感じられる。いつまで待っても十二時はやってこないのか？　もしかすると女房は起きられず、ピピンを朝までそこに放っておくつもりなのかもしれない。ピピンは身を震わせると、柿の木の下へ行き、自分がうとうとしているあいだに、目と鼻の先で実をくすねられたにちがいないというように、一本いっぽん、なっている実を確かめて歩いた。いや、もしかすると、ピピンが一本目から二本目、三番目と視線を動かしている隙に、一匹の猿が別の木から木へと飛び移り、柿の実をこっそりと袋にしまっているかもしれない。百匹もの猿が、それぞれの木の枝に隠れている。毛の生えていない、気味の悪い猿が、サルタレルに似た薄笑いを顔に浮かべて、ピピンの裏をかく……。

そのとき、畑のむこうから近づいてくる灯りが見えた。あれは本物か？　あるいは猿の悪ふざけか？　俺は目を覚ますべきなのか？　それともあの灯りに向けて一発ぶっ放す？「ピピン！　ピピン！」女房が小声で呼ぶ声がした。「バスティアーナ！」交替の時刻になり、ランタンを持った女房がやってきたのだった。ピピンは女房に銃を渡すと、帰って眠ることにした。

バスティアーナは兵士のように銃を肩に担ぎ、柿畑を行ったり来たりしていた。夜になると、梟《ふくろう》に似た黄色い眼《まなこ》になった。たとえ悪魔が怖がらせに来たとしても、バスティアーナはそれが藪《やぶ》の仕業だと見破ったにちがいない。そのとき、飛び跳ねながら小道を動いていく小石が目に入った。足先で触れてみると、肉のように柔らかだ。蟇蛙だった。バスティアーナと蟇蛙はしばらくにらみ合っていたものの、やがて蟇蛙は一方へ、女はもう一方へと去っていった。

翌日バスティアーナは、二番目の時間帯のほうがしんどいから、今夜は自分が先に見張りをすると言った。ピピンは承諾した。夜中の十二時、彼は、起こしにきた女房にベッドから引きずりおろされた。ピピンが持ち場へ向かおうと柿畑を囲う柵の門を閉めていると、山道のほうから足音が聞こえた。こんな夜更けに野畑をうろついてるのは誰だ？　サルタレルだった。

「〈マイオルコ〉、こんな時間に銃を担いで、梟でも待ち伏せるつもりか？」

「そうさ、梟を待ってるのさ」〈マイオルコ〉は頷いた。「俺の柿を盗む梟をね」

《俺が見張りをしてることがわかれば、今夜は盗みにこないだろう》と考えたのだ。

「ところで〈ヴェネッシア〉、おまえはこんな時間にどこへ行ってたんだ？」

「オイルを買いにな。明日、コチャンチと一緒にピエモンテへ行って、米を運んでくる」

ヴェネツィア人たちは闇取引を始めたらしかった。

「商いがうまくいくといいな、〈ヴェネッシア〉」

「梟がつかまるといいな、〈マイオルコ〉」

柿畑のほうに耳を澄ませると、ひっそりと静まり返っていた。ヴェネツィア人たちの住むあばら家の方角を見ても、灯りひとつ見えなければ、声ひとつ聞こえない。その晩は、サルタレルも女房を鞭で打つことはなかった。その時間、ひょっとするとコチャンチ爺さんは肥った孫娘と一緒にベッドで眠っているのかもしれない。ピピンはまだ温もりの残る自分のベッドに思いを馳せた。隣では早くもバスティアーナがいびきをかいているにちがいない。今晩は、泥棒は来ないだろう。連中は、自分が見張っていることを知っているし、それに明日の朝早くピエモンテに出発するらしい。そう、ピピンは家に帰って眠るつもりだった。女房を起こさないように足を忍ばせて。そうして、夜が明ける少し前にまた畑に戻って、様子を見ることにしよう。

ピピンは家に戻り、シーツのあいだにそっと潜りこんだ。隣では、たとえ布団に入ってきたのが馬だったとしても途切れないだろうという勢いで女房がいびきをかいている。けれどもピピンは眠れなかった。寝入ってしまい、明け方、起きられなくて、ベッドにいるところを女房に見つかったらどうなる？　べつの泥棒がやってきたら？　そのときふと、帰りがけに、畑の柵の戸を開けっ放しにしてきたのではないかという不安がピピンの頭をよぎった。サルタレルは俺が戸を閉めて中に入るのを見ていた。ヴェネツィア人たちは夜じゅう、野良猫のように外をうろつきまわってる。開けっ放しの戸を見られたら、家に帰ったことがバレるにちがいない。するともう、ピピンは一睡もできなくなった。女房を起こしたら困るという思いから、寝返りも打てずに布団のなかでじっとしているのは、責め苦以外のなにものでもなかった。そのあいだにも、泥棒たちが畑を歩きまわっているかもしれない。だったら、起きあがって様子を見にいけばいいものを。空はすでにほんのり明るくなりはじめていた。一番鶏の声が聞こえたら起きよう。そのときだ。山道をおりてくる足音が聞こえた。こんな時間に、いったい誰だ？　ピエモンテへと出発するコチャンチとサルタレルにちがいない。小走りに近い、重たげな足音だ。きっと荷物を山ほど担いでいるんだろう。オイルが入った容器だとか、いまさっき盗んだばかりの柿の入った籠だとか……それをピエモンテへ行って売るつもりなんだ！　ピピンはベッドから飛び下りると、銃をひっつかんで、外に出た。

柵の戸は閉まっていた。安堵の息をつく。ところが、柿畑のほうへ近づいても赤い実が見えてこない。葦やオリーヴといったほかの植物に視界をさえぎられていた。きっとその塀を曲がれば、とたんに柿の実が見えて、安心できるにちがいない。ピピンは塀の角を曲がった。あたり一帯に、どこかしら空っぽの感覚があった。ピピンの、鳩を思わせる灰色がかった口髭や顎鬚が、いまにも口もとから羽ばたこうとするかのように小刻みに震えていた。明け方の青白い空気のなか、柿の木は空に向かって、裸の枝を蜘蛛の巣状に伸ばしていた。柿の実はひとつもぶらさがっていない。「この罰あたりめ！」ピピンは畑で仁王立ちになり、拳をふりかざして喚《わめ》いた。


家に帰ると、バスティアーナが起き出すところだった。

「ピピン、しっかり見張りをしてきたのかい？」

ピピンは銃をたすき掛けにしたまま腰掛けに座り、うなだれた。

「ピピン、どうしたの？　答えたらどうなんだい？」

ピピンは顔をあげようともせずに、黙りこくっている。

「今年、柿は市場でいくらぐらいの値になるかね」

《こいつを黙らせなくては》と、ピピンは思った。

「いくらになると思う？」

ピピンは立ちあがった。荷鞍のロープを締めるときに使う木切れをつかんだ。

「きっと籠三十杯分ぐらいにはなるだろうね」女房は喋りつづけている。

ピピンは戸の閂《かんぬき》に目をやると、先ほどの木切れを放し、代わりに閂を手に取った。

「こんなにたくさん収穫があった年は、これまでになかったよ。そうだろ、ピピン？」

それを聞いた〈マイオルコ〉のピピンは女房を殴りはじめた。

父から子へ

Di padre in figlio

　ここらの村には、牛はほとんどいない。放牧に適した草原もなければ、鋤《すき》を曳かせて耕すほどの広い畑だってないのだから。あるものといえばただ、葉をかじることのできる灌木と狭い段々畑ぐらいで、地面は鍬をふりおろさなければ割れやしない。おまけに、役牛にしろ乳牛にしろ、あれだけ図体がでかくてのっそりとしてるものだから、こんな狭くて切り立った谷間《たにあい》には不釣り合いだろう。ここらには、痩せて筋だらけの、ごつごつした岩場を歩く獣がお似合いだ。ラバや山羊のような。

　山裾の集落で飼われてるのは〈スカラッサ〉のところの牛一頭きりだったが、こいつは不釣り合いということはなかった。ラバよりも強力《ごうりき》でおとなしい、ずんぐりと逞《たくま》しい小型の役牛だ。名前はモレットベッロ。〈スカラッサ〉の老父と息子が二人して、この牛を連れては、山裾一帯の小地主のために、麦の袋は粉挽き小屋へ、ヤシの葉は運送屋へ、堆肥の袋は農業組合へと荷物を運んで往復し、家族のために細々と生計を立てていた。

あの日、モレットベッロは荷鞍の両側にバランスよく結ばれた荷物の重みで右へ左へと揺れていた。薪用に割ったオリーヴの材木を町の客まで売りに行くのだ。黒く湿った鼻に通された輪からのびる、地面にひきずるほどたわんだ端綱の先が、バッティスティンの息子、ナニンのだらんと垂れさがった手に握られていた。老いた親父によく似て、ひょろ長く痩せこけた男だ。こいつと牛とが、実に妙な組み合わせだった。短い四つ足に、ぽってりとした腹を低く垂らした、蟇蛙を思わせる風体の牛が、積み荷を背負っておっかなびっくり歩いていく脇で、赤い産毛に覆われた不機嫌な顔つきの、げっそりとしたスカラッサの息子は、つんつるてんの服の袖口から手首がむきだしているのもかまわず、足を前に投げ出すように歩いていくのだが、そのさまは片方の足に二か所ずつ膝関節があるみたいで、中がもぬけの殻のように、風が吹くたびにズボンがぱたぱたはためくのだった。

その朝は、あたりに春が漂っていた。空気のなかに、毎年、ある朝いきなり感じられる、ものがあふれ出る気配が感じられた。何か月も忘れていたことをふと思い出すような、あの感覚だ。普段はあんなにおとなしいモレットベッロまで、落ち着きを失っていた。朝、ナニンが牛小屋に行ったら、もう姿が見えなかった。畑の真ん中にいて、うつろな眼つきであたりをさまよっていたのだ。歩きだしてからも、モレットベッロはときどき立ち止まっては、輪のついた鼻を高々と掲げ、モーと短く鳴きながら、空気のにおいを嗅いでいた。ナニンは端綱をぐいと引き、あの、喉を鳴らすような、人間と牛のあいだで交わす言葉を掛けた。

モレットベッロはときどき考えごとに耽っているようだった。前の晩に、夢を見たのだ。そのせいで小屋を脱け出して、あの朝は、この世から隔絶された気分に浸っていた。すっかり忘れていたことを、さも前世で経験したかのように夢に見た。草が豊かに生い繁るだだっぴろい平原に、牝牛、また牝牛と、見渡すかぎり牝牛がいて、モーモー鳴きながら闊歩している。その真ん中に、あいつ自身の姿もあった。群れる牝牛のあいだでなにかを探すように駆けずりまわっていた。だが、なにかしらモレットベッロを押しとどめるものがあった。肉に突き刺された赤いやっとこが邪魔して、牝牛の群れのなかを突っ切れずにいた。あの朝、荷を運びながら、モレットベッロはやっとこでできた赤い傷口が自身の内でいまだに疼いているのを感じた。空気中にただよう、つかみどころのない絶望のように。

道すがら目にするものといえば、よそゆきの白い服を着て、腕に金の房飾りのついたリボンを結んだ男児と、花嫁衣裳の女児ばかり。堅信式の日だった。そんなよその子供たちを見ると、ナニンの魂の底でなにか翳りを帯びるものがあった。昔からひきずっている憤りに満ちた恐怖心のようなものだ。おそらく、ナニンが息子にも娘にも堅信式用の白い服を着せてやれないせいかもしれない。むろん、とんでもなく値が張るに決まっていた。それでナニンは、なんとしてでも自分の息子たちに堅信式を挙げさせてやるんだという、怒りにも似た烈しい思いに囚われた。気の早いことに、白いセーラー服を着て腕に金の房飾りをした息子と、ヴェールをかぶりドレスの長い裾を引きずった娘が、影と輝きにあふれる教会に立つ姿を目に浮かべていた。

モレットベッロは荒い鼻息をついた。夢で見た光景を思い出したのだろう。記憶の外から立ち現れるように、跳ねまわる牝牛の群れが瞼《まぶた》に浮かび、自分も牝牛たちのあとを追いかけてみたものの、どうにもしんどくてかなわない。小高い丘を登ったところで、牝牛の群れの中央に、傷の痛みとおなじく赤黒い、途方もなく大きな牡牛が現れる。鎌のような角を天にも届かんばかりにふりかざし、唸り声をあげながらモレットベッロめがけて襲いかかってくる。

教会前の広場では、堅信式の子供たちが、モレットベッロのまわりに駆けよってきた。「牛だ！　牛だ！」と黄色い声をあげながら。あのあたりで牛を見かけることは珍しかった。殊のほか勇敢な子は思いきって近づいて腹にさわり、ませた子は尾っぽの下をのぞきこんでいた。「去勢してあるぞ！　見ろよ！　去勢牛だ！」

ナニンは怒鳴りつけ、宙で手をふりまわして子供たちを追いはらった。すると、ナニンがあんまりにもひょろ長く、瘦せこけて、つぎはぎだらけだったものだから、それを見た子供たちは声色を真似て、あだ名を呼んで囃しはじめた。「スカラッサ！　スカラッサ！」スカラッサというのは、もとは葡萄畑に並んでいる支柱のことだ。

ナニンは、昔からひきずっている恐怖心が胸の内でまざまざとよみがえり、居ても立ってもいられなくなった。かつて堅信式の服を着たよその子たちに囃したてられた光景を思い出したのだ。といっても、からかわれたのはナニンではなく、その日、堅信式に付き添ってきた、彼とおなじようにひょろ長く、瘦せこけて、つぎはぎだらけの服を着た父親だった。いま、自分のまわりを跳ねまわり、「スカラッサ」と囃しながら、行列に踏みつけられたバラの花びらを投げてよこす子供たちを目の当たりにしたとき、あの日の自分が父親に対して抱いた羞恥心が、当時とおなじくらい鮮やかによみがえった。あのときの羞恥心は、以来ずっと彼につきまとい、誰かの視線を感じるたびに、誰かの笑い声が聞こえるたびに恐怖心がつのるのだった。なにもかも父親のせいだ。貧しい暮らしに、鈍い頭、ひょろ長く不恰好な風貌以外に、いったいなにを父親から受け継いだというのだ？　そのことを理解したいま、ナニンは父親を憎んだ。幼い頃から感じさせられていた、ありとあらゆる羞恥心も、貧しい暮らしも、すべて父親のせいだ。とたんに、自分の子供たちも、自分が父親に感じていたのと同様に、自分のことを恥ずかしいと思うのではあるまいか、いつの日か、いま自分の瞳の奥にあるのとおなじ憎しみの色を浮かべて自分を見るのではあるまいかという恐怖が頭をもたげた。それでナニンは心に決めた。《子供たちの堅信式の日には、俺も服を新調しよう。フランネルのチェック柄の背広だ。それに白い布地の帽子と、色つきのネクタイも。女房にも新しい布地の服を買ってやらねばなるまい。妊娠しても着られるように、たっぷりとしたサイズのやつをな。みんなそろっていい服を着て、教会前の広場へ行くんだ。そして、屋台のジェラート屋でジェラートを買う》それでもまだ、とり憑かれたような熱が残っていて、ナニンはどうしたらその熱を冷ませるのかわからなかった。祭日用の服を着てジェラートを買い、市を見てまわってもなお、なにかしたい、なにか買いたい、自身の姿をひけらかしたい、生まれてこの方ついてまわった父親に対する羞恥心から解放されたいという欲求が消えてなくなることはなかった。

家に帰ると、ナニンはモレットベッロを小屋に戻し、荷鞍を外してやった。それから食卓に向かった。女房と子供たち、そして老父のバッティスティンはとっくにテーブルに着いて、蚕豆《そらまめ》のスープをすすっていた。老〈スカラッサ〉のバッティスティンは、指で蚕豆をすくうと、中身を吸いとって薄皮を捨てる。ナニンは家族の会話には耳を傾けず、いきなり口をひらいた。

「子供たちに堅信式を挙げさせることにした」

女房は乱れた髪のやつれた顔をあげて、夫をまじまじと見つめた。

「服を買うお金はどうすんのさ」

「いい服を着せてやらないとな」ナニンは女房の顔を見ずに続けた。「坊主は、腕に金の縁飾りがついた白のセーラー服、妹は、長い裾とヴェールのついた花嫁衣裳だ」

老父と女房は、口をあんぐりと開けてナニンを見つめた。

「それでお金は？」と繰り返すばかり。

「俺は、フランネルのチェック柄の背広を買うんだ」ナニンはかまわず続けた。「お前は、妊娠しても着られるように、たっぷりとしたサイズの服を買え」

女房はひらめいた。「わかった！　ゴッツォの土地の買い手が見つかったんだね」

ゴッツォというのは、代々受け継いだ石ころと藪だらけの畑で、なにひとつ栽培できないのに税金ばかり払わされる土地だ。そんな家族の発想にナニンはほとほとうんざりだった。自分が理屈の通っていないことを言っているのを承知のうえで、気色ばんだ。

「いいや、買い手なんて見つからないさ。だが、うちはいま俺が言ったものをすべて買いそろえるべきなんだ」皿から目をあげようともしないで、ナニンは言い張った。それでも家族の期待は高まるばかりだった。ゴッツォの土地の買い手が見つかったとすれば、ナニンの言っていることもなまじ不可能じゃない……。

「土地を売った金で……」老バッティスティンが提案した。「わしはヘルニアの手術が受けられるな」

ナニンの胸に、父親に対する憎悪がふつふつとこみあげた。

「てめえなんて、ヘルニアもろともくたばりやがれ！」と怒鳴った。

家族はナニンの頭がおかしくなったのではあるまいかと訝った。

ちょうどその頃、家畜小屋では、牛のモレットベッロが自分で縄をほどき、ドアを押し破って、畑に出ていた。ところが、なにを思ったのか家族のいる部屋に入ってきて、立ち止まり、なにかを訴えるような、打ちひしがれた鳴き声を長々とあげた。ナニンは口汚く罵りながら立ちあがり、梶棒で牡牛を殴りつけて小屋へ追い返した。

ナニンがふたたび部屋に戻ると、みなが押し黙っていた。子供たちも口をつぐんでいる。しばらくして、上の子が尋ねた。「父さん、いつ僕にセーラー服を買ってくれるの？」

ナニンは息子をじっと見た。その眼は、父親のバッティスティンの眼とおなじだった。

「買うわけないだろう！」そう言い捨てると、ナニンはばたんとドアを閉めて、寝てしまった。

荒れ地の男

Uomo nei gerbidi

早朝にはコルシカ島が見える。その風貌はまるで山をいくつも積んだ船が水平線で宙づりになっているようだ。ほかの村でならば伝説が生まれたことだろう。けれど僕らの村では生まれなかった。コルシカ島は貧しく、僕らの村よりも貧しい。誰もコルシカ島まで行ったことがなかったし、行こうとすら思わなかった。朝、コルシカ島が見えるのは、空気が澄んでいて風の凪《な》ぐときで、雨が降らないという徴《しるし》だ。

そんなある朝、日の出の時刻に、父さんと僕はコッラ・ベッラのガレ場を、鎖につないだ犬を連れて登っていた。父さんは、マフラー、マント、狩猟服、チョッキ、背負い袋、水筒、弾帯を胸と背中に巻きつけ、その真ん中に山羊に似た白い顎鬚を垂らし、脚には傷だらけの古い革製の脛当てをしていた。僕は丈の短い擦り切れたジャンパーを着ていて手首と腰がむきだしだったし、ズボンも同様に丈が短くて擦り切れていた。父さんに合わせて大股で歩きながらも、両手はポケットに深々と突っこみ、長い首は肩のあいだですくめていた。父さんも僕も、つくりは上等なのに手入れが悪いせいで、ところどころ錆の浮いた古い猟銃を提げていた。犬は兎狩り用のビーグル。だらんと垂れた耳で地面を掃き、硬くて短い毛が大腿骨でこすれて摩耗していた。熊でもつないでおけそうなほど太い鎖をひきずっている。

「おまえは犬と一緒にここに残れ」父さんが言った。「ここから二本の獣道を見張るんだ。俺はむこうの峠へ行く。着いたら口笛を吹くから、犬の鎖をほどいてやれ。目ん玉をしっかりと開けているんだぞ。野兎が通りすぎるのは一瞬だからな」

父さんはガレ場をずんずん歩いていき、僕は、飼い主についていきたくて悲しげな鳴き声をあげる犬と一緒に、地べたにしゃがみこんだ。コッラ・ベッラは、荒れて白茶けた土塊《つちくれ》の斜面が連なる高地で、生えてくる草は家畜に食ませるには硬すぎるし、かつて段々畑だった石垣は崩れていた。下方にはオリーヴ畑が黒い雲のようにひろがり、上方には、火事のせいで老犬の背中のようにところどころ地肌がむきだしになっている黄ばんだ森が見えた。寝ぼけ眼《まなこ》を薄く開けただけのような曙の灰色に包まれて、なにもかもが気怠く感じられた。海には見渡すかぎり霧がうっすらとかかり、輪郭がぼやけていた。

そのとき父さんの口笛が聞こえた。鎖をほどいてやると、犬は大気中に吠え声を撒き散らしながら、大きなジグザグを描いてガレ場を走りだした。しばらくすると吠えるのをやめて、地面のにおいを嗅ぎはじめたかと思ったら、懸命に鼻をひくつかせ、付け根の内側に輝くような白い菱形のぶちがある尻尾をぴんと立てて、走り去った。

僕は狙いを定めた猟銃を膝で支え、獣道が交わる場所を見つめて待った。野兎が通りすぎるのは一瞬なのだ。昇りはじめた太陽が、色を一つまた一つと露わにしていく。まずは木の実や、松の木のささくれだった皮の赤。それから緑。草むらや繁みや森の、百通り、いや千通りもの異なる緑。ついさっきまでどれもおなじに見えていたのに、いまや一瞬ごとに新しい緑が誕生し、ほかの緑とは別個の色になるのだった。次いで青。すべての音を掻き消し、空を怯えさせて蒼白にしてしまう、海のつんざくような青。コルシカ島は光に呑まれて消えてしまったけれど、海と空のあいだの境界線がぴたりと接するわけではなく、行方知れずの曖昧な一画が残される。そこだけ存在しないものだから、恐ろしくてまともに見ることもできなかった。

ふいに、丘の麓《ふもと》の海岸沿いに、家々や屋根や通りが生まれ出る。朝が訪れるたびに、こうして影の王国から町が生まれ、なんの前触れもなく、黄褐色の瓦、光をちかちか反射するガラス、石灰をふくんだ漆喰が現れるのだった。朝が訪れるたびに、光がもっとも微細な部分まで町を描写し、その通路の一本いっぽんを物語り、家という家を数えあげる。それから丘の斜面を這いあがり、少しずつ新たな細部を露わにしていく。新たな畑、新たな家々。やがて光は、黄ばんで荒涼としたコッラ・ベッラにまで到達し、その上に一軒ぽつんと建っている山小屋も露わにするのだった。森の手前の、いちばん高いところにあるその家には、〈至福のバチッチン〉《イル・ベアート》が住んでいて、いま僕の猟銃の射程内にあった。

〈至福のバチッチン〉の家は、陰になっているうちは石の積まれた山にしか見えなかった。周囲には月面を思わせる銀鼠色《ぎんねずいろ》に干からびた土の耕作地があって、棒切れを栽培しているとしか思えない貧相な植物が数本生えていた。針金が張られているので、物干し用かと思いきや、苗木がうまく育たず、骸骨のようになった葡萄の支えだった。細い無花果《いちじく》の木が一本だけ、かろうじて葉をひろげる力を保っているようで、畑の片隅でその重みに枝をたわませていた。

バチッチンが小屋から出てきた。痩せぎすの男で、その姿を見たかったら横からのぞいたほうがいい。さもないと八方にひろがった灰色の鬚しか見えないのだから。頭には毛糸の防寒帽をかぶり、ファスチアン織りの服を着ていた。僕がそこで待ち伏せしているのを見ると、近寄ってきた。

「野兎か、野兎か」彼が言った。

「そうだ、また野兎だ」僕は答えた。

「先週、これくらいデカいのを撃ったよ。あの斜面でな。ここからあそこぐらいの距離があった。的は外れたけれど」

「運が悪かったな」

「運が悪い、運が悪い。それに俺は野兎を撃つのが苦手なんだ。松の木の下で待ち伏せして鶫《つぐみ》を撃つほうがいい。朝のうちに五、六発は撃つ」

「それで食事にありつけるってわけだな、〈至福のバチッチン〉よ」

「そうさ。でも、俺の弾《たま》はことごとく外れるんだ」

「まあ、そういうこともあるさ。紙弾なんじゃないのか?」

「紙弾だ、紙弾だ」

「そのへんで売ってるのはインチキだぞ。自分で弾をこめたほうがいい」

「たしかにな。でも、俺は自分で弾をこめてる。きっとやり方が悪いんだ」

「そうだな。やり方を知らないと駄目だ」

「そうだ、そうだ」

そう言いながらバチッチンは、獣道の交わる地点に腕組みをして立ち、そこに居座った。

彼がそんなふうに真ん中にいるかぎり、野兎は通りっこないだろう。《どいてくれと言おう》僕はそう思いながらも、口にはせず、そのままじっと待ち伏せていた。

「雨が降らない。雨が降らない」バチッチンが言った。

「今朝、コルシカ島を見たか？」

「コルシカ島。コルシカ島はからからに干からびてる」

「今年は不作だな、〈至福のバチッチン〉よ」

「今年は不作だ。蚕豆を植えたよ。芽が出たか？」

「芽が出たか？」

「芽か？　出てない」

「悪い種を売りつけられたんだな、バチッチン」

「悪い種で、今年は不作。アーティチョークの苗を八本植えた」

「そいつは驚いた」

「どれだけ収穫できたと思う？」

「どれだけだ？」

「全部枯れた」

「なんてこった」

コスタンツィーナも家から出てきた。〈至福のバチッチン〉の娘だ。十六そこそこだろう。オリーヴの形をした顔に、目も口も、鼻の穴もオリーヴの形をしていて、三つ編みにした髪を両肩に垂らしている。乳房もきっとオリーヴの形にちがいない。独特の品があり、彫像のように小ぢんまりとしていて、山羊のように野性的で、膝まである毛糸の長靴下を履いていた。

「コスタンツィーナ」と僕は呼んだ。

「あら！」

それでも近寄ってはこなかった。野兎を驚かせたくなかったからだろう。

「まだ犬が吠えてないから、狩り出してないんだよ」〈至福のバチッチン〉が言った。

僕らは耳を澄ませた。

「吠えてない。まだここにいて大丈夫だ」そう言うと、バチッチンは離れていった。

コスタンツィーナが僕のそばに座った。〈至福のバチッチン〉は、もの哀しい畑を歩きまわり、痩せ細った葡萄の木の剪定を始めた。ときおり作業をやめて、戻ってきては話に加わるのだった。

「またコッラ・ベッラでなにかあったのかい、タンツィーナ？」僕が尋ねると、彼女は無邪気に語りだした。

「ゆうべ野兎たちが月の下で跳ねてるのを見たの。ギー！　ギー！って鳴いてたわ。昨日は、冬楢の裏にキノコがひとつ生えてた。赤に白の斑点がある毒キノコよ。石で潰しておいたの。お昼には、黄色の大きな蛇が獣道をおりてきた。あのあたりの藪に棲んでるみたい。いい蛇だから、石を投げたりしないでね」

「タンツィーナ、きみはコッラ・ベッラでの暮らしが好きかい？」

「夕方は嫌い。四時になると、霧があがってきて、町が見えなくなるんだもの。それに、夜には梟が大きな声で鳴くし」

「梟が怖いのか？」

「ううん。怖いのは爆弾とか、飛行機」

バチッチンが近寄ってきた。

「戦争は？　戦争はどんな具合だ？」

「戦争なら、ずいぶん前に終わったよ、バチッチン」

「そいつはよかった。それで、戦争の代わりになにが訪れたんだ？　どのみち、俺は戦争が終わったなんて信じないね。これまでだって何度も終わったって言いながら、そのたびに別のかたちで始まったじゃないか。ちがうか？」

「いいや、正しいよ」

「タンツィーナ、きみはコッラ・ベッラと町と、どっちが好き?」僕は尋ねた。

「町なら射撃ができるわ」彼女は答えた。「路面電車に、押し合う人たち、映画館、ジェラート、パラソルが並ぶ砂浜……」

「この娘《こ》は……」とバチッチンが口を挿んだ。「あんまり町には行きたがらないんだ。もう一人の娘はたいそう町が好きで、行ったきり帰ってこないがね」

「いまはどこにいるんだ?」

「さあ」

「それにしても、せめて雨が降ってくれれば」

「本当だ。雨さえ降ってくれれば。今朝はコルシカ島が見えただろう。ちがうか?」

「そのとおりだ」

遠くから烈しく吠える犬の声が聞こえてきた。

「犬が野兎を巣穴から狩り出したぞ」僕は言った。

〈至福のバチッチン〉が、また腕組みをして道に立った。

「追ってるぞ。うまいこと追いつめるもんだ。俺は昔、チリッラという名前の雌犬を飼ってたんだ。三日三晩、平気で兎を追いつづけるようなやつだった。あるときなんて、森のいちばん高いところにいた野兎を狩り出して、俺の猟銃から二メートルのところまで追いこんだ。二発撃ったけど、当たらなかった」

「すべてがうまくいくとはかぎらないさ」

「うまくいくとはかぎらない。それでも犬は、それからさらに二時間、その野兎を追いつづけて……」

そのとき二発の銃声が響き、犬の吠え声がしだいに近づいてきた。

「二時間後には……」バチッチンが続きを話しはじめた。「もう一度、俺が待ち伏せしてるところまで追いつめてくれたんだ。ところが俺は、またしても狙いを外しちまった。こんちくしょう」

突然、一羽の野兎が矢のごとく獣道に飛び出してきた。バチッチンの脚によじのぼるかの勢いで突進してきたかと思うと、急に方向を変えて繁みに飛びこみ、姿を消した。僕は狙いを定めることもできなかった。

「なんてこった！」僕は叫んだ。

「どうしたんだ？」〈至福のバチッチン〉が尋ねた。

「なんでもないさ」僕は言った。

コスタンツィーナも家に戻っていて、野兎を見てはいなかった。

「それで……」〈至福のバチッチン〉が話を続けた。「その犬は結局、俺が野兎を仕留めるまで何度も繰り返し追いつめるのをやめなかったんだ。まったく、たいした犬だったよ！」

「いまはどこにいるんだ？」

「逃げた」

「まあ、すべてがうまくいくとはかぎらない」

父さんが、はあはあと息を切らした犬を連れて戻ってきた。しきりに悪態をついている。

「惜しいところで逃がしちまったよ。間一髪だったんだがな。これくらい大きな野兎だった。おまえらも見たか？」

「なにも見てない」〈至福のバチッチン〉は言った。

僕は猟銃を肩から提げると、父さんと一緒に山をおりはじめた。

地主の目

L'occhio del padrone

「地主の目は……」父親が自分の目を指差しながら、息子に言った。皺の刻まれた瞼のあいだから、睫毛のない老いた目が鳥の目玉のように真ん丸にのぞいている。「地主の目は、馬を肥えさせると言うだろう」

「ああ」息子は生返事をするだけで、大きな無花果《いちじく》の木陰にある、無垢のテーブルの縁に腰を下ろしたまま動こうとしない。

「だったら……」指を目の下にあてたままで、父親は続けた。「麦畑へ行って、刈り入れ作業を見張ってこい」

両手をポケットに深くうずめた息子に、風がさっと吹きつけ、半袖シャツの後ろ身頃を揺らした。

「行ってくるよ」そう言いながらも、息子は動かない。地べたに落ちて潰れた無花果《いちじく》の残骸を雌鶏《めんどり》がつついていた。

風にそよぐ葦のように怠惰に身を任せている息子を見ると、老父はみるみる怒りが倍増するのを感じた。地面に這いつくばって働いている小作人たちに指示や悪態を次々と飛ばしたかと思うと、納屋から袋をいくつもひきずりだし、堆肥をかきまわし、蠅の群れを見あげて吠えている犬を脅しつけた。それでも地主の息子は一向に動こうともしなければ、ポケットから手を出そうともせず、釘で打ちつけられたように地面を見つめ、エネルギーの無駄遣いはごめんだとばかりに、口笛を吹くときの形に唇をすぼめていた。

「地主の目は……」老父がまた言った。

「行ってくるよ」息子はそう答えると、べつだん急ぐ様子もなく歩きだした。

葡萄畑のあいだの小道を、ポケットに手を突っこんだまま、踵《かかと》をずるようにして歩いていく。父親は無花果の木の下で仁王立ちになり、大きな握り拳を腰の後ろに当てて、しばらくその後ろ姿を見つめていた。背後からなにか怒鳴りつけてやろうと何度か思ったものの、言葉をぐっと呑みこむと、ふたたび堆肥をかき混ぜはじめた。

息子は畑に向かいながら、山裾を彩る懐かしい色合いをふたたび目にし、果物畑を飛ぶスズメバチの羽の音を耳にした。遠い都会で身も心もすり減らす日々を何か月も送っていると、村に帰るたびに、生まれ育った土地の空気や気高き静寂が、忘れていた幼少期の呼び声であるかのように感じられ、悔恨の念を覚えるのだった。生まれ育った土地に戻るたびに、奇跡を待ち受けるような心境になった。ここに帰ろう。今度こそ、あらゆるものが意味を持つにちがいない。山裾にひろがる僕の農地の、縞模様のグラデーションを帯びた緑、農作業をしている小作人たちの常に変わらない動作、個々の作物や枝一本いっぽんの成長……。土地の怨念が父に乗り移ったのと同様、僕にも乗り移り、二度とここから離れられなくなるだろう。

段々に連なる畑のなかには、石ころだらけの急斜面にかろうじて小麦が生えているところもあり、荒れ果てて灰色がかった土地に囲まれて、黄色い四角が残っているといったふうだった。二本の黒い糸杉が、畑の上と下に一本ずつ、あたりを見張るように立っている。麦穂のあいだから小作人たちの姿が見え、鎌がさかんに動いていた。まるで消しゴムで消すように黄色がだんだんと小さくなっていき、その下から灰色が現れる。地主の息子は一本の草を口にくわえて、むきだしの急斜面を抜ける近道をのぼっていく。麦畑では小作人たちがとっくにその姿を見つけ、息子の訪問について口々に意見を言っていた。息子は、小作人たちにこう噂されているのを知っていた。爺さんは頭がおかしいけれども、その息子はぼんくらだ。

「どうも」近づいてくる息子に向かって、ウ・ペが声を掛けた。

「どうも」地主の息子が返す。

「どうも」ほかのみんなも言った。

すると地主の息子がまた返した。「どうも」

それでお仕舞だ。彼らのあいだで交わすべき言葉はすべて口にした。地主の息子はポケットに両手を突っこんだまま、段々畑の石垣に腰を下ろした。

「どうも」上のほうの畑からまた別の声がした。落ち穂を拾っていたフランチェスキーナだ。息子がまたしても返す。「どうも」

小作人たちは黙々と刈り入れをしていた。皺くちゃの黄色い皮膚が骨にぶらさがっている爺さんのウ・ペに、毛深くてずんぐりした中年のウ・ケ。赤毛でひょろ長い若い衆のナニンは、鎌をひと振りするたびに、汗だくのシャツの下から三日月形の裸の背中が見え隠れしていた。ジルミーナ婆さんは、巨大な黒い雌鶏のように、地べたにしゃがんで落ち穂を拾っていた。フランチェスキーナは上の畑で、ラジオで聞き憶えた歌を口ずさんでいる。屈むたびに膝の裏あたりまで脚がのぞいた。

地主の息子は、みんなが働いているというのに、自分だけなにもせず、糸杉のように突っ立って見張りをするのは恥ずかしいと思った。《そうだ》と彼は考えた。《鎌を貸してくれと頼んで、僕もやってみよう》そのくせ、なにも言わずにそこに留まり、穂が刈りとられたあとの黄色くて硬い切り株が連なるでこぼこの地面を眺めているだけだった。どうせ鎌を上手く扱えずに、みじめな姿をさらすだけだ。落ち穂拾い——それならば僕にもできるかもしれない。女の仕事だ。息子は前屈みになると、落ち穂を二本ばかり拾い、ジルミーナ婆さんの黒いエプロンに投げ入れた。

「まだ拾ってないところを踏まないように気をつけてくださいな」婆さんが言った。

地主の息子は麦わらを一本嚙みながら、また石垣に腰をおろしてしまった。

「今年は、去年より豊作かい?」と尋ねてみた。

「減りましたね。年々減る一方で」とウ・ケが答えた。

「それもこれも……」ウ・ペが説明した。「二月の寒波のせいですわ。二月にひどい寒波があったのを憶えてますか?」

「ああ」地主の息子はそう答えたものの、憶えていなかった。

「それもこれも……」ジルミーナ婆さんが言った。「三月に雹《ひょう》が降ったせいですよ。三月の雹、憶えてますよね?」

「すごい雹だったな」地主の息子は、相変わらず嘘の相槌を打った。

なかった。

「俺は……」ナニンも言った。「四月の日照りのせいだと思うね。ひどい日照りだったの憶えてます？」

「四月はずっとだったな」地主の息子は適当に口を合わせてみたものの、ひとつも記憶になかった。

するとと小作人たちは、雨や寒波や日照りのことをあてでもないこうでもないと議論しはじめた。地主の息子はこうしたすべてのことに無頓着で、土地にかかわるもろもろの出来事と疎遠だった。「地主の目」とは言うけれど、彼の目は節穴だった。あらゆる事柄から隔絶されたただの目が、いったいなんの役に立つというのだろう。見えてさえいないのだから。もし父親がそこにいたならば、間違いなく小作人たちに罵詈雑言を浴びせ、手抜き作業や、緩慢な仕事ぶり、台無しになった収穫を責めたてることだろう。一帯の段々畑には、父親の怒鳴り声が必要だとさえ感じられた。要は、誰かが銃を発砲する場面に遭遇すると、反射的に鼓膜が破れるような気がするのとおなじことだ。息子は小作人たちを怒鳴りつけることは決してしないし、小作人たちもそれをわかっていた。だから、だらだらと仕事をしているのだ。それでも彼らは、言うまでもなく、息子より父親のほうを慕っていた。小作人たちを働かせ、山羊しか棲めない急斜面で小麦を栽培させ、刈りとらせる父親は、彼らの一員だった。父親はそうだが、息子は違う。息子は彼らの労働で食べている余所者だった。息子は、自分が小作人たちから蔑まれ、おそらく疎《うと》まれているだろうこともわかっていた。

そのうちに小作人たちは、息子が来る前に話していた、山裾に住む女の話題をふたたび持ち出した。

「噂では……」ジルミーナ婆さんが言った。「お相手はどうやら司祭らしい」

「そうだ、そうだ」ウ・ペも同意した。「司祭に誘われたんだとさ。『来てくれたら二リラあげよう』ってな」

「二リラ?」ナニンが尋ねた。

「二リラだよ」とウ・ペ。

「当時の金でな」ウ・ケが言った。

「当時の二リラって、いまのいくらぐらいになるんだ?」ナニンが尋ねた。

「たいそうな額さ」ウ・ケが答える。

「そいつはたまげた」とナニンが言った。

一同は女の話をしながら笑っていた。地主の息子も薄ら笑いを浮かべたものの、実のところ、その手の話の意味はよくわからなかった。痩せて骨ばかりの、うっすらと口髭を生やし、黒い服を着た女たちの色恋沙汰なんて。

フランチェスキーナもいつかそんなふうになるにちがいない。いまでこそ、上のほうの段々畑で、ラジオの歌を口ずさみながら落ち穂を拾い、地面に屈むたびにスカートの裾が持ちあがって、膝の裏側の白い肌が露わになっているけれど。

「フランチェスキーナ」ナニンが大きな声を張りあげた。「きみは二リラで司祭と寝るかい?」

フランチェスキーナは集めた落ち穂の束を胸に抱えて、畑ですっくと立ちあがった。

「二千リラ?」と叫び返す。

「こいつはたまげた。二千リラだってよ」ナニンは呆気にとられて、みんなに言った。

「あたしは、司祭の相手も、お金持ちの相手もしないの」フランチェスキーナが大声で言った。

「軍人だったら相手をするのか?」今度はウ・ケが声を張りあげた。

「軍人さんもお断り」彼女はそう答えると、また落ち穂を拾いはじめた。

「フランチェスキーナって、きれいな脚をしてるよな」ナニンが彼女の脚を見ながら言った。

ほかのみんなもフランチェスキーナの脚を見あげて同意した。

「すらりとまっすぐだ」と口々に褒めた。地主の息子は、まるでそれまで一度も見たことがなかったというように彼女の脚を見あげ、同意の仕草をした。それでいて、実際にはそれほどきれいではなく、筋肉質で硬く、毛深い脚だということを知っていた。

「ナニン、あんたはいつ兵隊に行くんだい？」ジルミーナ婆さんが訊いた。

「とんでもない話さ。なんでも、不適格者にもう一度検査を受けさせるつもりらしい」ナニンは答えた。「このまま戦争が終わらなかったら、肺活量不足で不適格になった俺まで召集されるんだろうな」

「アメリカが参戦したってのは本当ですかい？」ウ・ケが地主の息子に質問した。

「アメリカは……」地主の息子が口をひらいた。今度こそ、なにかまともなことが言えるにちがいない。ところが、「アメリカと日本……」と言うと、それきり口をつぐんでしまった。それ以上、なにが言えるというのだろう。

「アメリカと日本、どっちが強いんですか？」

「どっちも強いさ」地主の息子が言った。

「イギリスも強いんで？」

「ああ、イギリスも強い」

「ロシアは？」

「ロシアも強い」

「ドイツは？」

「ドイツもだ」

「俺たちは？」

「長い戦争になるだろう」地主の息子は言った。「長い戦争にな」

「先の大戦のときには……」ウ・ペが話しだした。「森に洞窟があって、兵役逃れが十人も隠れてたらしい」そうして松林のほうを指差した。

「もう少し戦争が長引いたら……」とナニンが言った。「俺たちも洞窟に隠れなけりゃならないな」

「だが、どうなるかなんて誰にもわからん」ウ・ケが言った。

「戦争なんてものはどれも……」とウ・ペが言った。「終わりは一緒さ。得する者だけが得をする」

「得する者だけが得をする」みんなも一斉に繰り返した。

地主の息子は麦わらの茎を口にくわえて段々畑をのぼると、フランチェスキーナのところまで行った。彼女が落ち穂を拾おうと前屈みになると、膝の裏側の白い肌がちらりと見えた。相手がこの娘ならそれほど難しくはないだろう。彼女を口説いてみようか思った。

「フランチェスキーナ、きみは町に行かないのかい？」そう尋ねてみた。ずいぶんと間の抜けた口説き文句だ。

「たまに、日曜日の午後に行くことがあるわ。市が立っていれば買い物に行くし、そうじゃなければ映画館に行くの」

彼女は仕事の手を休めた。息子はそんなことを望んではいなかった。父親が見たらなんと言うだろう！　見張りをするどころか、仕事中の女衆と無駄話をするなんて……。

「町に行くのは好きかい？」

「ええ、好きよ。でも、しょせん夜になってまた村に戻れば、すべて元通り。月曜には仕事が始まって、得する者だけが得をするの」

「ああ」息子は麦わらを嚙みながら言った。いいかげん話しかけるのはやめなければならない。さもないと彼女は仕事の手を休めたままだ。息子は踵《きびす》を返すと段々をおりはじめた。

下の畑では、小作人たちがその日の農作業をおおかた終えていて、肩に担いで下まで運べるように、ナニンが荷物をテント布にくるんで結わえていた。丘のむかい側では、高く迫りあがった海の、日の沈むあたりが紫色に染まりはじめている。地主の息子は、石ころとごつごつした切り株だらけの自分の土地を見て、自分はこの土地にとって永遠に余所者であることを思い知り、愕然とした。

なまくら息子たち

I figli poltroni

明け方、僕と兄さんが枕に顔をうずめて眠っていると、早くも家のなかを歩きまわる親父の、鋲を打った靴音が響いてくる。親父は、おそらく故意にだろうけれど、いつも大きな物音を立てて起きだし、底に鋲を打ってある靴で二十回近くも、意味もなく階段をのぼりおりする。おそらく親父の人生そのものがそんな労力の無駄遣いから成り立っていて、徒《いたずら》にせわしないのだ。たぶん僕ら兄弟に抗議するためにそうしているのであり、僕らの存在がそれほど親父の癇に障るのだろう。

お袋はといえば、物音こそ立てないものの、やはりとっくに起きていて、だだっぴろい台所で火を熾したり、切り傷が増えて黒ずんでいく一方の手で野菜の皮むきをしたり、ガラスや家具を磨いたり、洗濯物をいじくりまわしたりしている。いつだって無言でせっせと立ち働き、女中も雇わずに家事を切り盛りするお袋の態度もまた、僕ら兄弟に対する抗議なのだ。

「家を売って、その金で食べていけばいいじゃないか」

このままじゃ生活が立ちゆかないと両親がせっついてくると、僕は肩をすくめてそう言う。それでもお袋は、昼夜の別なく黙々と働きつづけ、いつ眠っているのかさえわからない。そうこうしているうちに天井のひび割れはしだいに長くなり、蟻の行列が壁を伝い、手入れのされていない庭からは草や茨が伸びるばかり。あと何年かすれば僕らの家は蔓植物ですっぽりと覆われた廃屋以外のなにものでもなくなってしまうだろう。それでもお袋は、朝、いいかげん起きたらどうなの、とは言いにこない。しょせん無駄だとわかっているからで、いまにも頭の上に崩れ落ちてきそうな家を無言できれいに磨きあげているのは、僕らを追い詰めるためのお袋なりのやり方なのだ。

一方、親父は六時にはもう、狩猟服にゲートルという身ごしらえで僕らの部屋のドアを勢いよく開けたかと思うと、怒鳴りつける。「おまえたち、棍棒で叩きのめされたいのか！　このぐうたらめ！　この家じゃみんなが働いているというのに、おまえたち二人だけなにもしない。ピエトロ、首を絞められたくなければ起きろ！　そして、アンドレアを叩き起こすんだ。しょうもないおまえの兄さんをな！」

僕らはまだ眠っているうちから、近づいてくる親父の足音を聞いていて、枕に深くうずめたまま顔をあげようともしない。親父がいつまでも怒鳴っていると、ときおりうめき声をあげて抗議するぐらいだった。とはいえ、親父はほどなくどこかへ行ってしまう。どだい、なにをしても無駄だとわかっているのだ。親父のふるまいはすべて芝居であり、負けを認めないためのお定まりの儀式にすぎない。

そうして僕らはふたたび惰眠をむさぼる。兄さんは、たいがい目を覚ましもしない。それぐらい慣れっこになっていて、親父の言うことなど気にもとめない。兄さんは、自己中心的で人の気持ちなど少しもわからない。ときに僕でさえ腹が立つほどだ。僕は兄さんとおなじことをするけれど、少なくともそんなふうにふるまうべきでないことは自覚しているし、自分の行動を不快に思うのは、誰よりも僕自身だ。だからといってやめるわけでもなく、怒りを抱えながらも続ける。

「くそ野郎」僕は兄のアンドレアに当たる。「くそ野郎。いっそのこと、親父もお袋も殺したらどうなんだ」兄さんは答えない。僕が心にもないことを口にする道化だと見透かしていて、僕ほどの無精者はほかにいないとわかっているからだ。

それから十分か二十分ほどすると、親父がまたしても部屋のドアの前を騒々しく歩きだす。ただし、今度はさっきとは別の策に出る。なに食わぬふりをして、いかにも優しげに誘いかけるのだ。「どちらか私と一緒にサン・コジモに行かないか？　葡萄の木を支柱に結ぶんだ」

サン・コジモというのはうちの畑がある土地だ。耕作を担う人手も資金もなく、ことごとく枯れてしまっている。

「ジャガイモを掘りに行くが、アンドレア、おまえが来てくれるか？　おい、来るのか？　アンドレア、おまえに言ってるんだ。インゲンの畑に水を撒かないとならない。どうだ、来るのか？」

兄のアンドレアは枕から口だけ持ちあげると、「行かない」と答え、また眠ってしまう。「どうしてだ？」親父は懲りずに猿芝居を続ける。「今日はピエトロが来る番なのか？　ピエトロ、おまえが来るんだな？」

その後、親父はふたたび怒りをぶちまけたかと思うと、またしても穏やかになり、まるで僕らが一緒に行くと答えたかのように、サン・コジモで片づけなければならない仕事について話しはじめる。くそ野郎。僕は内心で兄さんをなじる。くそ野郎、いいかげん起きて、一度くらい哀れな年寄りを喜ばせてやったらどうなんだ。それでいて、自分は起きあがろうという気力がこれっぽっちも湧かず、とっくにどこかへ吹き飛んでしまった睡魔がまた戻ってこないかと身じろぎしている。

「よし、待ってるから早く支度をしろ」親父はそう言うと、すでに僕らの同意を得たかのように立ち去る。次いで畑に持っていく堆肥や硫酸塩や種を準備しながら歩きまわり、低い声でがなりたてているのが下の階から聞こえてくる。毎朝、親父はそうやって、ラバのようにたくさんの荷物を背負って畑に向かい、帰ってくるのだ。

しばらくして、親父はもう出掛けたものだとばかり思っていると、階段の下からまた怒鳴る声が聞こえてくる。「ピエトロ！　アンドレア！　まったくなにをしてるんだ。準備はまだなのか？」

それが親父の最後の怒鳴り声だ。続いて、家の裏手から鋲を打った靴音が響き、手荒に門を閉める音がし、痰を吐き、唸りながら小道を遠ざかっていくのが聞こえる。

これでようやく誰にも邪魔だてされずに眠れるはずなのに、すっかり目が冴えてしまった僕は、荷物を担いで、痰を吐き吐き山道をのぼっていく親父のことを考える。親父は畑に着くと、金は要求するくせに、作物をことごとく台無しにしてしまう小作人たちに対して怒りをぶちまける。そして農作物や畑の様子を調べ、葉を食い荒らし、そこらじゅうに穴をあける虫や、枯れた葉の黄色、はびこる雑草などを観察する。親父が生涯をかけて慈しんできたものがすべて、大雨に見舞われるたびに崩壊する段々畑の石垣のように、崩れ去ろうとしている。

くそ野郎。僕は、兄さんのことを考えながらつぶやく。くそ野郎。耳を澄ますと、下の階からがちゃがちゃいう皿の音や、箒《ほうき》の柄が床に倒れる音が聞こえてくる。お袋が、あのだだっぴろい台所で一人、陽の光が窓ガラスを明るく照らしはじめたばかりだというのに、自分に背ばかり向ける家族のために、甲斐甲斐しく働いている。

まだ十時にならないうちから、階段の下でお袋が大声を張りあげる。「ピエトロ！　アンドレア！　もう十時よ！」まるで前代未聞の状況を目の当たりにして、苛立ちを抑えきれないというように、ものすごく怒った声ではあるものの、それが毎朝の光景だ。「はあい」僕らは大きな声で返事をしておきながら、それからさらに三十分ぐらい、目は覚めていても、起きあがるという概念に気持ちが慣れるまで、ベッドのなかで逡巡している。

ほどなく僕は兄さんに声を掛ける。「おい、起きろよ、アンドレア兄さん。ほら、起きろってば。なあ、アンドレア兄さん、いいかげん起きてくれよ」アンドレアはぶつぶつ不平を言っている。

ようやく僕らは不満げに鼻を鳴らし、何度も伸びをしながらベッドから起きあがる。アンドレアは寝巻きのまま爺くさい動きで家のなかをうろつく。ぼさぼさ頭に寝ぼけ眼《まなこ》で、真っ先に手巻き煙草の紙の端を舐めて丸めると、一服しはじめる。窓辺で煙草をくゆらせてから、顔を洗い、ひげを剃る。

そのうちにぶつくさつぶやきはじめたが、つぶやき声からしだいに歌が生まれる。兄さんはバリトン並みの美声なのだけれど、人と一緒にいるときにはいつだって誰よりも鬱々としていて決して歌など歌わない。ところが一人になると、ひげを剃ったり風呂に入ったりするときに、くぐもった声で抑揚のある独特なメロディーを口ずさむことがある。とはいえ、歌なんてひとつも知らないものだから、決まって子供の時分に暗唱したカルドゥッチの詩をメロディーにあてはめる。「ヴェローナの城に／真昼の太陽が照りつける……」

奥で着替えている僕も一緒になって、少しも楽しくなさそうに、どこか投げやりに口ずさむ。「光輝く緑のなかをつぶやきながら／雄大なアディジェ川が流れてゆく……」

兄さんは、髪を洗っているあいだも靴を磨くあいだも、ひとつの節も飛ばすことなく長い詩を最後まで歌いつづける。「老いた鴉《からす》のごとく漆黒で／眼《まなこ》には炭を湛え……」

兄さんが歌えば歌うほど、僕の胸の内の怒りは膨張し、僕もまた躍起になって歌いだす。

「なんという悪運／こんな駄馬にめぐり合うなんて……」

僕らが騒がしい声をあげるのはそのときだけだ。あとはほぼ一日じゅう黙りこくっている。

僕らは二人して階下へおり、ミルクを温めると、パンを浸しつつ、やかましい音を立てて食べる。僕らのまわりをお袋が意味もなくうろつき、すべきことや片づけなければならない用事を、それほどしつこくない程度に愚痴をこぼしながら、逐一挙げていく。僕らは、「ああ、わかった」と答えるそばから忘れてしまう。

僕はたいてい午前中は出掛けずに、ポケットに手を突っこんだまま廊下をうろうろしているか、さもなければ蔵書の並べ替えをして過ごす。本を買うことはずいぶん前にやめた。金がかかりすぎるし、それに興味があったことのほとんどを投げ出してしまったため、ひとたび読書を再開しようものなら、あれもこれも読みたくなるに決まっている。それは避けたかった。そこで、本棚にあるわずかばかりの本を繰り返し並び替える――イタリア人作家、フランス人作家、イギリス人作家。あるいはテーマごと――歴史、哲学、小説。そうかと思えばハードカバーのものを一か所にまとめ、豪華本、保存状態の悪い本といった具合に並べていく。

兄さんはといえば、カフェ《インペリア》までビリヤード見物に出掛けていく。ビリヤードが不得手な兄さんは、自分でプレイすることはなく、何時間でも飽きずに煙草をくゆらしながらプレイヤーを観察し、ひねりやダブルクッションといった球の動きを目で追っているが、熱狂するわけでもなければ、かといって賭けるわけでもない。賭けようにも金がない。たまに点数の記録係を頼まれることもあるけれど、ぼんやりしていて間違えることもしばしばだ。煙草代をまかなえる程度の小遣いを稼ぐために、ちょっとした取引もする。半年前に、自活できるだけの給料が受け取れる水道会社で雇ってもらおうと履歴書を送ってはみたものの、採用されるために努力しているふうもない。どのみち、いまのところ食うには困らないのだから。

昼飯に兄さんは遅れて帰ってきて、僕ら二人は無言のまま食事をする。両親は相変わらず出費のことや、収入や借金について、あるいは稼ぎのない息子二人を抱えて、どうやって生計を立てていくのかといったことを言い合っている。すると親父が言う。「おまえたちの友達のコスタンツォを見ろ。アウグストはどうだ」僕らの友達は僕ら兄弟とは異なり、伐採用の森を売買する会社を興し、やれ取引だ、やれ交渉だと年じゅうあちこちまわり、親父のところへ営業に来ることだってある。稼ぎもたいそういいらしく、遠からずトラックだって手に入れるだろう。要は詐欺まがいのことをしていて、親父だってそれを知っているはずなのに、それでも僕らがいまのような状態を続けるより、連中のようになってもらったほうがありがたいと思っているらしい。「おまえたちの友達のコスタンツォは、あの商売でたんまり儲けたらしいぞ」と親父は言う。「おまえたちも仲間に入れてもらったらどうなんだ」そうは言っても、連中は僕らと一緒に街をぶらつくことはあるが、商売の話は持ちかけてこない。しょせん僕らは怠け者の木偶《でく》の坊だと知っているからだ。

昼下がり、兄さんはまた部屋に戻って寝てしまう。どうしたらそんなに眠れるのか見当もつかないが、とにかくひたすら眠っている。僕は映画館へ行く。観たことのある映画がかかっていようと、構わず毎日通っている。むしろそのほうがストーリーを追おうと躍起にならずに済むから好都合だ。

夕食後、僕はソファーに寝そべり、借りてきた長篇の翻訳小説を読む。そのうちに筋がわからなくなることもしょっちゅうで、最後まで読み通すことは滅多にない。兄さんは食べおわるとすぐさま席を立ち、出掛けていく。またしてもビリヤード見物に行くのだ。早起きの両親はまもなく床に就く。「ここだと電気が無駄になるから、自分の部屋に行きなさい」そう声を掛けてから二階にあがっていく。「そうするよ」と僕は答えるものの、そのままそこから動かない。

僕がようやくベッドに入り、寝ついてしばらく経った夜中の二時頃になって、兄さんが帰ってくる。電灯を点けて、寝室を歩きまわり、最後の一服を味わいながら、街で見聞きしたことを語り、人々について好意的な意見を述べる。その時間帯、兄さんはやっと本当に目が覚めるらしく、自分から進んで話をする。窓を開け放して煙を外に出すと、明かりの灯った道がのぼっていく丘と、暗く澄んだ空が見える。僕も起きあがってベッドの端に座り、ふたたび眠気が訪れるまで、心軽やかに、とりとめもないことをひとしきり喋る。

羊飼いとの昼食

Pranzo con un pastore

　それは、父がよくやる間違いのひとつだった。山羊の世話をさせるために、父は山奥の小さな村からその若者を呼び寄せた。彼が我が家にやってきた日、父は、僕らと一緒の食卓につかせたがった。

　父は人と人のあいだに差異が存在していることを理解したがらず、彫刻をほどこした調度品、渋い柄の絨毯、マヨルカ焼きの食器のある我が家のような食堂と、彼らの住む、床は土を踏み固めただけで、暖炉の煙突には蠅で真っ黒になった紐状の新聞紙が何本もぶらさがっている煤だらけの石造りの家のそれとは自ずと違うことをわかっていない。どこへ行こうとも、お得意の、格式ばったところのない朗らかさで人と接し、料理ごとに取り皿を新しくするなんて無意味だと主張する。そのため狩りで各地をめぐるときには誰もが父を自宅に招くし、夜になると喧嘩の仲裁を頼みに村人たちが父のもとを訪れる。ところが、僕ら兄弟は違う。おそらく兄はまだ、特有の共犯者めいた寡黙な雰囲気で、純朴な信頼を勝ちとることもあるが、僕は、人間どうしで話をすることがいかに困難か身に染みているし、いつだって異なる階級や文化を隔てる距離が足下に深淵のように口を開けているのを感じている。

若者が入ってきた。僕は新聞に没頭している。すると父が、彼を相手にさっそく演説をぶった。だが、そんな必要などあるだろうか。ますます戸惑うだけじゃないか。それでも父はお構いなしだった。僕は視線をあげた。若者は気怠そうに両腕を垂れ、顎を胸に押しつけて、部屋の中央の艶光りした床の上に突っ立っていた。ただし視線だけは、頑なに前に向けている。僕とさほど変わらない年頃の羊飼いで、ごわごわの髪が密生し、顔の輪郭は、額も眼窩も下顎も、弓なりのカーブを描いていた。黒っぽいミリタリーシャツの第一ボタンを喉仏のところで無理にとめ、不恰好な古い背広からは、節くれだった大きな手とぶかぶかの編みあげ靴がにゅっと飛び出しているように見えた。

「こいつは息子のクイント」と父が言った。「高校生だ」

僕は立ちあがり、思い切って笑みをつくってみせた。差し出した僕の手が彼の手に一瞬触れたものの、僕らは互いの顔を見ることもなく、すぐに手を引っこめた。父はさっそく僕のことを語りはじめた。あとどれくらいで高校を卒業できるかとか、以前その若者の村で狩りをしていたときに僕が仕留めた山鼠《やまね》のこととか、そんな誰にも興味のない話ばかりだ。僕は、父が見当違いのことを言っていると感じるたびに、「僕が？　そんなことないよ」と言って肩をすくめた。羊飼いはじっと黙りこくっていて、聞こえているのかすら定かでない。ときおり壁やカーテンのほうをちらりと見やるその目遣いは、檻のなかで隙間を探し求める獣のようだった。

父はとうに話題を変え、今度は部屋を歩きまわりながら、そのあたりの山裾で栽培される野菜の品種について話していた。父に質問を向けられても、若者は胸に顎を押しあてて口をなかば閉じたまま、わからないとだけ答えた。僕は新聞の陰に隠れて、食卓に料理が並ぶのを待っていた。一方、父はさっさと彼を座らせて、台所からキュウリを一本持ってくると、スープ皿の上で薄切りにして、前菜代わりに食べるようにと言った。

そこへ母が入ってきた。母は背が高く、レースの縁取りのある黒い服を着ていて、癖のない白い髪には決まっておなじ位置に分け目があった。「まあ、我が家の羊飼いのご到着ね」と母は言った。「あんた、旅はどうだった？」若者は立ちあがろうとしないばかりか、返事もしなかった。上目遣いに母を見たものの、その目つきからは猜疑心と不可解の念がありありと感じられた。僕は心の底から彼の味方だった。母の、いかにも愛情を注いでやるといわんばかりの優越感や、女主人然とした「あんた」呼ばわりには納得できなかった。せめて父のように方言で喋ってくれればいいものを！　ところが母は標準イタリア語を話していた。哀れな羊飼いの前に立ちはだかる大理石の壁のような冷ややかなイタリア語を。

僕は、彼に向けられた話の矛先を逸らせて、護ってやりたかった。そこで新聞記事を声に出して読みはじめた。それは両親にだけ興味のありそうな、僕らの知り合いが暮らすアフリカのある地域で鉱床が見つかったというニュースだった。羊飼いにはまったく関係のない、彼の知らない固有名詞がちりばめられた記事を僕は敢えて選んだ。孤立が彼にいっそう重くのしかかるよう仕向けるためではない。いわば彼の周囲に堀をめぐらせて息をつかせてやり、しばらくのあいだ、両親の執拗な注目を若者から逸らすためだった。ところが僕の試みはどうやら彼にも悪くとられたらしく、逆の効果をもたらした。というのも、父が昔アフリカに滞在していたときの話を持ち出してきて、風変わりな土地や民族や動物などの名前で彼をますます混乱させたからだ。

ちょうどスープをよそおうとしていたところへ祖母が現れた。哀れな姉のクリスティーナの押す車椅子に座っている。状況を説明するには、祖母の耳もとで大声を張りあげなければならなかった。説明というより、母はご丁寧に紹介をはじめた。「この子がうちの山羊の面倒をみてくれることになったジョヴァンニーノよ。私の母と、娘のクリスティーナ」

僕は、母が「ジョヴァンニーノ」と呼ぶのを聞くと、彼の気持ちを慮《おもんぱか》って赤面した。そんなふうに呼ばれるのは初めてだったにちがいない。彼の故郷の山村の、口を閉じ加減にした無骨な方言で呼んだら、その名はどれほど異なる響きを持つのだろう。

祖母は、一家の年長者らしい穏やかさで頷いた。「いいかい、ジョヴァンニーノ。山羊を逃がさないようにしておくれ。頼んだよ」一方、我が家に客が訪れることはめったにないものの、そのたびに客に極端な敬意をはらう姉のクリスティーナは、車椅子の背もたれの陰になかば身体を隠したまま、こわごわ顔だけのぞかせて、消え入りそうな声で言った。「お会いできてたいへん光栄です」そして、若者に向かって手を差し伸べたものだから、彼はその手を気怠そうに握り返した。

羊飼いは、椅子に浅く腰かけて背中を後ろに反らせ、テーブルの上に指をひろげて手を置いた姿勢で、魅了されたように祖母をじっと見ていた。大きな車椅子の中で縮こまり、指なし手袋からのぞく血の気のない指をかすかに宙に浮かしている老婆は、無数の皺の下に隠されたその小さな顔といい、わずかな視力によって感知できるごちゃごちゃと折り重なった陰や色のなかからなんらかの形を見出そうと彼のほうにじっと向けられたその眼鏡といい、まるで本を朗読しているかのような喋り方のそのイタリア語といい、彼にとってはすべてが新しい発見であり、これまで出会ってきた老いのイメージを覆すものにちがいなかった。

とはいえ、哀れな姉のクリスティーナも負けず劣らず戸惑っていて――初対面の人に会うときにはいつもそうだが――、部屋の中央まで歩いていくと、歪んだ肩の形を隠すために巻いたショールの下で両手を合わせたまま、明るい色のきょとんとした眼と、まだ若いのに白い毛髪の混じる部分が筋状に入った頭と、引きこもって過ごす日々の倦怠によって麗しさが失われた顔を窓ガラスのほうへ向けて、こう言った。「海に小さな舟が浮いていたの。わたし、それを見たのよ。二人の舟人が漕いでた。一生懸命ね。でも、家の屋根の陰に入ったきり消えてしまって、そのあと誰も見た人がいないの」

そのとき僕は、客がすぐに姉の悲惨な境遇に気づいてくれることを期待した。そうすれば、もうそのことを気にかけたり、あれこれ臆測をめぐらせたりせずに済むからだ。そこで僕は、まったく場違いな、わざと意地の悪い口調で咎めた。「舟に乗った人がうちの窓から見えるわけがないだろう。海からはずいぶん離れてるんだから」

姉はそれでもなお窓ガラスのむこうに目を泳がせて、海ではなく空を見ていた。「舟に二人の男の人が乗っててね、漕いでたの。一生懸命に。それに旗もあったわ。三色旗がね」

　僕はあることに気づいた。姉の言葉に耳を傾けている羊飼いの表情には、ほかの誰が相手のときでも必ず感じられる居心地の悪さが表れていなかった。おそらく彼自身の在り方と一致するなにかがようやく見つかったのだろう。僕らの世界と彼の世界との接点とでもいえばいいだろうか。僕は、山間《やまあい》の集落でたびたび見かける痴呆症の人たちの姿を思い出していた。彼らは玄関先で何時間も座ったまま、群れをなしてたかる蠅をはらいもせずに、訳のわからない言葉を切々とつぶやいて村の夜を悲しく染めあげていた。おそらく羊飼いは、生まれ育った村では日常の出来事であるために、僕らの家族の不幸を容易に理解できるのだろう。それは、父の気まぐれな戦友意識よりも、女たちの母性で包みこむような態度よりも、僕のぎこちない素っ気なさよりも、はるかに彼と僕らの距離を縮める役割を果たしていた。

　兄は例のごとく遅れて、みんながもう手にスプーンを持ちはじめる頃になって現れた。入ってきて食卓を一瞥しただけですべてを把握したらしく、父が状況を説明し、「上の息子のマルコだ。公証人のところで勉強している」と紹介するのも待たずに自分の席に座り、誰の顔を見ることもなく悠然と食べはじめた。黒っぽくて、ほとんど表情のうかがえない冷たい眼鏡をかけ、まっすぐで硬い、どことなく悲しみを湛えた鬚を生やしている。みんなに挨拶をして、遅れたことを詫び、笑顔ひとつでも客に向けるかと思いきや、口をひらこうともせず、冷酷な額には皺ひとつ寄らなかった。いまや羊飼いは、たいそう強力な味方を傍らに見出したことが、僕にも伝わってきた。兄は岩のような沈黙で彼を護り、そのひどく居心地の悪い重苦しい空気から逃れる道をつくってやるのだろう。それができるのは、兄のマルコだけだった。

羊飼いは皿の上に背を丸めた姿勢で、音を立ててスープをすすっていた。この点において僕ら男は三人とも彼の味方で、これ見よがしの行儀作法は女たちに任せていた。父はもともと音などお構いなしの性分だったし、兄の場合は厚かましいまでの豪胆さの表れだったし、僕の場合は単に不作法から来るものだった。この新たに生じた同盟関係を僕は好ましく思った。僕ら四人が一丸となって女性陣に抵抗することで、もはや羊飼いは孤立した存在ではなくなったからだ。そのとき女性陣は間違いなく僕らを非難していたものの、双方に恥をかかせないために黙っていた。客の前で家族に恥をかかせたくなかったし、その逆もまた然りだった。しかし、果たして羊飼いはそのことに気づいていたのだろうか。いや、むろん気づいてなどいなかった。

母が甘ったるい言葉で、攻勢に転じた。「それでジョヴァンニーノ、あんたは何歳なの？」

若者は数字を答えたが、叫び声のように反響した。そこで小さな声で言いなおした。「なんだって?」祖母がそう言いながら、間違った数字を口にした。「そうじゃないよ、おばあちゃん」みんなはそう言って、祖母の耳もとで正しい年齢を喚いた。兄だけが、黙っていた。「クイントよりひとつ年上なんだね」母が言い、それを祖母に伝えた。羊飼いの若者と比較されることに、僕は耐えがたい苦痛を感じていた。彼は生活費を稼ぐために他人の山羊の世話をしなければならず、牡の羊のにおいをただよわせ、楢の木を伐り倒すほどの力がある。一方の僕はデッキチェアに寝そべって生活し、傍らでラジオを流しながらオペラの台本《リブレット》を読んでいる。間もなく大学へ進学することになっていて、背中がむず痒くなるのでフランネルの生地が肌に直接あたるのを厭がっていた。当時の僕は、彼にあって僕には欠けているものも、僕にあって彼には欠けているものも、どちらも不当な仕打ちのように感じていた。そのせいで僕も彼も二つの未完成な存在に成りさがり、猜疑心と羞恥心を露わにしてスープ皿の陰に身を隠していた。

祖母が質問したのはそのときだった。「ところで、おまえさんはもう兵隊に行ったのかい?」それは的外れの質問だった。彼のような階層の若者はまだ召集がかかっておらず、一回目の身体検査がおこなわれたばかりのはずだった。

「法王さまの衛兵にでもなるつもりか?」それは、父のいつもの、少しもおもしろ味のない軽口だった。

「召集猶予になったんです」と羊飼いが答えた。

「まあ……」と祖母は言った。「不適格者ということ?」その声音は、咎めているようでもあり、残念がっているようでもあった。たとえそうだとしても、なぜ祖母がそこまでこだわるのか。

「そうじゃなくて、猶予です」

「猶予って、どういうこと?」

羊飼いの若者はしぶしぶ説明した。

「法王さまの衛兵になるつもりか。あっはっは、法王さまの衛兵に」父一人が愉快がっている。

「そうなの。病気じゃないといいけれど」祖母が言った。

「徴兵検査の日だけ病気になる」羊飼いがつぶやいたその言葉は、幸い祖母の耳には聞こえていなかった。

兄が皿から顔をあげた。すると、兄の眼鏡のレンズを、羊飼いに向けられた目配せのようなにかがすり抜けた。暗黙の合意といえばいいのだろうか。そして兄の口の両端の鬚が、おそらく笑みを浮かべたのだろう、かすかに緩んだ。《ほかの連中は気にするな。俺はおまえの気持ちがよくわかる。その手のことはたっぷり経験済みだからな》とでも言っているようだった。兄のマルコはいつも、そんな共犯者めいた素振りを唐突に見せて、相手の好意を手中に収めるのだった。今後、羊飼いはどんなときでも兄に向かって話すようになるだろう。なにか質問に答えるたびに、「そうですよね？」と兄に同意を求めるにちがいない。兄マルコの、そんな人情味あふれる控え目な信頼の築き方の根底には、つねに隣人からの同意を得ずにはいられない父譲りの性分と、母譲りの貴族的な優越感とが同居していることに僕も気づいていた。そして、たとえ兄と連帯しても、羊飼いの孤独は軽減されないと思った。

そこまで考えたとき、なにかしら彼の関心を惹きそうなことが僕にも言えるような気がした。そこで僕は、学業を終えるまで兵役の免除が認められたことを説明した。ところがその発言は、僕ら二人のあいだに恐ろしい違いが横たわっていることを強調しただけだった。兵役という、万人にとって避けがたい運命のように思える事柄においてさえ、僕らのあいだに共通項は見出せないのだ。

姉が例のごとく訳のわからないことを口走った。「そうしたら、あなたは騎兵隊に入隊されるのですか？」

誰にも注目されないまま消えるかと思われたその言葉は、祖母によって拾われた。「なにを言ってるの、いまどき騎兵隊だなんて……」

それに対して、羊飼いがなにやら、「山岳師団《アルピーニ》……」というようなことをつぶやいた。

そのとき、僕と兄は、母も僕らの味方だということに気づいた。母もその話題を愚かしく思っていた。でも、ならば、なぜ話題を変えるよう仕向けないのだろうか。幸い父が、「ああ、法王さまの衛兵になるのか……」とばかり繰り返すのをやめて、森にはキノコが生えているのかと尋ねた。

こうして昼食のあいだずっと、僕ら若者三人と、残酷で慇懃な世の中との戦いが繰りひろげられていた。僕らは互いに味方であることを認識できずにいたばかりか、兄弟間でも互いへの警戒心に満ちていた。

兄は果物を食べおえると、大仰な仕草とともに食事が済んだことを告げた。煙草の箱を取り出して客に一本勧める。誰の許可を求めることもなく、二人は火を点けた。それがその日の昼食時に生まれたもっとも濃厚な連帯の瞬間だった。僕は、高校を卒業するまでは両親から喫煙を禁じられていたために、仲間に入れなかった。すっかりご満悦の兄は、席を立ち、来たときとおなじように無言で僕らを上から見おろしながら、二度ほど大きく煙を吸うと、踵を返して行ってしまった。

父はパイプに火を点け、ニュースを聴くためにラジオのスイッチを入れた。羊飼いは膝の上にひらいた両手を置き、涙で赤くなった眼を大きく開けてラジオをじっと見つめていた。その眼にはまだ、野畑を見下ろす高台にある村や、周囲にぐるりとそびえる峰々、葉の生い繁る栗林といった光景が映っていたにちがいない。父はラジオが聞こえなくなるのもお構いなしに、しきりに国際連盟の悪口を言っていた。その隙に僕はこっそり食堂を出た。

その日の晩、羊飼いの若者のことが終始僕らの頭につきまとった。ランプのほのかな灯りで無言のまま夕餉を囲みつつも、僕らは牧草地の農場に独りでいる彼のことを思わずにはいられなかった。この時間ならばとっくに飯盒に入れたスープを温めて飲んでしまい、ほとんど真っ暗ななか、藁布団で寝ていることだろう。下の階からは山羊たちが動きまわり、身体をぶつけ、歯で草をすりつぶす音が聞こえてくる。羊飼いが外に出てみると、海の方角にいくらか霧がかかっていて、空気は湿っていた。静寂のなかで泉がこぽこぽと静かな音を立てている。羊飼いは野生の木蔦でおおわれた道伝いに泉のほうへ歩いていき、喉が渇いているわけでもないのに水を飲んだ。蛍が現れたかと思うと、ふたたびすっと消えるのが見えた。ずいぶん密集した群れのように見えたけれど、空中で腕をふりまわしても一匹も触れずじまいだった。

バニャスコ兄弟

I fratelli Bagnasco

僕は何か月も、ことによると何年ものあいだ家を留守にすることがある。たまに帰ると、我が家は相も変わらず丘の上にあり、古い漆喰《しっくい》の赤茶けた色が、くすぶるように密生するオリーヴのあいだからのぞいているのが遠くからでも見てとれる。昔ながらの家だ。橋のように見える円《まる》天井のアーチに、塀の上には老親が司祭を追い払うために置いたフリーメイソンのシンボルマーク。家には兄がいて、兄もまた年じゅう世間を旅してまわっているが、僕よりは頻繁に家に帰っていて、僕が帰省するときには決まって兄もいる。兄は帰るなり家のなかをがさごそと探しまわり、狩猟服やファスチアン織りのベスト、革の尻当てのついたズボンを見つけ出し、空気の通りのいいパイプを選んで、煙をくゆらせるまで落ち着かない。

「おお」僕が家に着くと兄は言う。何年も会っておらず、僕が帰ってくることを兄が知らなかった場合でも、その挨拶は変わらない。僕も、「やあ」とだけ返す。だからといって仲たがいしているわけではない。もし余所の町で会っていれば、互いに再会を喜び、ぽんぽんと肩を叩くだろう。「こいつは驚いたね！」なんて声を掛けながら。ところが故郷に帰ると違っていた。うちではいつでもそんな感じだった。

そうして二人とも、ポケットに両手を突っこみ、黙りこくったまま、どこかぎこちない態度で室内に入る。それから兄が、ついさっき話を中断したばかりのように、だしぬけに喋りだす。

「昨晩《ゆうべ》、ジャチンタの息子がひどいことをしやがった」

「一発ぶっ放してやればよかったのに」僕は、なんの話かわからないまま、とりあえず応じる。内心では、いままでどこへ行っていたのか、どんな職に就いているのか、金は稼いでいるのか、嫁さんはもらったのか、子供はいるのかといったことを互いに尋ねたいのだが、まあ訊く時間はそのうちにいくらでもあるだろう。いまそういった話題を持ち出しでもすれば、習慣に逆らうことになる。

「知っての通り、金曜の晩は、俺たちが長井戸《ポッツォ・ルンゴ》の水を使う番だ」と兄が言う。

「金曜の夜だったな」僕はそう請け合うものの、そんなことは憶えていないどころか、おそらく初めて聞く話だ。

「ところが、金曜の晩になっても、うちには水がまわってこない」と兄は言う。「井戸に張りついて番でもしないかぎり、あいつらが自分の家のほうにまわしちまうんだ。昨晩、十一時頃だったかな、井戸の横を通りかかったら、鍬を担いで走り去る男を見かけた。確かめてみると、取水管がジャチンタの家のほうにまわしてあったんだ」

「一発ぶっ放してやればよかったのに」そう口にするなり、僕の全身に怒りがこみあげる。長井戸《ポッツォ・ルンゴ》の水をめぐって確執があったことなど、もう何か月も忘れていたし、一週間もしてふたたび村を発ってばまた忘れてしまうのだろうけれど、それでもいまは、過ぎ去った月日のあいだに横取りされた分と、これから何か月にもわたって横取りされるだろう水のことで、怒りにわなないている。

そのあいだにも僕は、パイプをくゆらせながらついてくる兄とともに階段をのぼり、部屋から部屋へとまわり、旧式の猟銃や新式の猟銃、火薬入れ、狩猟用の角笛、カモシカの頭などが吊るしてある部屋を移動し、ふたたび階段をおりる。階段も部屋も閉めきった虫食いのにおいがし、壁には磔刑像の代わりにフリーメイソンのシンボルがある。

兄の話は尽きない。小作人に盗みばかり働かれていること、収穫が思うようにいかないこと、余所の山羊がうちの牧草地の草を食べること、山裾に住む者たちがこぞってうちの森に薪を拾いにくること……。話を聞きながら、僕は簞笥から上着やゲートル、薬莢を入れるための深いポケットがぐるりとついているチョッキなどを引っ張り出し、しわくちゃになった都会の服を脱ぎ捨て、革やファスチアン織りの衣類で完全装備した自分の姿を鏡に映してみる。

しばらくすると僕らは二連銃を肩から提げて山道をくだり、移動しながら、あるいは立ち止まって、銃を撃つ練習をする。すると、まだ百歩も歩いていないというのに、首のあたりに細かな石つぶてが飛んでくる。ものすごい勢いで飛んでくるところを見ると、パチンコで飛ばしているらしい。僕らはすぐにはふりむかず、なにごともなかったふりをして、道よりも一段高いところにある葡萄畑の塀のあたりを注意深く見ながら歩きつづける。肥料の硫酸塩で灰色になった葉の陰から、一人の少年の顔がのぞく。丸っこい赤ら顔で、目の下にはそばかすがたくさんあり、アブラムシにたかられた桃の実のようだ。

「ひどい話だ。子供たちにまで僕らへの敵愾心を教えこんでいるのか！」僕はそう言うと、少年に罵詈雑言を浴びせる。

少年はふたたび顔をのぞかせて舌打ちすると、逃げていく。兄は葡萄畑の柵を通り抜け、種を蒔いた畑を踏み荒らしながら、葡萄の木の列に沿って追いかける。僕もすぐあとに続き、しまいには少年を挟み撃ちにする。兄が少年の髪を鷲づかみにし、僕は耳をつかむ。少年が痛がることは承知のうえで、思いっきり引っ張る。痛めつければ痛めつけるほど、僕の胸の内で憤りが増幅し、大声で怒鳴る。

「これはおまえの分、残りはおまえをここに寄越した父親の分だ」

少年は泣き喚きながら僕の指に噛みついたかと思うと、逃げていく。葡萄畑の突き当たりに黒ずくめの女が現れ、エプロンの折り目の下に少年の頭を隠すと、握り拳をふりかざしながら僕らに向かって喚く。

「この卑怯者め！　子供に当たりちらすなんて！　あんたたちは、いつもそうやって横暴なんだから。憶えておくがいい。いつか、あんたたちを懲らしめる人が現れるに決まってる！」

ところが、僕らはとっくに肩をすくめて別の方向へと歩きだしている。しょせん女に逆らったって碌なことはないのだから。

ずんずん歩いていくと、薪を山ほど背負い、あまりの重さに腰を直角に曲げて歩いてくる二人の男に出会う。

「おい、そこの二人」僕らは二人を呼びとめる。「どこからその薪を拾ってきた？」

「どこだろうと勝手だろ」二人はそう答えると、そのまま立ち去ろうとする。

「うちの森から盗ってきたのなら、すぐに返してこい。おまえたち二人とも、木の上から吊るしてやるぞ」

二人は背負っていた荷を石垣の上に降ろして、汗だくのまま、頭と肩を覆っている袋状の頭巾の下から、じっとこちらを見据える。

「なにがあんたらのもんで、なにがあんたらのもんじゃないかなんて、俺たちの知ったことか。そもそも、あんたら誰なんだい？」

確かに二人は見慣れない顔だった。おそらくどこかから流れてきた失業者が薪拾いをはじめたのだろう。だとしたら、なおさらこちらの存在感を誇示する必要がある。

「バニャスコ兄弟だ。聞いたことがあるだろう」

「俺たちは、いっさい誰のことも知らないね。薪は村有の森で集めたんだ」

「村有の森での薪集めは禁止されている。森林警備隊に通報して、おまえたち二人を牢屋にぶちこんでもらうぞ」

「なるほど、それであんたらの正体がわかった」二人組の片方が飛び出してくる。「なんだかんだ因縁をつけちゃあ俺たち貧しい者に無理難題を吹っかけてくるあんたら兄弟を知らんわけがない。いい加減、やめたらどうなんだ！」

僕は怒鳴りつける。「なにをやめろって言うんだ？」だが、それ以上は深追いしないことにして、兄と二人で交互に悪態を吐きながら、その場を去る。

じつは兄も僕も、余所の町にいるときには、路面電車の運転手や、新聞販売所の店員と世間話をしたり、頼まれれば吸い差しの煙草をまわしたり、あるいはまわしてもらったりもする。ところがこの村では違った。この村ではずっと以前から、二連銃を担いで歩きまわっては、あちこちで騒動を起こしていた。

峠の食堂に共産党の支部があり、おもての掲示板に新聞記事の切り抜きや手書きの文章が画鋲で貼られている。通りすがりに一編の詩が目につく。領主というものはいつの時代も変わることはなく、かつて横暴を働いていた者たちは、現在、同様のふるまいをしている者たちの兄弟だと書かれている。「兄弟」という文字の下に線が引かれ、強調されている。つまりは、すべて僕ら兄弟に対する当てこすりだ。そこで僕らは、「卑怯者の嘘つきめ」とその紙に書きこんで、署名した。「ジャコモ・バニャスコ、ミケーレ・バニャスコ」

それでいて村の外にいるときには、家から遠く離れて出稼ぎに来た男たちが食事をしている蠟塗りの寒々としたテーブルで、一緒になってスープをすすり、泥のついた灰色のパンの柔らかい部分を爪でほじるのだ。すると、隣合わせた者が新聞に書かれていることを話題にし、僕らも応じる。「世間にはまだ横暴な連中がいるもんだなあ！　でも、いつの日かもう少しまともな時代が来るだろう」

ところが、この村ではそんなことは言えない。ここには不毛な土地があり、盗みを働く小作人、仕事を放り出して居眠りをする日雇い労働者、通りすがりに背後から唾を吐きかける連中がいるだけだ。そして、僕らが自分たちの土地を耕そうとせず、他人を搾取することにばかり長《た》けていると詰《なじ》る。

森鳩《もりばと》の渡りが通過するはずの場所にやってくると、僕らは二人分の場所を確保して群れを待ち伏せる。ところが、すぐにじっとしているのにも飽きてしまい、二人の姉妹が暮らしている家を兄が指差し、口笛を吹いて、そのうちの片方を呼び出す。兄のいい女《ひと》なのだ。女はすぐにやってきた。ゆったりとした胸に毛深い脚をしている。

「おい、おまえの妹のアデリーナも連れてきてくれ。今日は弟のミケーレと一緒なんだ」兄が言った。

彼女が家に戻ったすきに、兄に尋ねる。「きれいな娘《こ》か？　きれいな娘か？」兄は否定も肯定もせず、「肥ってるよ。相手をしてくれる」とだけ答えた。

やがて二人が表に出てくる。僕の相手はほんとうに肥っていて身体も大きい。こんな昼下がりの相手としてはまずまずだ。はじめのうち二人は、僕らと一緒にいるところを見られたら困ると言って渋っている。見られでもしたら山裾の住民全員を敵にまわすというのだ。それでも僕らは、馬鹿げたことを言うんじゃないと説得し、さっきまで森鳩を待ち伏せしていた草むらに二人を連れていく。兄ときたら、娘の傍らでもかまわず獲物を撃ち落とす。兄にしてみれば、女連れで狩りをすることなどお手のものだ。

しばらくそこでアデリーナと籠っていると、不意にまた小石が霰《あられ》のように飛んでくる。そばかすの少年が逃げていくのが見えたけれど、追いかける気にもならず、背後から悪態を浴びせるにとどめる。

そのうちに姉妹が授福式へ行かなければと言いだす。

「行きたいなら勝手にすればいいだろう。二度と僕らのまわりをうろつくな」僕らは捨て台詞《ぜりふ》を吐く。

あとになって兄が説明したところによると、あの二人はこのあたりでいちばんふしだらな姉妹なのだそうだ。村の若者たちに僕らと一緒にいるところを見られたら、厭がらせとして、もう誰も来てくれなくなるのではあるまいかと不安でならなかったらしい。僕は風に向かって「このあばずれ女め！」と叫びながらも、内心では村いちばんのふしだらな姉妹しか僕らの相手をしてくれないことを情けなく思う。

聖コジモと聖ダミアーノ教会前の広場には、授福を待つ人たちが大勢集まっている。僕らが通りかかると誰もが道をあけ、白い目でこちらをにらむ。司祭さえも冷たい眼差しを向ける。僕らバニャスコ家が三代にわたってミサに参列していないからだ。

かまわず進んでいくと、そばでなにかが落ちる音がした。「またあの餓鬼だ！」思わず怒鳴りつけ、捕まえようと駆けだした瞬間、熟れすぎた枇杷《びわ》の実が枝から落ちただけだったとわかる。そうして僕らは、小石を蹴り蹴り歩きつづける。

養蜂箱のある家

La casa degli alveari

遠くからですと容易には目につきませんし、一度来たことのある人でも道を憶えていませんから二度と来ることはできません。かつてあった山道も私が土を掘り起こして通れなくして、はびこる茨があらゆる痕跡を消すにまかせておきました。私の家は慎重に選びぬいたものです。金雀枝《えにしだ》の生い繁るこの斜面にぽつんと一軒だけ建っていて、平屋で屋根が低いですから麓からは見えません。石灰でできた漆喰のために白く、窓の孔だけが骨のようなピンクです。

周囲の土地を耕すことはいくらでもできたはずなのですが、私はそうはしませんでした。カタツムリがレタスをなめる四角い苗床と、ぐるりと家のまわりに鍬で土を盛り、ジャガイモを植えて、紫色の芽が生えるのを待つためのちょっとした畑があればそれで十分ですから。食べる量以上のものを得るために働こうとは思いません。どのみちなにかを分け合うような人などおりませんし。

たとえ茨が屋根の上まで這っていようと、スローモーションの雪崩《なだれ》のように菜園までおりてこようと、刈るつもりもありません。私もろとも、家をそっくり埋めてくれたらどんなにいいでしょう。壁の隙間にはミドリカナヘビが巣をつくりますし、床の煉瓦の下には蟻が穴の入り組んだ地下都市を掘って、行列をなして出てきます。私は毎日、新しい裂け目が入っているのを見つけるたびに胸を躍らせてそれを眺めます。いつしか山裾まで伸びる野生植物に呑みこまれ、人間の町の息の根が止まる日を思い描くのです。

家の上手にある硬い草の生えている段々畑では、山羊を放し飼いにしています。明け方近くなると、ときおり野兎のにおいを追って犬が入ってくることがあります。そんなとき、私は石を投げて追いはらいます。なにせ犬が大嫌いなものですから。人間に媚びたあの忠実さが我慢なりません。そもそも人間に飼い慣らされた動物はみんな厭《いと》わしい。油ぎった皿の残飯をなめるために、人間という生き物を理解したふりをしているところがたまりません。ですが、山羊だけは別です。山羊は人間に懐くこともありませんし、人間に懐かれることもありませんから。

私には鎖につないだ犬に番をしてもらう必要などないのです。生け垣や掛け金といった醜い人間の道具に頼る必要もありません。私の土地には板の台にのせた養蜂箱がぐるりとめぐらせてあって、針を持つ生け垣のごとくミツバチが飛び交っていますから、私以外の者は通り抜けられません。夜になるとミツバチは巣部屋にこもって眠ってしまいますが、それでも私の家に近づく人間は誰もいません。私を怖れてのことでしょうが、それもまあ当然でしょう。当然といっても、まことしやかに囁かれている私にまつわる噂が事実だからではありません。そんなものは彼らにしか考えつかない嘘八百ですが、彼らが私を怖れているのはありがたく、私としても望むところです。

朝、山の尾根をまわりますと、なだらかに下る裾野の景色が眼下にひろがり、そのむこうに、高くふくらんだ海が私やこの世界をとり囲んでいるのが見えます。海の下のほうには人間の家々がひしめき、偽りの隣人愛のなかで浮遊しているのが見てとれるのです。黄土色にくすむ石灰の町に、ちらちらと光るガラス窓や暖炉の煙。いつの日か茨や雑草が町の広場を埋めつくし、海に呑みこまれ、家々の廃墟が浸食されて岩と化すでしょう。

いま、私とともに暮らしているのはミツバチだけです。私が巣箱から蜂蜜を取り出すときには、手のまわりに集まってきますが、刺すことはありません。顔にたかり、まるで生きた鬚のように蠢《うごめ》きます。友であるミツバチ。彼らは古代からの知恵を持っていますが、歴史を刻むことはありません。私は何年も前からこの金雀枝が生い繁る斜面でミツバチとともに暮らしています。以前は、一年が過ぎるごとに壁に一本ずつ線を刻んでいました。それがいまや、そんな人間の愚かしい時の営みを茨がことごとく覆いつくしていきます。とどのつまり、なぜ私が人間と一緒に暮らし、人間のために働かなければならないのでしょう。彼らの、汗でじっとりとした手、野蛮な儀式、踊りに教会、女たちの甘酸っぱい唾液……どれひとつとっても虫唾《むしず》が走ります。ですが、お願いですから信じてください。あの人たちの話していることは事実ではありません。あの人たちはいつだって、私についてあることないこと噂してきた、ほら吹き人間なのです。

　私には貸しも借りも一切ありません。夜に雨が降れば、翌朝には斜面に大きなカタツムリが這い出してきますから、それを料理して食べます。森へ行けば柔らかくてしっとりしたキノコが地面から頭をのぞかせています。森は私が必要としているすべてのものを分けてくれます。暖をとるための薪や松かさ、栗。獣を捕まえることだってできます。くくり罠で野兎や鶫《つぐみ》を捕まえるのです。私が野生動物の愛好家だなどと思わないでください。のどかに自然を崇めているわけではありません。そんなのは人間の愚かしい偽善にすぎません。私は、この世では互いに屠《ほふ》ることが不可欠で、弱肉強食の掟に支配されていることを知っています。食べる分の動物だけを殺し、それ以外の殺生はしません。捕まえる際には罠を使い、猟銃は使いません。罠でしたら獲物を巣穴から追い立てる猟犬や助っ人に頼らなくて済みますから。

ときおり森で人間と出くわすことがあります。木を一本いっぽん倒す斧の陰湿な音が聞こえたというのに、避ける間もないようなときです。すると、私はなにも見なかったふりをします。日曜になると貧しい者たちが薪を求めて森に入り、脱毛症の人の頭のように、ところどころ禿げ山にして帰っていきます。太い丸太をロープで引きずるものですから、斜面がえぐりとられ、嵐のときにはそこを雨が濁流となってくだり、崖崩れを誘発します。そうやって、人間の町など破壊されてしまえばいいものを。いつの日か町に行くと、土砂に埋もれた煙突の先端だけがのぞき、断崖のあいだからは切断された道路の湾曲部分が飛び出し、林の突き当たりの草地は埋もれたレールででこぼこしている光景が待ち受けていたら、どんなにいいでしょう。

これほどの孤独を私がつらいと感じることはないのか、きっとあなた方も疑問に思うことでしょう。夕焼けがいつまでも続くようなある日、そう、春もまだ浅い頃の長い暮れ方に、はっきりとした目的もないまま、人間たちの家のあるほうへおりていったことはないのだろうかと。確かにおりたことはありました。生暖かな夕暮れで、枇杷の木の頭だけがのぞいている、畑を囲む塀に向かっておりていきますと、女たちの笑い声や、遠くにいる子供を呼ぶ声が聞こえてきました。私は慌てて、一人でここに舞い戻ってきました。それが最後でした。つまりはそういうことなのです。あなた方とおなじように、ときおり私の胸の内では過ちを犯すのではあるまいかという恐怖が頭をもたげます。ですから、あなた方とおなじように、いまの生活を続けるしかありません。

あなた方は私を怖がっているようですが、それも仕方のないことでしょう。ですが、あの出来事のせいではありません。あの出来事が本当に起こったにしろ、そうでなかったにしろ、もう何年も昔のことですし、当時の私はまだ……いや、いまとなってはもう関係のないことです。

あの女……私がまだここに住みはじめて間もない頃、あの黒い服をまとった女が鎌を持って草刈りに現れました。当時の私はまだ人間に対する情念が心のなかで渦巻いていて、その黒い服の女が斜面の上のほうで草を刈っているのを見たのです。彼女は私に挨拶をしましたが、私は挨拶を返さずに通りすぎました。それから、私は人間に対する情念や昔ながらの怒りが心のなかでまだ渦巻いていたものですから、彼女に気取《けど》られないように近づいていきました。昔ながらの怒りを抱えていたと言っても、あの女に対するものではありませんでした。彼女の顔ももう憶えていません。

人々が噂しているような顚末はむろん作り話です。というのも、あれはかなり遅い時刻のことで、山裾には人っ子一人いませんでしたし、私は彼女の喉もとに手を当てていましたから、女の声を聞いたものなど誰もいないはずです。そう、私は自分のことを最初から話すべきで、話せばあなた方にも理解していただけるにちがいありません。

ですが、あの晩の話をするのはもうよしましょう。私はここで、葉に穴をあけるカタツムリとレタスを分け合って暮らしています。キノコが生える場所を知りつくしていますし、食べられるキノコと毒キノコを見分けることもできます。もはや女のことなど頭になく、彼女らの放つ毒にも興味がありません。禁欲生活などというものは単なる慣れでしかないのですから。

最後に私が関係を持ったのは、あの鎌を持った黒ずくめの女です。空にたくさんの雲が浮いていたのを憶えています。次から次へと黒い雲が走りすぎる。そう、空でそんな競走が繰りひろげられている下、山羊が草を食む斜面で、人は初めて交わりました。思うに、人と人との出会いの場には、お互い相手に対する恐怖心と羞恥心しかないのではないでしょうか。それこそ私が彼女に求めていたものです。恐怖心と羞恥心。彼女の瞳のなかには恐怖心と羞恥心しかなく、それだけのために私は彼女と交わったのです。信じてください。

誰も私にはなにも言いませんでした。なにも。なにも言えなくて当然です。あの晩、山裾の村には人っ子一人いませんでしたから。それでも毎晩、丘が闇にまぎれ、ランタンの灯りでは古い本の論旨を追えなくなる時間帯になると、山裾にひろがる、灯りと音楽にあふれる人間の町から、あなた方がみんなで私をなじる声が聞こえてきます。

ですが山裾には私を見た者なんて誰もいないのです。あの日以来、あの女が家に帰ることはありませんでした。それで人々はさかんに噂しますが、私の家の上手にある草原にあの女の遺体が埋められているという話は本当ではありません。

通りかかる犬があそこで立ち止まり、いつもおなじ場所のにおいを嗅ぎ、唸りながら前肢で地面を掘るとしたら、それは、その下に古いモグラの巣があるからです。誓って言いますが、下にあるのは古いモグラの巣です。

血とおなじもの

La stessa cosa del sangue

ＳＳ〔ナチス親衛隊の略称〕に母親を逮捕された晩、兄弟は夕飯を食べに〈コミュニスト〉の家へ向かった。〈コミュニスト〉は丘の中腹の田舎家に住んでいた。オリーヴの木々と石垣のあいだの小道をのぼったところだ。薄墨色の夜が、ほとんど速足で、すべてを消し去ろうとするかのように濃度を増していた。兄弟は、道すがら、麓から聞こえてくる犬の吠え声に注意していた。ＳＳが二人を探しに来たぞという報《しら》せかもしれないし、母親が早くも釈放されて戻ってくるのかもしれない。あるいは父親か、さもなければ別の人がなにかを告げに来たとも、なにかしら状況がわかるものだとも考えられる。ところが犬は単にスープが欲しくて吠え、麓の農家の子供たちはスプーンで器を叩きながら喚いていた。

ものごとのリズムが変わったのだった。感覚があまりに緩慢になった一方で、思考があまりに敏捷になった。それはいきなりの変化だった。兄とその〈コミュニスト〉が森をおりていたときのことだった。その日は、弟を連れてパリサイ人の衝羽根樫《ローヴェレ・デル・ファリゼーオ》と呼ばれる場所まで〈百合《ジッリオ》〉の部隊のための薬を届けに行っていた。衝羽根樫《つくばねがし》の下では、上着の下にピストルを隠し持った〈百合〉と〈やせっぽち《マグロ》〉が待っていた。〈百合〉は、鴉の砦《ロッケ・デル・コルヴォ》に潜み、わずか数人の男たちと独自に奇襲攻撃をしかけていたのだ。その時々であちらの部隊やこちらの部隊に属したが、いつだって自分の都合のいいようにふるまっていた。彼らは衝羽根樫の下に座って話しこんだ。藁の上で寝ると脚にできる皮膚炎を治す方法だとか、地域一帯の孤立したパルチザン兵たちを正式に再編成し、盗賊のように森をうろつくことをやめさせる必要性だとかいったことについて。それから、男五人が寝泊まりできる、人目につかないよい隠れ処を見せてもらった。森を抜けて帰る途中、山羊の群れを連れた大柄の娘と出会い、弟はその娘と一緒にその場にとどまった。森のなかを歩いているあいだずっと、松の生えた斜面を山羊と飛び跳ねながら、少女と一緒に歌う弟の声が聞こえていた。その後、あばら家《ビコッカ》に着くと、七軒ある集落の住人がそろって戸外に出ていた。ヴァルターの姿もあった。

動揺した様子でヴァルターが言った。「麓で起こったことを知ってるか?」

「麓でなにがあったんだ？」

「ひどい話さ。ＳＳがおまえのお袋さんを逮捕した。釈放してもらえるか、親父さんが様子を見にいったよ」

　ふいに空気が張りつめて重苦しくなった。黒シャツ隊が登ってきて、オリーヴの木のあいだから一斉射撃の音が聞こえるときのように。鼓膜の内側や喉の奥に、いくつもの疑問が滞留する。スパイたちの青白い顔が、まるで生まれてすぐに弾けるシャボン玉のように、記憶に浮かんでは消えていった。羊飼いの歌を口ずさみながら喜びいさんで帰ってきた弟は、いきなりその話を聞かされて口をつぐんでしまった。

　この新しい出来事があってからというもの、それまでのことがことごとく変化した。母親がドイツ兵に連れ去られるという新しい事実が、あらゆることの隙間に割りこんでしまったのだ。兄弟は、すでに書物を読んでいたし、恋人もいたし、爆弾も扱えるいっぱしの少年だったはずなのに、幼い子供に返ってしまったかのようだった。母親という、子供時代にかかわる部分に打撃を受けて。もはや二人して手をつなぎ、母親とはぐれた幼子のように途方に暮れて歩きまわるしかなかった。それでも、すべきことが山のようにあった。爆弾や拳銃、弾倉や猟銃、医薬品や印刷物などを隠さなければならない。さすがのドイツ兵でもそこまでは捜しにも調べにもこないだろうという、オリーヴの木の洞《うろ》や石垣の隙間などに隠す必要があった。兄弟は、どのようにだとか、いつだとか、どうしてだとか、いくつもの疑問を、声に出したり胸の内で問いかけたりしてみたものの、なにひとつ解決にはつながらなかった。

二人が疎開していたオリーヴ畑に囲まれた家では、目のほとんど見えない九十過ぎの祖母が、黒ずくめの大きな質問の塊となって待ち受けていた。むごいほどに鮮明な彼女の記憶には、長たらしい戦争の歴史が刻まれていた。クストーザの戦いやメンターナの戦い〔いずれも第三次イタリア独立戦争（一八六六年）の際の戦い〕、ラッパや太鼓の鳴り響く戦争を憶えている祖母に、こんどはSSや、母親たちを連れ去ってしまう戦争について説明しなければならないなんて。ならばいっそのこと、灯火管制が繰りあげられ、町はドイツ軍によって封鎖されたため、母親が家に戻れなくなり、一人では心細いだろうからと父親も町におりていったなどと適当な話をでっちあげるほうがましだろう。

それでも、祖母の家には質問が渦を巻いていたため、兄弟は〈コミュニスト〉の家へ行って食事をすることになったのだ。その日〈コミュニスト〉は、〈金髪《ビオンド》〉の部隊のために仔牛をさばき、自分用にトリッパ〔牛の胃袋の煮込み〕を料理していた。そこで、兄弟を誘って一緒に食べようと考えた。兄弟は山道を登りながら、殺すことについて話していた。〈コミュニスト〉の家には、天井の低い部屋が一つあるだけだった。夜、外から見ると、ただ石が積んであるとしか思えない。少し離れたところには解体された仔牛がオリーヴの木に吊るされていた。家のなかは暗く、蠟燭も灯っていない。兄弟は無言のまま、低いテーブルの前に置かれた木の切り株に座った。〈コミュニスト〉と一緒に暮らしている女が、味付けしたトリッパを兄弟の皿いっぱいに盛って、オリーヴの実を添えてくれた。二人はスプーンの音を立てて、こってりとしたその食べ物をむやみにかきまわしていた。天井のあたりから、かさかさという羽を打ちつけるような音が聞こえてきた。へこんで暗くなったところに、〈コミュニスト〉の飼っている鷹がいることに兄弟は気づいた。春に山で捕まえた〈ランガン〉だ。古参のパルチザンの記憶のなかではもはや伝説となっている、七月に大敗を喫したランガンでの長期にわたる野営戦の思い出だった。

女の膝に抱かれていた子供が、鷹を見て笑った。その子は二人の子供ではなく、逃亡した憲兵の息子で、〈コミュニスト〉に預けられていた。すると堰を切ったようにみんなが喋りだした。最初は、〈金髪〉の仲間が取りにくるまでは仔牛を隠しておいたほうがいいのではないかと話し、次いで、いったいなぜ、どんな理由があって、誰がスパイ行為をしたのか議論した。

〈コミュニスト〉は背が低く、頭でっかちで禿げていた。海千山千の男で、ありとあらゆる職業に精通していた。人生の酸いも甘いも知りつくし、いまは物事がすべて悪いほうに向かっているのもわかっていたが、いつかよくなるだろうと信じていた。かつては本をむさぼり読んだ工員で、共産党員だった。だが、しだいに町の空気が肌に合わなくなり、いまでは畑で日雇い労働をしていた。仕事ぶりはよかった。種まきのことや、野菜にかんする知識も豊富だった。だがそれよりも、石垣に腰をおろして、世の中から失われつつあるものや、ブラジルで燃やされるコーヒー、キューバで海に廃棄される砂糖、シカゴの埠頭で腐っていく肉の缶詰といったことについて語るほうが好きだった。彼の記憶は、貧困や移民、憲兵などが入り交じった生活の記憶であり、人生から手酷い仕打ちを受けてきた男の記憶であり、世の中の善も悪も、あらゆることに関心を抱きつづけ、それについて自分なりの思索を続けてきた者の記憶だった。

数冊の本を抱え、黒シャツ隊が追ってくるといけないからと沢の陰に身を隠している兄と、いつだって拳銃の弾痕や機関銃の弾倉を探しまわっている弟が、ともに畑のあいだを歩いていたとき、憲兵の息子の手を握り、植物の名前を教えながら小道をおりてくる彼に出会ったのだった。頭が禿げて、よれよれの黒い服を来た、その背の低い男に。そこで三人はいろいろと語り合った。兄とはレーニンやゴーリキーについて議論し、弟とは拳銃の口径や自動小銃について議論したものだった。

ところが、いまや血と憤怒でふくれあがった沈黙が兄弟を包みこみ、言葉はその奥に埋没してしまった。そんな暗闇にいくらかの温もりを与えられるのは、〈コミュニスト〉の女だけだった。彼女は兄弟を励まそうとしていた。まだ年若いのに、どこか萎れた花を連想させ、母親の甘さなのか愛人の甘さなのかわからない優しさを湛えていた。そもそも母親と愛人のあいだに境界など存在しないのだろう。〈コミュニスト〉の同志であり、人はなぜ苦しまねばならないのかを理解し、買い物かごに拳銃を忍ばせて町まで行くような女だった。

食事を済ませると、兄弟と〈コミュニスト〉は、毛布を肩に担いで森のなかの道をたどりはじめた。〈百合〉が以前に案内してくれた隠れ処で眠るつもりだった。葡萄畑を通り抜けていると、闇のむこうから足音が聞こえ、弟が怒鳴った。「そこの者、止まれ！ 動くと撃つぞ！」兄も〈コミュニスト〉も慌てて弟の背中を拳でつついて黙らせようとした。だがそこにいたのは、隠れ処で一緒に寝るために追いかけてきたヴァルターだった。

弟とヴァルターは切っても切れない仲だった。いつだって拳銃で武装して一緒に野や畑を歩きまわり、ファシストの足取りをたどったり、疎開してきた者に対して横暴なふるまいをしたり、女の子たちの前で猛者《もさ》を気取ったりしていた。兄はどちらかというと夢想家で、ちがう惑星からやってきたお客さんのようなところがあった。拳銃に弾をこめることさえできそうになかった。そのくせ、民主主義とはなにか、共産主義とはなにかと熱弁をふるい、革命の歴史や、独裁者に抵抗する詩を諳《そら》んじていた。たしかに知っていれば役に立つかもしれないが、戦争が終わってからでもゆっくり学べそうなことばかりだ。弟もヴァルターも、しばらくするとそんな兄の話に聞き飽きて、ふたたび拳銃の革ケースだとか女の子だとかをめぐって口論をはじめるのだった。

それがいまや兄弟のあいだでなにかが変化し、二人には共通のものがあった。自分たちの暮らしに対する関心や、到達すべき目的が、もはや自分たちの外部に属するものではなく、自分たちの内奥に、血のなかに存在するようになっていた。それまでは、戦いにしろ、ファシストに対する憎悪にしろ、兄にとっては本を通して学んだ、人生の途上でたまたま出くわしただけのものであり、弟にとっては虚勢であり、女の子たちを驚かせるために爆弾を持って山道を歩きまわることでしかなかったが、もはやそうではなくなり、血とおなじく、自分たちの身体の芯に染みついた母親の感覚と同等のものとなった。いったんそうと決めたからには、一生ついてまわるような類《たぐい》のものに。

寒かったせいもあったのだろう、隠れ処に入ってから、兄と弟は互いに身を寄せ合ってうずくまった。二人とも眠くてたまらなかった。自分たちを地中深くにうずめてくれる、ずっしりと重たい睡眠を欲していた。頭のなかで浮かんでは消える空想や、ドイツ軍が捕虜を監禁し、夜中じゅう照明のついた廊下をＳＳが見張っているホテルのイメージを消し去ってくれる睡眠を欲していた。この先ずっと、二人は心の奥底のもっとも子供に近い部分でその憤りを保ちつづけ、報復するだろう。母親と父親が戻ってきた後でも報復は続くにちがいない。人生の根っこのところに生涯消えない憤りを植えつけられたのだから。いま兄弟がもっとも恐れていたのは、翌朝目を覚ました瞬間、それまでに起こったことの記憶がいちどきによみがえることだった。

翌朝、兄が野畑と森のあいだの荒れ地に座っていると、海上に船が現れ、町を爆撃しはじめた。爆撃は決まってその時間に始まった。まず船上からの発砲が閃光のごとく見え、次いで、弾丸が発射される音と、着弾する音とが続けざまに響く。詳しい情報を求めて町におりていったきり帰らない弟を、兄は待っていた。それまで手に入った報《しら》せはどれも安心できるものではなかった。母親は人質としてドイツ軍に捕らわれたままだし、父親は持病の発作に見舞われ、病院に収容されたらしい。

眼下には海に沿って町がひろがっている。いまや彼は生まれ育った町に足を踏み入れることができず、生まれ育った界隈を歩けば、死のにおいが彼につきまとった。町の中心には母親が捕らえられている。碧い筋の入った張りつめた海面から、砲弾が、まるで無から生じる握り拳のように、彼の町めがけて、母親めがけて飛んでいくのだった。

町ではどこかの弾薬庫が爆発したようだった。海から聞こえるのとは異なる、いくつもの連続した破裂音が聞こえてくる。ややあって家々の密集するあたりから雲状の煙があがり、いちばん高いところでは黒い煤が渦を巻いた。山裾一帯に爆発音が充満する。煙が薄くなったところでは、外壁が焼け落ちて崩れかけている家々が見えた。

そんな光景を眺めながら兄は自分の身の上を思った。服はすりきれ、追っ手を避けて森に逃げこみ、父親は入院し、母親は捕虜となり、生まれ育った町も、家も、目の前で破壊されていく。おまけに弟は町に行ったきり戻らず、ひょっとすると捕まってしまったのかもしれない。それでも兄は、自分の心がほぼ穏やかだと感じていた。あたかもそれが正当で、普通のことであるかのように。ちょうどそのときの彼にとってなんら違和感がなかったように、人生なんてそれが普通なのだという気がしていた。

弟がポレンタ〔トウモロコシの粉を練った料理〕のいっぱい詰まった容器といくらか安堵できる報せを持って戻ってきた。父親は捕まらずに済むように病人のふりをしているだけで、病院で監視下におかれるのと引き換えに、母親を逃してもらうつもりらしかった。人質になっている母親は、自分のことは心配しなくていいからくれぐれも気をつけるようにと言っているそうだ。麓では、デチマ・マス海兵師団の砲弾が炸裂し、町のほぼ半分が壊滅状態にあった。

弟と一緒に〈百合〉もやってきて、爆撃の光景を見て興奮していた。もともと猛々しい男だったので、片手の拳をもう一方の掌に打ちつけながら、叫んだ。「いいぞ！　いけ！　もっとやれ！　破壊しつくすんだ！　俺の家も容赦するな！　ファシストを皆殺しにしろ！　ほかのやつらは助けろ！　数人の怪我人ですませろ！　もっとやれ！　俺の家も容赦するな！」

翌日、三人は〈コミュニスト〉と一緒に、〈金髪〉の野営地まで仔牛の肉を届けにいった。男たちは完全武装していて、毎日夜になると町におりていき、銃撃戦を仕掛けた。串に刺した仔牛の塊を炙り、みんなで焚火を囲んで食べはじめた。食べながら、殺された仲間や拷問された仲間のこと、処刑されたファシストや、これから処刑すべきファシストのこと、必ずや排除できるだろうドイツ兵のことを話した。

「だけど……」と兄が言った。「ドイツ兵には手を出さないほうがいい。人質のなかにはお袋もいるんだ。いたずらに刺激すべきじゃない」

ところが、自分で口にしたその言葉に、兄はどこか釈然としないものを感じていた。いわば諦めのような、その瞬間、捕まえた連中の手に母親を委ねてしまったような気がしたのだ。そして、自分の言葉のあとに続いた沈黙に後ろめたさを覚えた。

帰り際、弟と話しながら兄は言った。「僕は、こんな気ままな反乱分子の生活をこれ以上続ける気はない。パルチザンになるか、ならないか、どちらかだ。近いうちに山に入ってパルチザン部隊と行動を共にしよう」

弟は自分もそう考えていたところだと言った。

帰る道すがら、一行は鴉の砦《ロッケ・デル・コルヴォ》に立ち寄り、口笛を吹いて〈百合〉を呼んだ。断崖の縁に腰掛けて〈百合〉が現れるのを待つあいだ、〈コミュニスト〉は、岩や、崖や、山々がどのように形成されたのか、大地は何歳ぐらいなのかと尋ねた。するとみんな一斉に、岩の地層や、地質時代、戦争はいつ終わるだろうかといった議論を始めた。

ベーヴェラ村の飢え

La fame a Bévera

一九四四年、戦線は四〇年のときと同様にそこで停滞した。ただし今回は戦闘が終わる気配はなく、戦線が移動することもなかった。村人たちは四〇年のときのように、すりきれた服や雌鶏を荷車に積みこみ、前にラバを一頭、後ろに山羊を一頭つないで故郷をあとにするのはもうこりごりだった。四〇年のときは、村人たちが避難先から戻ってくると、抽斗《ひきだし》という抽斗が床にひっくり返され、片手鍋にはひとの排泄物が入っていたのだ。知ってのとおり、イタリア人はひとたび兵士になると、攻撃できるとなれば相手が敵だろうが味方だろうが見境なくなる。そこで村人たちは、フランス軍の砲弾が夜昼かまわず家々に撃ちこまれ、ドイツ軍の砲弾が音を立てて頭上をかすめていくなか、村にとどまることにした。

「間もなく進軍してくるだろう」と口々に言ったものの、結局九月から翌年の四月まで、そう繰り返すことになった。「連合軍の連中め、怖気づいたのかもしれない」

ベーヴェラ渓谷は、農民やヴェンティミリアから疎開してきた者たちであふれかえり、食べものがなかった。食糧の貯蓄はなく、町まで行かなければ小麦粉も手に入らない。おまけに町へ行くには昼夜を問わず砲弾が降ってくる道しかなかった。

もはや、家でというより穴蔵で生活しているような状態で、ある日、村の男たちが大きな洞穴に集まって、この先どうするべきか話し合った。

「こうなったら……」委員会のメンバーが言った。「当番を決めて、ヴェンティミリアまでパンを調達しに行くしかない」

「馬鹿を言うな」別の者が反論した。「そんなことをしたら、一人ずつ順に、路上でこっぱ微塵にされるだけだ」

「さもなければ、一人ずつドイツ軍に捕らえられて、たちまちドイツへ連れて行かれるのが落ちさ」三人目の男も言った。

さらに別の男が口を挿んだ。「ラバは？　ラバは誰が出すんだ？　まだ家畜を手もとにおいている者たちだって、みすみす危険は冒したがらんだろう。出発したら最後、そいつもラバも食糧も二度と村に戻らん可能性が高いわけだからな」

村の家畜はとっくに徴発されていて、かろうじて難を逃れた者は、隠れて飼っていた。

「そうは言っても……」委員会のメンバーは引き下がらない。「食糧がなければ、ここでどうやって生き延びる？　率先してラバに乗ってヴェンティミリアまで行く勇気のある者がいるとでもいうのか？　私は町ではお尋ね者だ。でなければ私が行くんだが」

村人たちは互いに顔を見合わせた。みんな洞穴の地べたにじかに座っている。目もとからは表情が失せ、指で凝灰岩をほじくるばかりだった。

すると、奥でなにもわからずに口をぽかんと開けて話を聞いていたビスマ爺さんが、おもむろに立ちあがり、洞穴から出ていった。みんなは用を足しに行くものだと思っていた。年のせいかめっきり近くなっていたからだ。

「気をつけろよ、ビスマ」大声で言った。「身を隠せる場所で小便するんだぞ」

ところが爺さんはふりかえろうともしない。

「あいつにとっては爆撃なんてないも同然なのさ」誰かが説明した。「耳が遠いから、気づきやしない」

ビスマは八十をとうに越していて、いつも背負っている薪の重みで腰が曲がっていた。生まれてこのかた、森から納屋まで数えきれないほどの薪の束を運びつづけてきたせいだ。

往時のビスマルクを真似たのではないかと噂された髭を生やしていたために、「ビスマ」と呼ばれるようになったのだが、いまとなっては脂じみてだらんと垂れさがったただの白い髭で、地面にぽとりと落ちそうだった。身体のあちこちがそんな具合だった。そのくせ、なにを落とすわけでもなく、頭を左右に揺すりながら、耳の遠い者に特有の、どことなく警戒したような、表情に乏しい目つきで、足をひきずって歩いていた。

しばらくすると洞穴の入り口に戻ってきた。

「どうどう」と爺さんが言った。

そこで村人たちは、爺さんが後ろにラバを連れていて、ラバの背には荷鞍までつけられていることに気づいた。ビスマ爺さんのラバは飼い主に輪をかけて老いぼれに見え、テーブルのように平らな首を地面にこすりつけそうなほどに垂らしていた。ごつごつした骨が皮膚を突き破り、蠅がたかって黒くなっている傷口から外へ飛び出すのを惧《おそ》れているのか、慎重に肢を前に運ぶ。

「そのラバを連れてどこへ行く気だい、ビスマ」村人たちは口々に尋ねた。

爺さんは口を開いたまま、頭を左右に揺らすだけだった。聞こえていないのだ。

「布袋をよこせ」と爺さんが言った。

「おいおい。おまえさんとその老いぼれラバとで、どこまでたどり着けると思ってる？」

「何キロ要るんだ?」ビスマは引き下がらない。「おい、何キロ運べばいい?」

村人たちは布袋を渡し、指でキロ数を示した。爺さんは出発した。手榴弾の音が響くたびに、村人たちは洞穴の入り口から通りを見下ろし、遠ざかる傾《かし》いだ後ろ姿を見つめた。ラバと、鞍にまたがった老人は、いまにもバランスを崩して、共に倒れるのではないかと思われた。砲弾が目の前の路面に落ち、もくもくと土埃を巻きあげ、ラバの慎重な歩みの行く手を阻む。あるいはすぐ後ろに落ちることもあったが、ビスマはふりむかなかった。村人たちは、砲弾が飛んできて、しゅーっと音がするたびに息を呑んだ。「今度こそ爺さんに当たるぞ」と言いながら。何発目かもわからない砲弾が落ちたとき、土煙に包まれてビスマ爺さんの姿が完全に消えた。村人たちは黙りこくった。煙がおさまったら、路上からはすべてが吹き飛ばされていて、爺さんの亡骸さえ残っていないにちがいない……。ところが、幽霊さながらに老人とラバの姿がふたたび現れ、相変わらず緩慢な歩みを続けるのだ。やがて最後のカーブにさしかかり、それ以上、後ろ姿を見送ることはできなくなった。「まあ、無理だろうな」村人たちは言い、踵を返した。

ビスマはラバにまたがって細い砂利道を進みつづけた。老いたラバはためらいがちに蹄《ひづめ》を前に出しながら、石ころや真新しい地滑りででこぼこになった道を進んでいく。鞍の下の傷口がひりひりと痛み、皮膚がつっぱっていた。それでも、爆発音で気が動転するようなことはなかった。生まれてこの方たいそう酷い目に遭ってきたので、いまさら驚くことなどなにもなかった。老いたラバは鼻面を地面すれすれにつけてひたすら歩きながら、黒い目隠しで限られた視界の内側で、驚嘆に満ちたものを観察していた。被弾してひび割れた殻から虹色の粘液を滴らせているカタツムリや、爆撃をくらった巣から白と黒の帯となって卵を抱えて逃げていく蟻たち、ひっこ抜かれて、樹木のような奇妙なひげ根を天にさらしている草……。

一方、鞍にまたがった爺さんは、痩せてごつごつしたラバの背の上で、どうにか体勢を保とうと努力していたものの、道の凹凸があまりに激しいために全身の骨がみしみしと音を立てて軋んだ。だが、ラバと一緒に育った彼は、思考までラバと同化して、小ぢんまりとした、諦観に満ちたものとなっていた。これまでだって、生きる糧は苦悩だらけの道のりの果てに手に入れてきたじゃないか。自分のための食糧も他人のための食糧も。今日はベーヴェラ村の人たちみんなの食糧を運ぶだけだ。世界が、彼をとりまくこの静寂の世界が、その鈍《なま》った鼓膜にまで到達する不明瞭な爆音と、地面の奇妙な振動とを駆使して、話しかけてくるように思われた。進むにつれて、崩れた断崖や、畑から立ちのぼる煙、丘の上に現れては消える赤い閃光をビスマは見た。世界がその古くからの外観を脱ぎ去り、植物や地面といったものの裏側を示そうとしていた。それにつれて静寂が、彼の老齢からくる恐ろしい静寂が、彼方《かなた》から響いてくる轟音によってしだいにひび割れていった。

ラバの前肢のすぐ先の路面で巨大な火花が八方に飛び散り、鼻の穴も喉も土にまみれた。砕けた石が霰のように降ってきて爺さんとラバを斜めの方向から襲い、オリーヴの巨木の枝が何本にも裂けて飛び散り、爺さんの頭上を旋回した。それでも、ラバが倒れさえしなければ爺さんも倒れるつもりはなかった。ラバは踏みとどまった。ひび割れた大地に蹄をぴったりと貼りつけ、膝がいまにも折れ曲がりそうになりながらも立っていた。やがてそろりそろりと動きだし、まだ土煙が立ちこめる道をふたたび歩きはじめた。

夜、ベーヴェラの村では大声があがった。「見ろよ！　ビスマが帰ってきたぞ！　役目を果たしたんだ！」

すると、男も女も子供も家々や洞穴から思い思いに飛び出してきて、カーブのむこうから、運んでいる袋の重みでますます傾いだラバがやって来るのを見た。その後ろからは、ビスマが尻尾につかまって歩いてくるのだけれど、引っ張ってもらっているのか押してやっているのか、皆目見当がつかなかった。

パンを運んで帰ってきたビスマを村人は大歓迎した。大きな洞穴のなかで分配がおこなわれた。住民が一人ずつ順に前に出て、委員会のメンバーが一人につき一つずつパンを手渡していった。その傍らでは、ビスマがみんなの顔を眺めながら、わずかばかり残っている歯で自分の分のパンをもぐもぐと嚙んでいた。

ビスマは翌日もヴェンティミリアに行った。ドイツ軍が見向きもしないラバがほかにどこにいるというのだろう。こうして連日、爺さんはパンを運ぶために町までおりていき、そのたびに砲弾をくぐり抜けて、無事に帰ってくるのだった。爺さんは悪魔と契約を交わしているにちがいないと村人たちは噂した。

そのうちにドイツ軍がベーヴェラ川の右岸から退却をはじめた。二本の橋と道路の一部を爆破し、地雷を埋めた。四十八時間以内に、住民は村とその周辺一帯から退去しなければならなかった。だが、村からは立ちのいたものの、周辺一帯は明けわたさなかった。村人たちは洞穴のなかに身を隠したのだ。しかし、隠れ処は孤立していたうえに、二つの前線に挟まれて補給路も断たれていた。食糧が完全に不足していた。

村から住民が立ちのいたと聞いて、黒シャツ隊がやってきた。軍歌を歌いながら。一人は、ペンキの入った小鍋と筆を持っていて、壁にこう書いた。《ここを通過することは許さない。我々が死守する。枢軸は揺るがない》

そのあいだも、黒シャツ隊は軽機関銃を肩に担いで通りを歩き、家々を調べてまわった。肩で戸に体当たりして開けることもあった。そこへラバに乗ったビスマが姿を現した。下り坂の通りのいちばん高いところに現れて、両脇に軒を連ねる家々のあいだを進んでいく。

「おい、そこの爺さん、どこへ行く?」黒シャツ隊が尋ねた。

爺さんは黒シャツ隊など視界に入らないようだったし、ラバはラバで覚束ない肢をひたすら前に運びつづけていた。

「おい、おまえに言ってるんだ!」骨と皮ばかりのラバにまたがった、痩せ細り、動じるふうもない爺さんは、住民が姿を消し、おおかた破壊しつくされた村の石から出てきた幽霊のようだった。

「耳が聞こえないらしい」黒シャツ隊は言った。

爺さんは彼らを一人ひとり順に見据えた。すると黒シャツ隊は逃げるようにして横道に逸れてしまった。小さな広場に出た。泉の水が流れる音と、遠くで轟く大砲の音が聞こえるだけだ。

「あの家になにかありそうだ」黒シャツ隊の一人——片方の目の下に赤いしみのある少年——が指差した。その声が、人気《ひとけ》のなくなった広場をとり囲むように建っている家々でこだまし、一語一語区切るように単語を繰り返した。少年はいらついた素振りを見せた。筆を持った男が、崩れかけた塀に《名誉と戦い》と書いた。開け放たれた窓の扉が風で打ちつけられて、大砲よりも騒々しい音を立てていた。

「俺に任せろ」ドアを押し破ろうとした二人に、赤いしみのある少年が言い、軽機関銃の銃口を錠に当てて連射した。錠はたちまち黒焦げになって壊れた。そのとき、またしてもビスマの姿が現れた。先ほど見かけたのとは別の方角からだ。遺骸のようなラバの背にまたがって、村をさまよっているようだった。

「どこかへ行ってしまうまで待つことにしよう」黒シャツ隊の一人が言い、なに食わぬ顔で戸口に立った。

《ローマか死か》と筆を持った男が書いた。

ラバはのろのろと広場を横切った。肢を踏み出すたびに、それが最後の一歩のように思われた。背にまたがった老人は、いまにも眠りに落ちそうだ。

「出ていくんだ」赤いしみのある少年が言った。「村の者たちはみんな避難したぞ」

ビスマはふりむかなかった。ラバを導きつつ、人気のない広場を横切ることに集中しているようだった。

「次に会ったら、ラバもろとも撃つからな」少年は重ねて言った。

《我々の勝利だ》と筆を持った男が書いた。

もはやビスマの姿は、ほとんど動かないラバの黒い肢の上にちょこんと乗っかった、老いさらばえた背中しか見えなかった。

「むこうへ行こう」黒シャツ隊はそう言うと、飾り迫縁《せりぶち》の下を通っていった。

「おい、時間の無駄だ。この家から始めるぞ」

ドアを開けると、赤いしみのある少年が最初に足を踏み入れた。家はがらんどうで、音ばかりがやけに大きく響く。黒シャツ隊は各部屋をまわってから外に出た。

「村を焼き払いたい気分だぜ。なんか文句あるか?」赤いしみのある少年が言った。

《我々は前進する》と筆を持った男が書いた。

すると、路地のつきあたりにまたビスマの姿が現れた。黒シャツ隊のほうに進んでくる。

「よしておけ」赤いしみのある少年が狙いを定めているのを見て、仲間が制止した。

《統師《ドゥーチェ》》と筆を持った男が書いた。

赤いしみのある少年は、かまわず軽機関銃を連射した。老人とラバは同時に撃たれたものの、なお立っていた。まるでラバが四肢の上にくずおれ、ねじれた黒い肢ごとひとつの塊になってしまったかのように。黒シャツ隊はその場に釘づけとなった。赤いしみのある少年は軽機関銃から手を離し、肩にだらりとぶら提げたまま、かたかたと歯を打ち鳴らしていた。やがて老人とラバはゆっくりと前に傾きはじめた。一歩を踏み出そうとしているかに見えたが、そのまま折り重なるようにして倒れこんだ。

夜を待って村人たちが亡骸を取りにきた。ビスマは地中に埋めてやり、ラバは料理して食べた。すこぶる硬い肉だったが、誰もが飢えていた。

司令部へ

Andato al comando

森といっても木々はまばらだった。大半が火事で焼け、幹は焦げて灰色、松の葉は枯れて赤茶けていた。武装した男と丸腰の男が木々のあいだをジグザグに進みながら下りてくる。

「司令部へ」武装した男が言った。「司令部へ行きましょう。三十分も歩けば着きます」

「それで?」

「それで、なんです?」

「俺は釈放されるのか?」丸腰の男が尋ねた。相手がなにか答えるたびに、音節一つひとつに耳を傾け、調子の外れた声音はないか吟味している。

「釈放されるに決まっています」武装した男が答えた。「大隊の身分証を渡し、それを記録してもらいます。そうしたら家に帰してもらえるでしょう」

丸腰の男は頭を横に振り、悲観的な素振りを見せた。

「きっと、長くかかるのだろうな……」そう言ったのは、おそらくもう一度おなじ言葉を聞きたいがためだった。

「すぐに釈放されると言ったじゃありませんか」

「期待してたんだが……」丸腰の男は重ねて言った。「今晩じゅうには家に帰れるだろうってね。まあ、仕方ない」

「自分は、きっと帰してもらえると思いますがね」武装した男が応じた。「調書を書くのにいくらか時間がかかるでしょうが、それが済み次第、解放されますよ。とにかく、スパイのリストから、あなたの名前を削除してもらうことが先決です」

「スパイのリストがあるのか？」

「もちろんあります。我々はスパイ行為を働く者を一人残らず把握していて、一人ずつ順に捕まえているのです」

「それで、俺の名前もそのリストに載っているというわけか？」

「そういうことです。あなたの名前も載っている。まずそれを消さないことには、また捕まる危険があります」

「だとしたら確かに俺が行って、経緯《いきさつ》を洗いざらい説明しなければならないな」

「ですから、こうして向かっているのです。状況をよく説明して、確認してもらうべきです」

「だが、もうとっくに……」丸腰の男は続けた。「俺がおまえたちの味方で、スパイ行為なんて一度も働いてないことは、わかっているはずだ」

「そのとおり。もうわかっています。ですから、なにも心配することはありません」

丸腰の男は頷き、周囲を見まわした。二人はひらけた土地にいた。火事で焼けてしまい、痩せ細った松や落葉松《からまつ》が数本生えているだけで、そこかしこに枯れ枝が落ちている。山道からいったん離れ、また戻り、ふたたび見失い、まばらに生えている松のあいだを行き当たりばったりのように進みながら、森を突っ切っていた。丸腰の男はいま自分がどこにいるのかわからなかった。かすかな霧の層とともに夕闇が迫り、下へ行くにつれ、暗がりのなかで森が密度を増す。

山道から逸れると、丸腰の男は不安になった。相手が行き当たりばったりに歩いているとしか思えなかったので、ちょっと試してみようと考えた。右に曲がってみた。山道がその方角へ続いているような気がしたからだ。すると武装した男も、たまたまというように右に曲がった。丸腰の男がふたたび相手について歩きはじめると、武装した男は、足場のよさそうな場所を選んで、左や右に曲がるのだった。

丸腰の男は思いきって尋ねてみた。「司令部はどこなんだ？」

「いま向かっているところです」武装した男は答えた。「着けばわかります」

「それにしても、いったいどこなんだ？　だいたいどのあたりにある？」

「答えられません」武装した男は返した。「司令部は、どこの、どのあたりにあるというものではありません。司令部のあるところが司令部です。あなたならわかるはずだ」

丸腰の男は理解した。ものわかりのいい男だったのだ。それでも尋ねずにはいられなかった。「それにしたって、司令部へ行くための道はないのか？」

武装した男は答えた。「道ですって？　あなたならおわかりのはずだ。道というのは必ずどこかへ続いています。司令部へは、道をたどって行くわけではありません。おわかりでしょう」

丸腰の男は理解した。ものわかりのいい、抜け目のない男だったのだ。

それでもなお尋ねた。「おまえはしょっちゅう司令部に行くのか？」

「ええ、しょっちゅうです」武装した男は答えた。「しょっちゅう行っています」

武装した男は悲しげな面持ちで、目つきも虚ろだった。そのあたりの土地には疎かった。

ときどき道に迷った気がしたものの、それでもたいした問題ではないように歩きつづけた。

「今日はおまえが雑役の当番だから、俺を案内するように命じられたのか?」丸腰の男は、相手の様子を観察しながら訊いた。

「あなたの案内をするのが自分の仕事です」と彼は答えた。「司令部に人を案内するのが、自分の任務です」

「伝令係なのか?」

「そうです、伝令係です」

《奇妙な伝令係だ》丸腰の男は考えた。《土地勘もないなんて。いや、司令部の位置を俺に悟られないように、今日は敢えて道を避けているのかもしれない。つまり俺を信用していないということか》

まだ疑われているとしたら、幸先がよくない。丸腰の男はそんなことを執拗に考えつづけた。幸先がよくないながらも、そこには確信があった。本当に司令部に連れていかれて、その後、釈放されるのだと思えた。同時に、この幸先の悪さとは別に、さらに幸先のよくないことがあった。森がますます鬱蒼となるばかりで、外に出られる気配がなかったのだ。そこにあるのは、静寂と、武装した男の悲哀だけだった。

「書記官も司令部に連れていったのか? 粉挽き小屋の兄弟は? 女教師は?」丸腰の男

は熟慮せずに、ひと息に尋ねた。それが彼にとってあらゆる意味を持つ、決定的な質問だったからだ。市役所の書記官も、粉挽き小屋の兄弟も、女教師も、連れていかれたきり二度と戻らなかったばかりか、消息もいっさい途絶えたままだった。

「書記官はファシストでした」と武装した男が言った。「粉挽き小屋の兄弟は義勇軍に入っていましたし、女教師は婦人補助部隊のメンバーでした」

「四人とも戻らなかったから、訊いただけだ」

「いいですか」武装した男は強い口調で言った。「彼らには彼らの事情があり、あなたにはあなたの事情がある。比較しても意味がありません」

「むろん……」丸腰の男が応じた。「比較しても意味がないのはわかっている。ただ、なんというか、好奇心から、あいつらがどうなったのか訊いてみただけだ」

丸腰の男には自信があった。それはたいそうな自信だった。村でいちばん抜け目がなく、そうやすやすとは騙されない男だった。書記官にしろ、女教師にしろ、ほかの者たちは二度と戻ってこなかった。だが、自分はなんとしてでも帰ってみせる。「わたし、偉大な同志《カメラート》」戻ったら准尉の前でそう宣言するつもりだった。「パルチザン、わたし殺す《カプート》できない。わたし、パルチザンみんな殺す《カプート》」きっと准尉は笑いだすにちがいない。

ところが、焼け焦げた森ばかりが果てしなく続いていて、男の思考は、ちょうど森の真ん中にある草地のように、未知と薄暗がりにすっぽりと包まれてしまった。

「自分は書記官のことも、ほかの者たちのこともよく知りません。伝令ですので」

「だが、司令部ならわかるだろう」丸腰は引き下がらなかった。

「そうですね。司令部で尋ねてみるといいでしょう。あそこならわかると思います」

あたりはしだいに暗くなっていった。荒れた森の奥地を、用心しいしい進まなくてはならない。密生する下草の陰に隠れた石で滑らないよう、足の置き場にじゅうぶん気をつけながら。同時に、思考の行方にも注意が必要だった。鬱々とした不安のなかで、次々と浮かぶ考えに流されてしまうと、突如として恐怖に埋もれてしまいかねない。

むろん、自分のことをスパイだと判断しているのなら、こんなふうに、さして用心深いとも思えない男と二人きりで森を歩かせるような真似はしないだろう。その気にさえなればいつでも逃げ出せそうだ。逃げる素振りを見せたら、この男はどう出るのだろうか。

丸腰の男は、木々のあいだを下りながら、少しずつ距離をあけはじめ、相手が左に曲がりそうなときには、わざと右に曲がるようにしてみた。すると、武装した男は彼のことなどあまり気にとめていないかのように歩きつづけ、そのまま、木がまばらな森のなかを、互いに距離を保ちながら下っていった。ときには幹や灌木の繁みに隠れて姿が見えなくなることもあった。それでも丸腰の男は、少し上のほうにいる武装した男が、自分のことなど気にしていないふうを装いつつも、つかず離れず後をついてくることに気づくのだった。《もし一瞬でも俺のことを逃したら、二度と捕まったりするものか》それまで丸腰の男はそう考えていた。ところが、いまや我知らず別の考えが浮かんだ。《うまく逃げおおせたら、そのときこそ》そう考えるだけで、ドイツ兵の姿が脳裏に浮かぶ。隊列を組んだドイツ兵、軍用トラックや装甲車に乗ったドイツ兵……。ほかの者たちにとっては死の光景かもしれないが、彼にとっては確信を与えてくれた。彼は抜け目のない男であり、誰も彼を出し抜くことなどできない。

二人は草地や荒れ地を抜け、炎をまぬがれた緑の生い繁る森へと分け入った。地表は枯れ落ちた松葉で覆われている。武装した男は後方にいた。もしかすると別の場所を通っているのかもしれない。すると丸腰の男は、歯のあいだから舌先を出して、慎重に歩みを速めた。できるだけ木々の密生している場所を選び、断崖を飛び下り、松林に分け入った。逃げていたのだ。その事実にはたと気づいた丸腰の男の胸のうちに、恐怖がふつふつと湧き起こった。それでも、もはや距離があきすぎてしまい、逃げようという彼の意志に武装した男も間違いなく気づいていて、当然ながら追いかけてくるにちがいない。こうなったら走りつづけるしかなく、いったん逃亡を試みた以上、武装した男の射程内に入ろうものなら、お仕舞いだ。

すぐ上のあたりで草を踏みしめる音がして丸腰の男はふりむいた。数メートル離れたところから、武装した男が、相変わらずの穏やかな、無頓着な足どりで近づいてくる。手には銃を持っている。「このあたりに近道があるはずです」と言って、丸腰の男に、先に立って歩くよう合図した。

そのとたん、なにもかもが元に戻った。すべてが悪いほうに向かっているのか、すべてがいいほうに向かっているのかわからない、曖昧な世界。森は終わる気配がないどころか、深くなる一方だし、武装した男は、丸腰の男が逃げ出してもなにも言わずに放っておきそうにも見える。

丸腰の男は尋ねた。「この森は終わりがないのか?」

「そこの丘を越えてすぐのところが目的地です」武装した男が言った。「さあ、あとひと息です。今晩には家に帰れますよ」

「つまり、俺は必ず家に帰してもらえるんだな? まさか人質として捕まえるつもりじゃないだろうな」

「ドイツ兵と違って、我々は人質をとったりはしません。せいぜい人質の代わりに山靴をいただくくらいです。みんな靴を履いていないも同然なものですから」

丸腰の男は、山靴こそがなによりの気掛かりであるかのように、ぶつぶつ文句を言いはじめたが、内心では安堵していた。自らの運命にかかわる情報は、それがどんな些細なものだろうと、よかれあしかれ幾ばくかの確信を与えてくれる。

「いいですか」武装した男が言った。「それほど靴が大事なのでしたら、こうしましょう。司令部にいるあいだ、この靴を履いてください。この靴はおんぼろですから、取りあげられる心配はありません。そのあいだ、自分があなたの靴を履いていて、司令部から送っていくときに返すことにしましょう」

たとえ子供でも、そんな話はいんちきだとわかっただろう。武装した男は、彼の山靴が欲しいに決まっていた。それでもかまわなかった。丸腰の男は、相手の欲しがるものならなんでも渡しただろう。話のわかる男だったのだから。たったそれだけのことで助かるのなら万々歳だ。「わたし、偉大な同志《カメラート》」戻ったら、准尉の前でそう言おう。「わたし、彼らに靴をあげる。彼ら、わたし、自由にする」ひょっとすると、准尉はドイツ兵のような半ブーツをくれるかもしれない。

「つまり、おまえたちは誰も捕まえないのか？　人質も捕虜もとらないというのか？　市役所の書記官や、ほかの三人も捕まったわけではないのだな？」

「書記官のせいで、我々の仲間三人が捕まりました。粉挽き小屋の兄弟は国防義勇軍とともに残敵掃討にあたっていましたし、女教師はデチマ・マス師団の兵士たちの夜の相手をしていたのです」

丸腰の男は立ち止まって言った。「まさか俺のこともスパイだと疑ってるんじゃないだろうな。殺すつもりでここまで連れてきたんじゃあるまいな」そう言うと、笑おうとして少し歯を見せた。

「あなたをスパイだと疑っているとしたら……」武装した男は言った。「迷わずこうするでしょう」銃の安全装置を外した。「それから、こうします」丸腰の男の背中に銃口を押しあてると、そのまま撃ち抜く動作をした。

《ほら》スパイは思った。《撃ちやしない》

ところが相手は銃を下ろそうとしないばかりか、引き金を握った。

《空砲だ。空砲を放つんだ》スパイには、かろうじてそう考える時間があった。次の瞬間、炎の塊のような銃弾が体内に撃ちこまれ、止まらずに突き進むのを感じても、彼はまだこんなことを考えていた。《殺したつもりらしいが、俺はまだ生きているぞ》

地べたに顔面から突っ伏すようにして倒れた彼が最期に見たのは、頭上をまたいでいく、彼の山靴を履いた二本の足だった。

そうして丸腰の男は、口のなかに松葉をいっぱい含んだまま、屍《しかばね》となって森の奥にとり残された。二時間もすると蟻にたかられて黒くなっていた。

最後に鴉がやってくる

Ultimo viene il corvo

川面では軽やかで透きとおった小波《さざなみ》が網の目を描き、中央を水がゆったりと流れていた。ときおり水面すれすれに銀の羽を打ちつけるようなものがある。鱒の背がきらめいたかと思うと、すぐにまた深みへとジグザグに沈んでいくのだった。

「鱒がたくさんいるぞ」男たちの一人が言った。

「手榴弾を投げこめば、いっせいに腹を上にしてぷかぷか浮くだろうよ」別の一人が言いながら、ベルトから手榴弾をひとつほどいて、信管の安全装置を外しかけた。

そこへ、男たちをじっと見ていた少年が歩みよった。リンゴのほっぺたをした山の少年だ。「貸しておくれよ」言うが早いか一人の男から銃を奪った。「こいつ、なにをする気だ？」男はそう言って銃を奪い返そうとした。ところが、少年はいかにも狙いを定めるように銃を水面に向けた。《水中に撃ちこんだって、魚を驚かすだけでなんの役にも立たんよ》男はそう口にしかけたものの、言いおえる間もなかった。水面近くに鱒が現れ、ぴちっと跳ねたかと思った瞬間、ちょうどそこを狙っていたかのように、少年が一発放ったのだ。鱒はすでに白い腹を見せて浮かんでいた。「こいつは驚いた」男たちは口々に言った。

少年は銃に弾をこめなおすと、周囲にぐるりと向けた。空気は澄みわたり、張りつめている。対岸の松林の葉一本いっぽんや、川の水の網目模様が識別できるほどだった。水面がかすかに波立った。別の鱒だ。少年が撃つ。次の瞬間、死んだ鱒が浮いていた。男たちは鱒と少年とをじっと見くらべて言った。「こいつの銃の腕前は確かだ」

少年はまだ銃口を宙に向けて動かしていた。考えてみれば不思議な話だ。そんなふうに空気に囲まれ、何メートルもの厚さの空気によってほかの物から隔てられているなんて。なのに、ひとたび銃を構えれば、空気は銃口から狙った物までのあいだを結ぶ、目に見えない直線となる。たとえば、静止しているようにしか見えない翼で大空を舞う隼《はやぶさ》までを結んでみる。そして引き金をひくと、空気は相変わらず透明で空洞のままなのに、直線のむこうの端では隼が翼をすぼめて石のように真っ逆さまに落ちるのだ。同時に、銃のひらいたボルトからは火薬のいい匂いが立ちのぼる。

少年は弾薬をもっとくれと言った。その頃にはもう、少年の背後の川岸で、大勢の人が見物していた。対岸の松の木の先端にある松ぼっくりはあんなにくっきり見えているのに、どうしてさわることができないんだろう。なぜ自分と物のあいだにはそんなふうに空洞の距離があるんだろう。どうして松ぼっくりは、瞳のなかでは自分と一体になっているのに、あんなに遠く、離れたところにあるんだろう。それでも銃で狙いを定めれば、たちまち空洞の距離がトリックにすぎなかったことがわかる。彼の指が引き金に触れたその瞬間、松ぼっくりは果柄《かへい》のところから切断されて、ぽとんと落ちる。その空洞の感覚は愛撫にも似ていた。銃身の空洞がそのまま空気中へと延びていき、弾丸を発射することによって、遠く離れた松ぼっくりやリス、白い石や芥子《けし》の花まで満ちていく。「こいつは絶対に撃ち損じないぞ」男たちは言い、笑い飛ばす勇気のある者は一人もいなかった。

「俺たちと一緒に来い」隊長《かしら》が言った。

「だったら銃を貸してよね」少年が答えた。

「もちろんだ」

こうして少年は、男たちと行動をともにした。

リンゴをいくつかとチーズを二塊詰めた雑嚢を肩から提げて出発した。しょせん村は、谷底にあるスレート葺きの屋根と藁と牛の糞の染みでしかない。出ていくのは心が弾んだ。

角を曲がるたびに新しい出会いがある。松ぼっくりをつけた木々、梢から飛びたつ小鳥たち、石を覆いつくす苔……すべてのものが、見せかけの距離を隔てた内側にあり、銃を放ちさえすれば、たちまちそのあいだの空気が呑みこまれ、距離が埋まった。

それなのに、銃を撃ってはいけないと男たちは言った。そこは静かに通らなければならない場所だし、弾薬は戦闘のためのものだからと。ところが、しばらく行ったところで、足音に驚いた一羽の野兎が山道を横切った。男たちは大声をあげて騒いでいる。野兎がすばやく繁みのあいだに逃げこもうとした瞬間、少年の銃弾によって動きが止められた。

「みごとな一発だ」隊長も言った。「だがな、俺たちは狩りをしにきたわけじゃない。たとえ雉《きじ》が姿を見せたとしても、二度と銃を撃つんじゃないぞ」

それから一時間も経たないうちに、またしても隊列で銃声が立てつづけに響いた。「また小僧か！」隊長は怒りを露わにし、少年のところへ行った。少年は、白と赤のリンゴ顔をほころばせた。「山鶉《やまうずら》だよ」仕留めた数羽の鳥を見せながら言った。生け垣から群れが飛びたったのだ。

「山鶉だろうがコオロギだろうが、撃つなと言ったじゃないか。銃をこっちによこせ。こんど俺を怒らせたら村に帰らせるからな」

少年はいくらかふくれっ面になった。銃を持たずに歩いていても、ちっともおもしろくない。でも彼らと一緒にいるかぎり、また銃を持たせてもらえる望みがあった。

その晩は羊飼いの山小屋で眠った。少年は空がわずかに白みはじめたところで目を覚ました。男たちはまだ眠っている。彼らの銃のなかでもいちばん立派なのをつかみ、雑嚢に弾倉を詰めこむと、少年は戸外に出た。早朝らしく、はにかむような澄んだ空気に包まれていた。小屋からさほど離れていないところに桑の木が一本あった。橿鳥《かけす》たちのやってくる時間帯だ。案の定、一羽飛んできた。一発で仕留めると、それを拾いに走り、雑嚢にしまった。橿鳥を拾いあげた地点から一歩も動かずに次の標的を探した。山鼠《やまね》だ！ 銃声に怯えたのか、栗の木のてっぺんにある巣に慌てて戻ろうとしている。死んだのを見ると、なんてことはない灰色の尾をした大きな鼠で、さわると毛が塊になって落ちた。栗の木の根元に目をやると、下草の陰に白い斑点のある赤いキノコが見えた。毒キノコだ。少年はそれを撃って粉々にした。それから弾が本当に命中したか確かめに行った。そうやって的から的へと渡り歩くのは楽しい遊びだった。世界一周だってできるにちがいない。大きなカタツムリが岩の上を歩いていくのを見ると、殻を狙って撃った。その場に行ってみると、砕けた岩と虹色を帯びたねばねばの液体しか見当たらなかった。やがて、だんだんと小屋から遠ざかり、見知らぬ草原へと足を踏み入れていった。

岩のところからは石垣にいる蜥蜴《とかげ》を見つけ、石垣からは水たまりに蛙がいるのを見つけ、水たまりからは道路の標識が見えた。これは簡単な的だ。標識のところからは、ジグザグに下っていく道路が見えた。下のほうから軍服を着た兵士たちが、武器を携えて行進してくる。白と赤のリンゴ顔をにこにこさせながら銃を持って歩いてくる少年を見ると、兵士たちは怒鳴りつけ、少年に向かって武器を構えた。ところが、少年のほうがひと足早く、一人の兵士の胸もとできらめいていた金ボタンを見つけ、そのひとつに狙いを定めて発砲した。

兵士のうめき声が聞こえたかと思うと、機関銃や単発銃が何発も放たれ、少年の頭上をかすめていった。そのときには少年はもう、道路の縁に積まれていた石の山の陰で地面に伏せていた。そこは死角になっていた。石が細長く積まれていたため、少年は左右に動くこともできた。予期せぬ位置から顔をのぞかせ、兵士たちが構える銃口の閃光や、彼らの軍服の艶のある灰色を見定め、腕章や襟章めがけて撃つこともできた。それからまた地面に伏せ、素早く這って反対側にまわり、ふたたび発砲する。ほどなくして少年の背後から銃が連射される音が響いたが、弾丸は少年を通り越し、兵士たちに当たった。仲間が機関銃を携えて、応戦に駆けつけたのだった。「こいつの銃声で目が覚めなかったら……」と口々に言いながら。

仲間の援護を得た少年は、より正確に狙いを定められるようになった。ところが、一発の弾がいきなり少年の頬をかすめた。ふりむくと、彼のすぐ上方の道路に一人の兵士の姿があった。少年は側溝にもぐりこみ、身を隠した。そのあいだにもすかさず発砲しながら。弾は兵士ではなく、兵士の持っていた武器の銃床部分をかすめた。弾をこめることができなくなった兵士が、銃を地面に叩きつける音がした。その隙を狙って少年が顔を出し、一目散に逃げていく兵士に向かって弾を放った。肩章が吹っ飛んだ。

少年は後を追った。兵士は森のなかに姿を消したかと思うと、ふたたび射程内に現れる。そのたびにヘルメットの先端や、ベルトの金具が焦げた。そうやって追いつ追われつしているうちに、二人は見たこともない谷に出た。撃ち合いの音は、もうそこまでは聞こえない。やがて兵士の行く手には森がなくなり、藪の生い繁る断崖にぐるりと囲まれた草地がひろがるばかり。少年はすでに森の端まで迫っている。草地の中央に大きな岩があった。兵士は間一髪のところで、その後ろに逃げこみ、岩にへばりつき、頭を両膝のあいだに挟んでうずくまった。

そこなら当面は安全だと思われた。手もとには手榴弾を何発か持っているため、少年は近づくことができないはずだ。射程距離にとどまって、兵士が逃げないように見張るのがせいぜいだろう。むろん、ひとっ跳びであの藪に逃げこむことができたならば、草木の密集する勾配を転がりながら、確実に逃げおおせる。だが、そのためには、あのむきだしの草地を横切らなければならない。少年はいつまであそこにいるのか。あのままずっと銃を構えている気なのか。兵士は試してみることにした。銃剣の先にヘルメットをかぶせ、岩陰からのぞかせた。たちまち銃声が響きわたり、孔のあいたヘルメットが地面に転がった。

それでも兵士はあきらめなかった。岩のまわりに狙いを定めて撃つのはたやすいことだ。だが、素早く動きさえすれば、そうやすやすと弾に当たるものではない。そのとき、一羽の鳥が空を素早く横切った。おそらく戴勝《やつがしら》だ。銃声が響き、鳥が落ちた。兵士は首すじに浮いた汗を拭った。もう一羽、鳥が空を横切った。こんどは鶫《つぐみ》だ。それもやはり撃ち落とされた。兵士は生唾を呑んだ。そのあたりは鳥の通り道になっているらしく、さまざまな種類の鳥たちがひっきりなしに飛んできた。少年はそれをすべて撃ち落とすのだった。そこで兵士は考えた。《あいつが鳥に気をとられているってことは、俺の見張りはおろそかになっているってことだ。鳥を撃った瞬間に、ここを飛び出そう》だが、実行する前に一度試したほうがいいだろう。地面に転がっていたヘルメットを拾い、銃剣の先にかぶせて身構えた。こんどは二羽の鳥が並んで飛んできた。鴫《しぎ》だ。兵士は、そんな滅多にない好機を様子見のために費やしてしまうのは残念な気がしたものの、まだ危険を冒す気持ちにはなれなかった。少年が片方の鴫を撃った。すかさず兵士はヘルメットを岩陰からそっと出す。その瞬間、ふたたび銃声が響きわたり、ヘルメットが空中にふっ飛んだ。兵士の口のなかに鉛の味がひろがった。ともすると、次の銃声とともにもう一羽の鴫が撃ち落とされたことにさえ気づかないほどだった。

とはいえ性急な行動を慎めばいいのだ。手榴弾を持って、岩陰に身を潜めているかぎり安全なはずだ。だったら、この場に身を隠したまま、手榴弾を一発少年に投げつけてみてはどうだろう。兵士は地面に仰向けに寝転がり、岩陰から身体がはみ出さないように注意しながら、後方に腕を伸ばし、満身の力をこめて手榴弾を投げた。それはみごとな弧を描きはじめた。おそらく遠くまで飛ぶだろう。ところが放物線の真ん中あたりで銃声が響き、手榴弾は空中で爆発した。兵士は破片を避けるために慌てて地面に突っ伏した。

しばらくして顔をあげてみると、こんどは鴉《からす》がやってきた。彼の頭上の空の高みに、黒い鳥がゆっくりと旋回しながら飛んでいる。鴉にちがいない。すぐに少年に撃たれるに決まっている。ところが銃声はなかなか聞こえない。鴉の飛ぶ位置が高すぎるのだろうか。いいや、もっと高く、素早く飛んでいた鳥たちも撃ち落とされたではないか。ようやく銃声がした。これで鴉も落ちてくるはずだ。いや、鴉は動じもせずに、悠然と飛びつづけていた。その代わり近くの松の木から松ぼっくりがひとつ落ちた。こんどは松ぼっくりを狙うことにしたのだろうか。ひとつ、またひとつと、松ぼっくりが乾いた音を立てて落ちる。銃声がするたびに兵士は鴉を見あげた。落ちるだろうか。いいや、落ちる気配はない。

その黒い鳥の描く輪は、彼の頭上でしだいに低くなっていく。少年に鴉が見えていないなどということがあるだろうか。もしかすると、そもそも鴉なんて飛んではおらず、自分の幻影なのかもしれない。きっと死にゆく者はあらゆる種類の鳥が飛ぶのを見るものなのだろう。そしていよいよ最期というときに鴉がやってくる。いや、相変わらず松ぼっくりを撃っている少年に教えてやればいいだけの話だ。そこで兵士は立ちあがり、黒い鳥を指差しながら、「あそこに鴉がいるぞ!」と叫んだ。自分の国の言葉で。

その瞬間、兵士の軍服に縫いとりされた両翼をひろげた鷲の紋章のど真ん中を、弾が撃ちぬいた。

鴉が、ゆっくりと輪を描きながら舞いおりた。

三人のうち一人はまだ生きている

Uno dei tre è ancora vivo

三人は裸で、石の上に座らされていた。そのまわりを村の男衆全員でとり囲み、顎鬚をたくわえた恰幅のいい老人が三人の正面に陣取った。

「……山よりも高く炎があがるのを見たのさ」鬚面の老人が話している。「それを見て、どうして村がこんなにも高く燃えあがるのかと思ったもんだ」

三人には彼の言っていることがなにも理解できなかった。

「とても堪《こら》えきれん煙のにおいが立ちこめてきてな。わしらの村の煙が、なんだってこんなにも臭いのかと思ったよ」

裸の三人のうち背の高い男は、風が吹いていたので、腕で自分の肩を抱きかかえるようにしたついでに、年嵩の仲間を肘でつついて説明をうながした。村人の話をなおも理解したいと思っていたのだ。村の言葉がいくらかわかるのは、この年嵩の男だけだった。ところが年嵩の男は両手で頭を抱えたきり、顔をあげようともしなかった。そのまるまった背中を、ときおり脊椎に沿って震えが駆けあがる。もう一人の肥った男も、もはや頼りにならなかった。全身を覆う女のような脂肪をぷるぷると揺らす戦慄に囚われ、目には雨に濡れたガラスを思わせる筋が入っていた。

「そのうちに、わしらの小麦に放たれた火が家々を燃やしているんだと聞かされた。家のなかには殺されたわしらの息子たちの遺体があって、それが焦げて悪臭を放っているんだとね。タンチンの息子やゲーの息子、それに関税監査官の息子も殺された」

「俺の弟のバスティアンもだ！」血走った眼《まなこ》の男が叫んだ。この男だけが、ときどき口を挿むのだった。ほかの者たちは皆、銃に手を添えて、真剣な面持ちで押し黙っている。

裸の三人のうち背の高い男は、厳密にいうと仲間二人とおなじ国籍ではない。別の地域の出身で、そこでは以前、村に火を放たれ、子供たちを殺されたことがあった。そのため、村を焼きつくし村人を殺す者に対して、その村の衆がいかなる感情を抱くものなのか、厭というほどわかっていて、ほかの二人よりもさらに希望を持てずにいるはずだった。ところが、なにかが彼に諦めることを阻止していた。心が苛《さいな》まれる不確かさとでも言ったらいいのだろうか。

「わしらには、こいつら三人しか捕まえられなかった」恰幅のいい鬚面の老人が言った。

「無念なことに、たったの三人！」血走った眼の男が叫んだが、ほかの者は相変わらず黙りこくっていた。

「連中だって悪人ばかりとはかぎらんだろう。しぶしぶ命令にしたがっただけの者もいるはずだ。この三人がそういった部類の者だという可能性も否定できない……」

血走った眼の男が、両目をかっと見ひらいて老人をねめつけた。

「説明してくれ」裸の三人のうち背の高い男が、年嵩の男に小声で言った。ところが、年嵩の男の生の気配はもはや、脊椎の丘を駆けめぐる震えのみに凝縮されているようだった。

「しかし、息子たちを殺され、家を焼かれた以上、どいつが悪人でどいつが悪人じゃないかなどと言っている場合ではない。この三人の男に死刑の宣告を下すことは、わしらにとって間違いなく正当なはずだ」

《しけい》裸の三人のうち背の高い男は胸の内で繰り返した。《聞いたことのある言葉だぞ。どういう意味なんだ？　しけい》

ところが年嵩の男は聞いている気配がなく、肥った男にいたっては祈りの文句らしきものをつぶやきだした。肥った男は、ふいに自分がカトリックの信者であることを思い出したらしい。彼は分隊でただ一人のカトリック信者であり、そのためによく仲間の兵士からからかわれていた。「私はカトリックだ……」声にならない声で、自分の国の言葉で繰り返す。そうすることで地上での救済を求めているのか、天上での救済を求めているのかわからなかった。

「俺は、こいつらを殺す前にまず……」血走った眼の男がなにか言いかけたが、ほかの者たちは無視して立ちあがった。

「クルディストレーガへ」黒い口髭を生やした男が言った。「あそこなら、穴を掘る手間が省ける」

三人は立たされた。肥った男が両手で陰茎を覆う。裸だという事実ほど、裁かれていることを実感させるものはなかった。

村の衆は腰に武器を提げて、三人を岩のごつごつした山道伝いに歩かせた。縦に深い洞穴の入り口を、村では「クルディストレーガ」と呼んでいた。山の懐へと分け入っていく井戸のようなもので、下へ下へと、どこまで続いているかも定かではない。裸の三人はその洞穴の縁に立たされ、武装した村の衆がその前に並んだ。すると年嵩の男が叫びだした。絶望の言葉を叫んでいたのだが、故郷の方言らしく、ほかの二人にも理解できなかった。年嵩の男は一家の父親でもあったが、三人のなかでもっとも気性が荒く、叫び声を聞いたほかの二人は彼に対する苛立ちを募らせ、そのぶん死に対して平静を取り戻したのだった。ところが背の高い男は、まだあの、なにか不確かなものがあるような、得体の知れない不安を抱えていた。カトリック信者は身体の下のほうで両手を組み合わせていた。祈るためなのか、あるいは恐怖のあまり縮みあがった陰茎を隠すためなのかはわからない。

年嵩の男が叫びだすのを聞いて落ち着きを失ったのは、むしろ武器を携えた村の衆だった。一刻も早く黙らせたくて、命令も待たず、めくら滅法に撃ちはじめた。背の高い男は、自分の横でカトリック信者がくずおれ、深淵に転がり落ちていくのを見た。次いで年嵩の男も頭から後ろに倒れ、断末魔の叫びをひきずりながら、岩壁に沿って姿を消した。背の高い男はその後、銃のボルトが戻らずに苛立つ村人の姿を土埃のむこうに垣間見た気がしたが、次の瞬間、暗闇の底に落ちていった。

蜂の群れのように全身に襲いかかる痛みのせいで、すぐには失神しなかった。茨の繁みを通過していた。その後、数トンもの真空が腹部にのしかかり、気が遠くなった。

突如、地面に勢いよく突きあげられたかのように上に押し戻されるのを感じた。止まったのだ。べっとりと濡れたものに触れ、血のにおいがする。身体がばらばらになり、自分は死にかけていると思った。ところが気を失うふうでもなく、落下の際の痛みがまだ全身にはっきりと生々しく感じられた。手を動かしてみた。左手だ。動く。手探りで、もう一方の腕に触れた。手首に触れ、肘に触れてみる。けれども右腕はなにも感じない。まるで壊死《えし》したかのようだ。もう片方の手で持ちあげないかぎりびくともしなかった。そのとき、自分が二本の手で右の手首を持ちあげようとしていることに気づいた。そんなはずはない。そこでようやく、他人の腕を持っていたことがわかった。彼は殺された二人の仲間の遺体の上に落ちたのだった。カトリック信者の脂肪が手に触れた。それが弾力性のある絨毯となって落下の衝撃を和らげてくれたらしい。お蔭で彼は命拾いをした。もうひとつ、そのときになって初めて思い出したのだが、銃で撃たれるより一瞬早く飛び下りたことも幸いした。それが自ら意図してのことだったかは記憶になかった。とはいえ、いまとなってはどちらでも構わなかった。やがて、あたりの様子が見えていることに気づいた。その深淵の底にも明かりはかすかに届いており、裸の三人のうち背の高い男は、自分の手と、自分の身体の下にある死骸の塊から飛び出している手とを見分けることができた。彼はふりかえり、上を見あげた。いちばん高いところに、光のあふれる開口部がある。クルディストレーガの入り口だ。最初は黄色い閃光をまともに見たときのように視界がやられたが、しだいに目が慣れると、空の青が識別できた。彼のいるところからは遥かに遠く、地上にいたときと較べると、倍の距離があるように見えた。

空を見た彼は絶望に囚われた。死んでいたほうが確実にましだった。いま彼は、銃で撃ち殺された二人の仲間と一緒に井戸の底にいて、もう二度と出ることはないだろう。大声で叫んでみた。すると、てっぺんに見えていた円い空が、いくつかの頭でぎざぎざになった。「生きている奴が一人いるぞ!」と誰かが言った。物が投げこまれた。裸の男は、それが石ころのように転がり落ち、岩壁にぶつかるのを見た。その瞬間、爆発音が鳴り響いた。背後にあった岩壁の窪みに逃げこんで居すくまった。井戸の底は、土埃と、崩れてくる石片でうずもれた。男はカトリック信者の骸《むくろ》を自分のほうに引き寄せ、窪みの前に横たえた。骸はいまにもばらばらになりかけていたが、ほかに盾にできるようなものはなかった。間一髪だった。爆弾がもうひとつ降ってきて、こんどは底まで到達し、血飛沫《しぶき》と砂利が巻きあがった。骸も肉片となって飛び散る。裸の男は、もはや身を守る術《すべ》も希望も失った。星形の空に恰幅のいい老人の白い顎鬚が現れ、ほかの連中は頭を引っこめた。

「おーい」恰幅のいい鬚面が声を掛けた。

「おーい」裸の男が、穴の底から返事をする。

すると恰幅のいい鬚面が繰り返した。「おーい」

二人のあいだには、それ以上話すことはなにもなかった。

すると恰幅のいい鬚面がふりかえり、「あいつにロープを投げてやれ」と言った。

裸の男はその言葉を理解できなかった。幾人かの男の頭がどこかへ行き、残った男たちがさかんに彼へ合図をよこしている。それは、大丈夫、心配するなという類《たぐい》のものだった。裸の男は、窪みから頭だけのぞかせて動静をうかがっていた。窪みから這い出る気にはなれなかった。先ほど石の上に座らせられて、裁かれていたときに覚えた不安が、相変わらず彼につきまとっていた。ところが、村の衆はもう爆弾を投げこもうとせず、下をのぞいて彼に質問を投げかけた。彼はうめき声で応じた。ロープは一向に到着しない。一人また一人と村の衆が穴の縁から遠ざかっていく。裸の男は隠れていた窪みから出てきて、自分のいる場所から地上までを隔てている、垂直に近いごつごつの岩壁の高さを目測した。

そのとき、血走った眼の男が顔をのぞかせた。にやにや笑いながら、あたりをうかがっている。クルディストレーガの縁から身を乗り出すと、銃口を穴の底に向けてぶっ放した。銃弾がしゅっという音を立てて裸の男の耳もとをかすめた。クルディストレーガは縦にまっすぐの穴というわけではなく、ところどころ歪曲していた。そのため、上から投げ入れたものが底に命中する確率はさほど高くはなかった。銃弾もたいてい突き出た岩のどれかで弾かれて、それより下には到達しなかった。裸の男は、まるで犬のように口からよだれを垂らし、先ほどの窪みに身を潜めた。上では村の衆が穴の縁に戻ってきて、そのうちの一人が一本の長いロープを深い穴に垂らしはじめた。裸の男は、下へ下へと降りてくるロープの先端をじっと見つめていたが、動こうとしなかった。

「おーい」黒い口髭を生やした男が声を掛けた。「ロープにつかまって登ってこい」

それでも裸の男は窪みのなかで身じろぎもしない。

「ほら、言うことをきけ」怒声がする。「なにもしないから」そして、彼の目の前でロープをゆさゆさと揺すった。裸の男はひたすら恐ろしかった。

「なにもしない。約束する」村人たちは口々に言い、なるべく誠実そうな声色を使おうとした。実際、彼らの言葉に嘘はなかった。なんとしてもその男を穴から助け出し、銃殺刑をやり直したかったのだ。ともかく、その瞬間は純粋に彼を助けたかった。そのため、村の衆の声には親愛の情や人類愛がこもっていた。裸の男はそういったことすべてを感じとっていたし、ほかに選択肢もなかったので、ロープに手を伸ばした。そのとき、ロープを持っていた村の衆のあいだから、血走った眼の男がぬっと現れた。とたんに裸の男はロープから手を離し、隠れてしまった。村の衆はまた一から説得しなおし、拝み倒さなければならなかったが、とうとう男が決心し、登りはじめた。ロープはところどころに結び目があり、登りやすかった。岩のでっぱりも適度な手掛かりになる。こうして裸の男はゆっくりと光の射すところへと浮上し、同時に、入り口でのぞいていた村の衆の顔もだんだんくっきりと、大きくなっていった。ふいに血走った眼の男がふたたび現れ、ほかの者たちの制止も間に合わず、手にしていた自動拳銃をいきなり連射した。最初の数発で、裸の男の手のすぐ上あたりからロープが切れた。男は岩壁に身体をぶつけながら落ちていき、またしても仲間の骸の上に打ちつけられた。頭上では、空を背景に、恰幅のいい鬚面の老人が両腕をひろげ、不可抗力だというように首を横に振っていた。

村の衆は身振りや大声で、自分たちのせいではない、この頭のおかしな男はあとで懲らしめておくからと説明した。もう一本ロープを探してくるから、また登ってくれとも言ったが、裸の男はすっかり希望を失っていた。自分はもう地上に戻ることはできないだろうと思った。ここはいったん落ちたら二度と這いあがれない井戸の底で、自分はこのまま血を飲み、人肉を食べて、死ぬことさえできずに錯乱していく。上には、青空を背に、ロープを持った善良な天使と、手榴弾と銃を持った邪悪な天使とがいる。白い鬚を生やした恰幅のいい老人は両腕をひろげて見せるばかりで、しょせん彼を助けることなどできやしないのだ。

武器を持った村の衆は、優しい言葉では男を説得できそうになかったので、手榴弾の威力でとどめを刺すことに決め、次々と投げ入れた。けれども裸の男は別の避難場所を見つけていた。岩と岩のあいだに平らな空間があって、そこに這いずりこめば安全だった。手榴弾がひとつ投げこまれるたびに、男はこの岩の隙間の奥へと入っていき、いつの間にか明かりがまったく届かない場所まで来た。それでもまだ隙間は奥へと続いている。蛇のように腹這いになって男は進みつづけた。周囲はひたすら暗闇と、湿ってぬるぬるした凝灰岩ばかり。最初は湿っているだけだった凝灰岩の底の部分が、途中から濡れはじめ、やがて水に覆われるようになった。裸の男は、自分の腹の下に冷たい川が流れているのを感じた。クルディストレーガから流れこんだ水によって地面の下に穿たれた通り道が、地中の腸《はらわた》のように、たいそう細長い洞穴を形成していた。いったいどこまで続いているのだろうか。きっと、山の腹のなかにある、行き止まりの洞穴の奥にでも迷いこんだのだろう。流れている水はやがて細い水脈を通り、泉となってどこかへ湧き出しているのかもしれない。彼の屍はそのまま地下道で朽ちて湧き水を汚染し、一帯の村々に毒をまき散らすのだ。

空気が薄く、息苦しくてたまらなかった。裸の男は、肺がもはや耐えきれなくなる瞬間が近づいていると感じた。ところが、水がしだいに深く、流れが速くなるにつれ、さわやかになっていった。裸の男は全身を水に沈め、こびりついた泥や、自分の血と他人の血の入り混じった汚れを洗い流すことができた。わずかしか進んでいないのか、たくさん進んだのかわからない。完全な闇のなかを、しかも腹這いで進んでいるために距離の感覚も失っていた。疲れ果てていた。瞼の裏では、ちらちらとした光が形の定まらない模様を描きだしている。前に進めば進むほどその模様は鮮やかになり、次々と形を変えながらも、くっきりとした輪郭をなしていった。もしそれが、網膜がちかちかしているわけではなく、明かりだとしたら？　洞穴の出口から本物の明かりが射しこんでいるとしたら？　目を閉じてみるか、あるいは反対の方向に目をやれば、確かめられるはずだった。しかし、いったん光をじっと見つめると、瞼を閉じようが別の方向を見ようが、視界の根底に眩惑が残るものだ。そのせいで男は、それが外部からの光なのか、自分の内部にある光なのか区別できず、不可解なままだった。

それとは別に、男は触覚からも新しい変化に気づいた。氷柱石《つらら》だ。流れの両端の、水で浸食されていない場所では、洞穴の天井からねとついた氷柱石が垂れさがり、床面からは石筍が頭をもたげていた。裸の男は、頭上から突き出している氷柱石につかまりながら前に進んでいった。進むにしたがって、最初のうちは腕を折り曲げていたのが、しだいに腕を伸ばさないと氷柱石に手が届かなくなっていることに気づいた。つまり、洞穴が徐々に広くなっているのだ。ほどなく、背中を弓状に持ちあげて四つん這いで進めるようになった。同時に、明かりもそれまでのような曖昧なものではなくなり、自分の目が開いているのか閉じているのか判別できるようになった。ものの輪郭も、半円筒形の天井も、垂れさがっている氷柱石も、黒く反射する水の流れも見分けられた。

しまいに男は立ちあがって歩いていた。長い洞穴のなか、明るい開口部を目指して、腰まで水に浸かりながら、ふらつかないように氷柱石につかまって。ほかよりも太く見える氷柱石があり、男がつかまろうとすると、それが手のなかでひろがり、ひんやりと湿った翼を顔に打ちつけてきた。蝙蝠《こうもり》だ！　その蝙蝠が飛びまわったせいで、頭を下にしてぶらさがっていたほかの蝙蝠までもが目を覚まして飛びはじめ、たちまち洞穴じゅうが音も立てずに飛びまわる蝙蝠でいっぱいになった。男は蝙蝠の翼によって巻き起こされた風を周囲に感じ、額や口に蝙蝠の皮膚が触れるのを感じた。蝙蝠の大群のあいだを進んでいくうちに、やがて外に出た。

洞穴は沢につながっていた。裸の男はふたたび大空の下の地面に立っていた。助かったのか？　幻想を抱くのは禁物だ。静かに流れる沢には、白い石と黒い石とがあった。周囲はねじれた樹木がうっそうと繁る森で、木々の根もとは枯れ枝や茨で覆われていた。男は人里離れた大自然のなかで裸だった。近くにいる人間は敵であり、彼の姿を見るなり熊手や銃を持って追いかけてくるにちがいない。

裸の男は柳の木のてっぺんに登った。谷間《たにあい》は見渡すかぎり森や草の生い繁る断崖で、上のほうには灰色に連なる峰々が屹立するばかり。ところが、谷底の、沢が湾曲しているあたりにスレートの屋根が見え、白い煙がひと筋たなびいていた。人生というのは……と裸の男は思った。地獄だけれど、ごく稀に、昔懐かしい、幸せに満ちた天国の呼び声が聞こえるものなのか。

地雷原

Campo di mine

「地雷が埋まっているぞ」ガラスの曇りを拭きとるかのように、ひろげた掌をぐるりとまわしながら、老人は言っていた。「あのあたり一帯、どこかよくわからんがな。連中がやってきて地雷を埋めていった。わしらは皆、隠れとったよ」

ズアーヴ兵風のズボンを穿いた男はしばらく山の斜面を見やり、次いで戸口に立った老人を見やった。

「それにしても終戦からいままで、処理する時間はじゅうぶんあっただろうに。通れる道があるはずだ。誰か詳しい者はいないのか？」

《爺さんよ、本当はおまえが知っているんじゃないのか》内心ではそうも思っていた。というのも、その老人は密輸人にちがいなく、己のパイプの火皿のように国境地帯を熟知しているはずだった。

老人は、男のつぎはぎだらけのズボンや、ほつれてよれよれの布袋を見た。髪の毛から靴にまでこびりついた土埃は、何十キロという道のりを歩いてきたことを物語っていた。「どこかはよくわからんが……」老人は繰り返した。「峠のあたりだ。地雷原になっている」そしてまた、自分と、そのほか一切のものとのあいだを曇りガラスが隔てているかのように、先ほどの仕草を繰り返した。

「言っておくが、俺はまだ、地雷を踏みつけるほど不運じゃないさ。そうは思わないか?」男はそう尋ねながら、まるで結んで吊るしてある渋柿のような歯をむきだしにして笑みを浮かべた。

「まあな」と老人は言ったのだった。ただひと言、「まあな」と。男はいまになって、あのとき老人が口にした「まあな」という言葉の抑揚を思い出そうとしていた。というのも、「まあ、そんなことはないだろう」の「まあな」だったかもしれないし、「まあ、わからんよ」の「まあな」だったかもしれないし、「まあ、よくあることさ」の「まあな」だったかもしれなかった。ところが、老人はなんの抑揚もなしに、ただ「まあな」と言っただけだった。その言葉は、老人の眼差し同様に、あるいは剃り残した鬚を思わせる短く硬い草しか生えないあの山肌同様に、無味乾燥としていた。

斜面の草木は藪よりも高く繁ることはなく、ところどころに脂《やに》っぽい松の木が、木陰を極力小さくしようとよじれて立っているだけだった。男はいま、斜面をのぼっていく、年々雑草に覆われて消えかかっている山道伝いに歩いていた。その道を踏み固めるものがあるとすれば、野生動物さながらに痕跡をほぼ残さない密輸人の往来だけだった。

「忌々しい土地だ」ズアーヴ兵風のズボンを穿いた男は言った。「一刻も早くむこう側の斜面にたどり着きたいものだ」幸いなことに、その道は戦争の前に一度通ったことがあり、案内がなくても歩くことができた。その峠道は、広大な山峡《やまかい》にある登り坂の部分で、全面に地雷を埋めることなど到底不可能だということもわかっていた。

それに、足を踏み出す場所にさえ注意を払えば済む話だった。地中に地雷が埋まっている場所は、ほかと比べてなにかしら様相が異なる。土が掘り返されているとか、石と石が重なり合っているとか、生えて間もない草があるとか、そんななにかがあるはずだった。たとえば、あそこには地雷が埋まっていないことは一目瞭然だ。待てよ、埋められているはずがない？　でも、あの板岩はいくらか浮きあがっているのではあるまいか？　あの草地の真ん中の、帯状に土がむきだしている部分は？　通り道に倒れているあの木は？　彼は立ち止まった。そうはいっても、まだ峠までかなりの距離があるため、そのあたりには地雷はないはずだった。男は歩きつづけた。

どうせ地雷の埋まった土地を行くのなら、夜中に暗闇を這いつくばって進んだほうがまだ好ましかったかもしれない。国境警備隊の目を逃れるためではない。いずれにしてもそのあたりにはいないはずだった。そうではなく、地雷の恐怖から逃れるためだ。まるで地雷が、まどろむ大きな獣《けだもの》で、男が通りかかると目覚めるとでもいうかのように。そう、アルプスマーモットだ。地下の巣穴で体を寄せ合う巨大なアルプスマーモット。マーモットの習性にしたがって、一匹が岩の高いところで見張りをし、男を見ると鋭い音を鳴らして警戒する。

《その警戒音がすると……》男は考えをめぐらせた。《地雷原が爆発する。巨大なアルプスマーモットが何匹も飛び掛かってきて、俺を嚙みちぎり、ずたずたにするんだ》

だが、人間がアルプスマーモットに嚙みちぎられたことはこれまで一度もなかったし、彼が地雷原で木っ端微塵になることもなかった。そんな考えを彼に起こさせるのは空腹だ。男はそれを知っていた。飢えというものを熟知していた。飢えた日々には空想力が悪戯をし、見ること聞くことすべてに、食べるものやかじることの意味合いを与えるようになる。

とはいえ、アルプスマーモットは実際にいるのだった。岩場の高いところから、ギイイ……ギイイ……と鳴く声が聞こえてくる。《あのマーモットを一匹、石ころで殺せたらな

あ》と男は考えた。《小枝に串刺しにして、丸焼きにできるんだが》

マーモットの脂の強烈なにおいが脳裏に浮かんだものの、胃がむかつくことはなかった。あまりの空腹にマーモットの脂にさえ食欲がそそられた。噛めるものならなんでもかまわない。この一週間ずっと農場をまわり、羊飼いのもとを訪れてはライ麦パンや、カップ一杯の凝乳の施しを求めていた。

「自分らの分にさえ難儀してるんだ。このとおり、なにもないもんでね」羊飼いたちはそう言って、三つ編みにしたニンニクが何本かぶらさがっているだけの、殺風景な煤けた壁を指差すのだった。

思っていたよりも早く峠が視界に入ってきた。そのとたん、男は恐怖にも近い驚愕に見舞われた。まさか石楠花《しゃくなげ》が咲いているだなんて思ってもいなかった。目の前にむきだしの谷が現れ、石や岩の一つひとつを見極め、草むらという草むらを見通しながら足を踏み出せるものだとばかり思いこんでいた。ところが、一面に咲き乱れる石楠花のなかに膝まで埋まってしまった。それは内側をうかがい知ることのできない均質な海であり、ときおり灰色の岩の背が突き出しているだけだった。

その下に、地雷が埋まっている。「どこかよくわからんがな」と老人は言っていた。「あのあたり一帯」だとも。そして、あのひろげた掌をぐるりとまわしたのだった。ズアーヴ兵風のズボンの男は、石楠花の咲きほこる一帯に老人の手の影が重なり、だんだんと伸びていき、しまいには覆いつくすのを見た気がした。

男は進むべき方向を見定めた。山峡と並行して延びる起伏の激しい斜面を行こう。決して歩きやすくはなかったが、地雷を埋めようとする者たちにとっても不都合なはずだ。上のほうまで行くと石楠花もしだいにまばらとなり、岩のあいだからは、アルプスマーモットのギイイ……ギイイ……という鳴き声が聞こえた。その声は、首の後ろに照りつける陽射しのように容赦なかった。

《アルプスマーモットがいるということは……》声のする方向に身体を傾けながら、男は思った。《地雷の埋まっていない証しだ》

だがしかし、それは筋の通っていない論理だった。地雷はあくまで対人であり、マーモットの重みぐらいでは破裂しないはずだ。そのときになってようやく、男は地雷のことを「対人地雷」と呼ぶことを思い出し、慄然とした。

《対人》胸の内で繰り返し唱えた。《対人》

その名称を口にしたとたん、にわかに恐ろしくなった。わざわざ峠を選んで地雷を埋めたということは、完全に通れなくするために決まっている。後戻りするほうが身のためだ。周辺に住む人々からもっと情報を訊き出して、別のルートを探すべきだ。

男は後戻りしょうと後ろを見た。待てよ、この一歩の前は、どこに足をついていた？彼の背後には、内側をうかがい知れない植物の海のような石楠花がひろがり、通った痕跡など残されていなかった。おそらく彼はすでに地雷原の真ん中まで来ていて、誤った一歩を踏み出せば、たちまち身の破滅につながる惧《おそ》れがあった。だとしたら、このまま前に進んだほうがよくはあるまいか。

《忌々しい土地め》男は考えた。《とことん忌々しい土地だ》

せめて犬がいたならば。人間とおなじくらいの目方のある大型犬に、先を歩かせることができたなら。思わず、犬に走れと命じるかのように舌を鳴らしていた。《俺が自分で自分の犬の代役を務めなければなるまい》男は考えた。

ひょっとすると石で代役が果たせるかもしれない。傍らに、ちょうど手頃な、大きいけれど持ちあがりそうな石があった。両手でその石を持ちあげ、前方の登り坂の、できるだけ自分から遠いところに落ちるように投げてみた。ところが石はそれほど遠くには飛ばずに、転がりながら彼のほうへと戻ってきた。こうなったら運を天に任せるしかあるまい。

すでに山峡の比較的高い斜面に差し掛かっていた。そこはすこぶる足場の悪い岩地だった。アルプスマーモットの群れが人の近づいてくる気配を察し、警戒をはじめる。その鋭く耳障りな鳴き声が、サボテンの棘のように空気中に突き刺さった。

だが男はもはやアルプスマーモットを捕まえようなどとは考えていなかった。その山峡は、入り口こそずいぶんゆったりとしていたものの、徐々に幅が狭くなっていき、彼のいるあたりはもはや、両側に岩壁と灌木が迫った険しい谷となっていた。そのとき男は理解した。そここそが地雷原だと。そこならば、一定数の地雷を然るべき間隔で埋めることによって、通過を余儀なくされた者たちをことごとく阻止できる。その発見は、男を恐怖に陥れる代わりに、奇妙な安堵感をもたらした。ようし。もはや自分は地雷原のど真ん中にいることは確実だ。こうなったら行き当たりばったり、運を天に任せてのぼっていくしかない。その日、自分が死ぬ運命にあるのなら、死ぬだろう。そうでなければ、地雷と地雷のあいだを通り抜けて生き延びる。

男はそんな運命論的な思索をめぐらせたものの、確信があるわけではなかった。もとより運命など信じていなかったのだから。いうまでもなく、男が一歩を踏み出すとしたら、ほかにどうすることもできなかったからであり、彼の筋肉の動きや思考回路がその一歩を踏み出させるからだった。そうはいっても、その一歩ではなく別の一歩を踏み出せるときがあり、となると思考が迷走をはじめ、筋肉は方向を定めかねてひきつった。そこで男は考えるのをやめて、機械仕掛けの人形のように足の動くままにゆだねようと心を決めた。作為なく岩場の上に歩を進めていこうと思ったのだ。それでもやはり、右に行くか左に行くか、その石に足をのせるのか、別の石に足をのせるのかを決めているのは、自分の意志なのではあるまいかという疑念がぬぐえなかった。

男ははたと立ち止まった。胸の内に奇妙な動揺を覚えたのだ。それは癒しようのない飢えと恐怖からくるものだった。ポケットをまさぐった。ある女性の形見として持ち歩いている手鏡があった。おそらくそれを求めていたのだろう。自分の姿を鏡に映してみる。曇ったガラスの小片に、赤く腫れぼったい目が片方だけ現れた。次いで、土埃やひげのこびりついた頰、ごわごわにひび割れた唇、唇よりも赤味の増した歯茎、歯……。できることなら大きな鏡に自分の姿を映し、全身を見たいと思った。その小さな手鏡を顔のまわりでめぐらせて、片目、片耳と順に見ていくのでは満足できなかった。

男はふたたび歩きだした。《ここまで、俺は地雷に出くわさなかった》と考えながら。《あと五十歩ぐらいだろう。いいや、四十歩かもしれない》

足を一歩踏み出し、その下に固くて頑丈な地面があることを感じるたびに、安堵の息を洩らした。これで一歩進んだ。もう一歩、さらにもう一歩。この真っ平らな結晶片岩は罠のように見えたが、盤石《ばんじゃく》だった。このエリカの株にはなにも隠されていない。この石は……石が彼の重みで指二本分ほど沈みこんだ。ギイイ……ギイイ……とアルプスマーモットが警戒音を立てる。さあ、もう一歩。

その瞬間、地面が太陽と化し、大気が土埃と化し、アルプスマーモットの鳴き声が地鳴りと化した。男は、鉄の手で髪や首すじを鷲づかみにされたような気がした。ひとつの手ではなく、百もの手に各々髪の毛を一本ずつつかまれ、紙きれを引きちぎるがごとく、足もとまで千々に裂かれていった。

食堂で見かけた男女

Visti alla mensa

なにかが起こるにちがいないと僕は咄嗟に思った。二人はテーブル越しに、まるで水槽の魚のような表情のない目で互いのことを見ていた。しかし二人にはまったく共通点がなく、互いに相容れない存在だということがうかがえた。はじめて顔を合わせる二匹の動物がそれぞれに相手を観察し、警戒し合っているようなものだ。

最初にやってきたのは女のほうだった。肉づきのいい、黒ずくめの婦人で、明らかに未亡人だった。田舎の未亡人が、商売をするために町に出てきたのだろう、と僕は瞬時に見てとった。僕がいつも食事をしている一食六十リラの大衆食堂には、こうした類《たぐい》の人たちも珍しくはなかった。困窮の時代から骨の髄まで商魂が染みついた大小さまざまな闇商人で、ときおりポケットに千リラ札が何枚も入っていることをふと思い出しては、浪費の衝動を抑えきれなくなり、勢いに任せてタリアテッレ〔平たく細長い、きしめんに似たパスタ〕とビーフステーキを注文する。片や、食券を使って食べている痩せこけた独り者の僕らはみんな、それを横目で見やりながら、スプーンですくったスープを飲みくだす。

その女は金持ちの闇商人らしかった。テーブルの一辺をふさいで座り、持っていた袋から白パン、果物、無造作に紙に包まれたチーズを取り出して、テーブルクロスを占領した。そのあいだにも、なかば無意識のうちに、黒ずんだ指で葡萄の粒やパンの切れ端をつまんでは口に放りこみ、嚙んでいた。

そこへ男がやってきて、空いた椅子と、まだなにも置かれていないテーブルクロスの片隅を見つけると、声を掛けた。「よろしいですか?」女は口をもぐもぐ動かしたまま、一瞥しただけだった。すると男が重ねて尋ねた。「すみません……そちら、よろしいですか?」女は両腕をひろげ、嚙みかけのパンを口いっぱいに含んだまま、不可解なつぶやきを洩らした。男は軽く帽子を持ちあげてお辞儀をすると、席に着いた。襟に糊を効かせた小ざっぱりした身なりではあったものの、くたびれた様子の老人で、冬でもないのにコートを羽織り、片方の耳からは補聴器のコードが垂れていた。その風貌を見るなり、こちらまで気まずくなった。彼の立ち居ふるまいからにじみ出る育ちのよさに対する気まずさだ。

彼が没落貴族であることは一目瞭然で、社交辞令やお辞儀からなる世界から、小突き小突かれ脇腹を殴り合うのが当たり前の世界へといきなり転落し、なにがなにやらわからぬまま、客がごった返す大衆食堂でも、宮廷における歓迎式典さながらに丁寧なお辞儀を続けていたのだった。

こうしていま、成りあがりの金持ち女と、かつて金持ちだった男という、はじめて顔を合わせる二匹の動物が互いに向き合っていた。でっぷりと肥って背の低い女は、大きな手を、さながら蟹のハサミのようにテーブルクロスの上にどんとのせ、蟹が呼吸をするときのように喉を動かしている。老人はといえば、椅子の座面に浅く腰掛け、両肘をぴったりと脇につけていた。手袋をはめた手は動脈炎のために痺れ、地衣類の生えた岩を思わせる顔には群青色の毛細血管が浮き出ていた。

「帽子をかぶったままで失礼します」と彼が言うと、女は黄色い目を剝いて老人を見た。彼の言動が少しも理解できなかったのだ。

「失礼」と彼は繰り返した。「帽子をかぶったままで。少々風があるものでしてね」

すると肥った未亡人は、顔の筋肉をほとんど動かさずに、昆虫を連想させる産毛に縁どられた口の端にかすかな笑いを浮かべたものの、その笑いを腹話術のように呑みこんだ。そして脇を通りかかったウエイトレスに向かって、「ワイン」と言った。手袋をはめた老人は、その単語を耳にするや目をしばたたいた。きっとワインが好物なのだろう。鼻の先に透ける毛細血管が、いかにも美食家らしく、長いこと丹念にワインを味わってきたことを物語っていた。とはいえ、ずいぶん前から酒を断っているにちがいない。そしていま、肥った未亡人が目の前で白パンの切れ端をグラスの中のワインに浸しては、くちゃくちゃと噛んでいた。

手袋をはめた老人は、ことによると羞恥心に駆られたのかもしれない。ちょうど女性を口説いているときに、しみったれた男だと思われたくないという見栄が働くように。そして、「わたしにもワインを頼む！」と言った。

その瞬間、老人は自分の口にした言葉を悔やんだ。これで月末になる前に年金を使い果たし、何日ものあいだ食事もできずに、底冷えのする屋根裏部屋でコートにくるまって過ごさなければならなくなる。彼はワインをグラスに注ごうとしなかった。《ひょっとすると……》と思ったのだ。《ワインに手をつけなければ返品できるかもしれない。飲みたい気分ではなくなったと言って、金を払わずに済ませよう》

考えあぐねているうちに、ワインを飲みたいなどという気持ちは本当に失せてしまい、食欲までなくなった。未亡人がバターでぎとぎとのマカロニを次々と呑みこんでいる前で、彼は味気のないスープをスプーンですくっては、数本しか残っていない歯で咀嚼した。

《どうか二人が喋りませんように……》と僕は秘かに願っていた。《どちらでもいいからさっさと食事を終わらせて、出ていってくれますように》自分でもなにをそれほど恐れていたのかわからない。二人はいずれ劣らず化け物のような存在で、甲殻類を思わせるその怠惰な外観の下に、互いに対するおぞましい憎悪が息づいていた。深海の底に棲む怪物がじわじわと敵を八つ裂きにするような戦いが二人のあいだで繰りひろげられる光景を、僕は想像した。

早くも老人は、包みが散乱したテーブルで未亡人の食べ物にほぼ包囲されていた。その片隅にかろうじて自分のスペースを確保して、配給の味気のないスープと貧弱な丸パン二つを置いていた。そして、あたかも敵の陣地で紛失するのを危惧するかのように、自分の丸パンをさらに引っこめようとしたところ、手袋をはめているうえに痺れている手が滑り、未亡人のチーズの切れ端を床に落としてしまった。

彼の目の前では、肉づきのいい未亡人が冷ややかな笑いを浮かべている。

「失敬……いやあ、失敬……」手袋をはめた老人が謝った。未亡人は新種の生き物を見るような目を男に向けたきり、返事をしない。

《ほら来た》と僕は思った。《あの爺さん、「いい加減にしろ!」と怒鳴って、テーブルクロスを引きはがすぞ》

ところが、老人は無言でしゃがむと、ぎこちない動きでテーブルの下に潜り、チーズを探しはじめた。肥った未亡人はしばらくそんな老人を眺めていたが、やがて上半身はほとんど動かさずに、大きな前脚の片方を床まで下ろし、チーズの切れ端を拾いあげた。そして汚れを払い、昆虫を思わせる口もとまで持っていったかと思うと、手袋をはめた老人がテーブルの下から戻るよりも早く、ごくりと呑みこんだ。

ようやく立ちあがった老人は、無理な体勢をとったせいで節々が痛み、困惑のあまり顔は紅潮し、帽子は斜めになり、補聴器のコードはもつれていた。

《ほら見ろ》と僕は思った。《今度こそ、ナイフをつかんで、あの女を殺すぞ！》

ところが、老人は無様な姿をさらしたと思いこみ、自分を慰める方法を見つけられずにいた。気まずい雰囲気を打ち破るために、どんなことでもいいからとにかく話しかけ、その未亡人と会話をしてみたいという衝動に駆られた。それでいて、口をついて出るのは気まずさから生じる謝罪の言葉ばかりで、ほかになにを言えばいいかわからなかった。

「あのチーズは……」と彼は言った。「たいへんもったいないことをいたしました。申し訳ありません……」

肥った未亡人は、もはや無言によって老人の面目を失わせるだけでは気が済まず、彼のプライドをずたずたに踏みにじろうとした。

「そんなもの、わたしにとってはどうでもいいの。カステル・ブランドーネに帰れば、こんなに大きなチーズがいくつもあるんだから」未亡人はそう言うと、手振りをしてみせた。そのとき老人を驚かせたのは、その手振りの大きさではなかった。

「カステル・ブランドーネですって？」彼の目はうるんでいた。「わたしは少尉としてカルテル・ブランドーネに赴任していたことがあります。一八九五年のことです。砲撃訓練のためでした。あの村のご出身ならば、ブランドーネ・ダスプレ伯爵をご存じではありませんか？」

　未亡人はもはや冷笑を浮かべるだけでなく、声を立てて笑っていた。笑いながら、ほかの常連客たちのなかにも、その老人がいかに滑稽か気づいた者がいるのではあるまいかと、周囲を見まわした。

「あなたはご記憶にないかもしれませんが」と老人は続けた。「憶えてらっしゃらなくて当然とは思いますが……あの年、カステル・ブランドーネでの砲撃訓練には、国王陛下がお出ましになったのです！　ダスプレ城で歓迎の式典が執りおこなわれたときのエピソードをお話ししましょう……」

　肥った未亡人は時計を見やると、レバー料理を注文し、老人の話には耳を傾けようともせず、そそくさと食べはじめた。手袋をはめた老人は、自分のためだけに話していることに気づいたものの、口をつぐもうとしなかった。話を途中でやめでもしたら恥の上塗りだ。ひとたび始めた話は最後まで終わらせなければならない。

「なんと国王陛下が、まばゆい光に照らされた大広間に入ってこられたのです」老人は目に涙を浮かべて話を続けた。「そのとき、片側には夜会服で着飾った貴婦人がずらりと並んでお辞儀をし、そのむかい側には我々将校が気をつけの姿勢で並んでいました。国王陛下は、まず伯爵夫人の手にキスをしてから、一人ひとりに声を掛けられました。それからわたしのほうに歩みよられて……」

テーブルの上には、四分の一リットル入りのカラフェが二本、並べて置かれていた。未亡人のカラフェはほとんど空で、老人のカラフェには縁までなみなみとワインが入っていた。そのとき未亡人が、うっかり満杯のほうのカラフェからワインを注いで、飲みだした。老人は熱弁をふるいながらも、それを見逃さなかった。ああ、これでかすかな希望も消え失せた。代金を支払わなければならない。もしかすると、あの未亡人は全部飲み干してしまうかもしれない。とはいえ、ここで彼女の間違いを指摘するのは、あまり品のよい行為とは言えないだろう。そんなことをすれば未亡人はおそらく気を悪くする。いや、それはあまりに品がなさすぎる！

「国王陛下はわたしにお尋ねになられました。『少尉、あなたは……？』まさにそうおっしゃったのです。そこでわたしは、気をつけの姿勢を保ったまま、『陛下、わたくしはクレルモン・ド・フロンジェ少尉であります』とお答えしました。すると国王陛下が、『クレルモン！　あなたのお父上を知っています』とおっしゃいました。『立派な兵士でした！』そう言って、わたしの手まで握ってくださいました。本当に『立派な兵士』とおっしゃったのですよ！」

そのあいだに食事を終えた肥った未亡人は、椅子から立ちあがり、隣の椅子の上に置いてあった袋の中身をひっかきまわしはじめた。そんなふうに前屈みになっているものだから、テーブルの上からだと尻しか見えなかった。黒い布で覆われた肥った女の巨大な尻。クレルモン・ド・フロンジェ老人の目と鼻の先に、そのもぞもぞと動く大きな尻があった。老人は形相を変えながらも話を続けた。「煌々と輝くシャンデリアと鏡のちりばめられた大広間で……国王陛下が、わたしの手を握ってくださった。そして、『立派ですぞ、クレルモン・ド・フロンジェ』とわたしに向かっておっしゃいました……。すると、周囲にいた夜会服姿のご婦人方がこぞって……」

ドルと年増の娼婦たち

Dollari e vecchie mondane

夕食後、エマヌエーレは窓ガラスにとまる蠅を蠅叩きで潰していた。三十二歳、小太りの男だ。妻のイオランダは盛り場に出掛けるためにストッキングをはきかえていた。

窓ガラスのむこうには、かつての保税倉庫が被災した跡地があり、なだらかな下り坂に建ち並ぶ家々のあいだから海を望むことができた。海はしだいに黒味を帯びはじめ、ひっきりなしに吹きつける風が通りを伝ってあがってくる。港の外に停泊しているアメリカ海軍の駆逐艦《シェナンドー》から、六人の水兵がバール《ディオゲネスの樽》へと入っていった。

「フェリーチェの店にアメリカ人が六人来ているぞ」エマヌエーレが言った。

「将校さんたち？」イオランダが尋ねる。

「水兵だ。水兵のほうが好都合だ。急げ」エマヌエーレは帽子を持った腕を持ちあげると、ジャケットのもう片方の袖を探りあてるために、その場で一回転した。

イオランダはガーターを留めおわり、服の前身ごろから飛び出したブラジャーの紐を押しこんでいた。

「支度はできたか。行くぞ」

夫婦は米ドルで闇商売をしていたので、水兵たちにドルを売ってもらうつもりだった。ドルで闇商売をしているといっても、堅気の人間だ。

被災の跡地では、雰囲気を明るくするために植えられたはずの数本のヤシの木が、慰めようもないほど絶望しているかのように、風にあおられて枝や葉を振り乱していた。その真ん中に、煌々と灯りの輝く仮設の小屋《ディオゲネスの樽》があった。帰還兵のフェリーチェが市から土地の払い下げを受けて建てたものだが、その際、景観を損なうという理由で野党議員の抗議を受けていた。その名のごとく樽の形をした建物で、中にはテーブル席と、酒の並ぶカウンターがある。

エマヌエーレが言った。「いいか、まずおまえが店内に入り、様子をうかがって、話しかけるんだ。両替の必要はないか訊いてみろ。おまえに言われれば、きっとすぐに両替すると答えるだろう。そこへ俺が入っていって交渉するという算段だ」

フェリーチェの店では六人の水兵がカウンターの端から端までを占領していた。全員そろいの白ズボンを穿き、大理石に肘をついているせいで、あたかも十二人いるかのように見える。近づいていったイオランダは、十二個の瞳が一斉に注がれるのを感じた。口を閉じてもぐもぐと噛んでいる顎のリズムに合わせて、瞳まで回転している。大半の水兵が発育不良でひょろ長く、だぶだぶの白シャツに身を包み、頭のてっぺんに水兵帽をのせていた。ところが、イオランダのそばにいる水兵だけは、背丈が二メートルもあり、リンゴ色の頬にピラミッド形の首で、制服がすっかり肌に馴染んでいた。真ん丸の目の奥で、瞳がくりくりと縁にぶつかることなく上下に動いている。イオランダは、またしても服の前身頃からはみ出してきたブラジャーの紐を押しこんだ。

カウンターのむこうでは、コック帽をかぶり、寝不足のために瞼を腫らしたフェリーチェが、せっせと飲み物をグラスに注いでいた。イオランダを見ると、鬚の剃り跡がいつだって青黒く残っている靴屋のような顔に、挨拶代わりの冷ややかな笑いを浮かべた。英語を話せるフェリーチェに、イオランダが頼んだ。「フェリーチェ、この人たちにドルを両替するつもりはないか訊いてちょうだい」

フェリーチェは相変わらず冷笑を浮かべるだけで、つかみどころがない。「自分で言えばいいだろう」とだけ答えた。そして、油ぎった髪で、玉葱色の顔をした小僧に、ピッツァや揚げ菓子を盛ったトレーを運ぶよう指示した。

イオランダは、ひょろ長い白い服の兵士たちにまわりを囲まれてしまった。水兵たちは食べ物を噛むのをやめず、人間のものとは思えない唸り声を交わしながら、彼女を舐めるように見つめた。

「プリーズ……」イオランダが盛んに身振り手振りを交えて言った。「あたし、あんたたちに、リラ……あんたたち、あたしに、ドル」

水兵たちは口を動かしつづけている。大柄で猪首の男が微笑んだので、口もとから真っ白な歯がのぞいた。歯と歯の境目もわからないほどの白さだ。

そのとき、背が低く、スペイン人のように褐色の顔の男が、みんなを押しのけて歩み出た。そして、「おれ、ドル、きみに」と、やはり大袈裟なジェスチャーを交えて言った。「きみ、おれと、ベッドに」

それから、おなじフレーズを英語で繰り返したものだから、ひとしきりみんなして笑ったものの、度を越した笑いではなく、口を動かすことも、彼女にじっと視線を注ぐこともやめなかった。

イオランダはフェリーチェのほうに向きなおると言った。「フェリーチェ、この人たちに説明してちょうだい」

「ウィスキー・アンド・ソーダ」フェリーチェは怪しげな発音でそう言うと、大理石のカウンターの上でグラスをゆっくりと回転させた。その顔に貼りついた冷笑は、あまりに眠たそうだったお蔭で、かろうじて憎々しくなるのを免れていた。

そのとき大柄の水兵が口をひらいた。その声は、打ち寄せる波でリングが揺れるときの鉄の浮標《ブイ》を連想させた。イオランダのためにドリンクを一杯注文したのだ。彼はフェリーチェの手からグラスを受けとると、イオランダに差し出した。そんなにも大きな指のあいだで、華奢なグラスの脚がどうして割れずにいるのか不思議なくらいだった。

イオランダはどのようにふるまえばいいかわからず、「あたしリラ、あんたドル」と繰り返すばかり。

一方、水兵たちはすぐにイタリア語を憶えてしまい、「ベッドへ」と口々に言っている。

「ベッドへ、ドル……」

そこに夫のエマヌエーレが入ってきて、物騒な背中が円陣を組んでいる光景を目にした。その中から妻の声が洩れ聞こえる。夫はカウンターに声を掛けた。「おい、フェリーチェ、どうしたんだ？」

「なにを飲む？」フェリーチェは、二時間前に剃ったばかりなのに早くも先端が見えはじめている鬚のあいだに、くたびれた冷笑を浮かべて尋ねた。

エマヌエーレは汗ばんだ額から帽子を引きはがすと、いくつもの背中で築かれた壁のむこうをのぞこうと、ぴょんぴょん跳ねてみた。「うちの女房はなにをしてる?」

フェリーチェはスツールによじのぼり、顎を突き出してのぞいたかと思うと、すぐに飛び降りた。「まだあそこにいるよ」

エマヌエーレは深く息がつけるようにネクタイの結び目を軽く緩めた。「ちょっとどくように言ってくれ」ところがフェリーチェは、玉葱色の顔をした小僧を叱りつけるのに忙しかった。トレーに盛られた揚げ菓子がとっくになくなっているのに小僧が放置していたのだ。

「イオランダ?」エマヌエーレは妻の名を呼びながら、二人のアメリカ人のあいだを掻きわけて輪の内側に入ろうとした。しかし顎とみぞおちに肘鉄を一発ずつ食らって外に押し戻され、ふたたび輪のまわりでむなしく飛び跳ねるしかなかった。すると、心なしか震える声が人だかりの奥から聞こえてきた。「エマヌエーレ……?」

彼は咳払いをした。「どんな具合だ?」

「なんだか……」と、電話越しに話すかのような妻の声がした。「この人たち、リラは欲しくないみたいなの……」

彼は平静を保ったまま、カウンターの大理石をとんとんと指で叩いた。「ああ、要らないってか？　だったら出てこいよ」

「すぐに行くわ」妻はそう言うと、水兵たちの生け垣のあいだでもがいてみた。そのとき、なにか彼女のことを引きとめるものがあった。視線を下に向けると、大きな手が左の乳房の下に置かれていた。柔らかで強靭な大きい手だ。リンゴの頬をした大柄の男が、瞳に負けじと歯を輝かせて、彼女の前に立ちはだかっていた。

「プリーズ……」彼女は、その手をふりはらいながら小声で言い、エマヌエーレに向かって大きな声を張りあげた。「いまそっちに行くから」ところが、いつまで経っても輪の中心から出てくる気配がなく、「プリーズ」と繰り返すばかりだった。「プリーズ……」

フェリーチェはエマヌエーレの鼻先にグラスを置いた。「なにを飲む？」コック帽をのせた頭を垂れ、ひらいた指をカウンターにつくと言った。

エマヌエーレは宙を見ていた。「俺に考えがある。待っててくれ」そう言うと、店を飛び出した。

外はすでに灯りが点っていた。エマヌエーレは小走りに通りを抜けて、カフェ《ラマルモラ》に入ると、店内を見まわした。トレッセッテ〔トランプゲームの一種〕に興じている常連客しかいない。「エマヌエーレ、おまえもこっちにきて一緒にやらないか？」と、声を掛けてきた。「まったく、なんて面《つら》してやがる、エマヌエーレ！」

エマヌエーレはすでに走り去ったあとだった。バール《パリ》まで一気に走っていくと、掌に拳を打ちつけながらテーブルのあいだを歩きまわった。しまいにバリスタの耳もとでなにやら尋ねた。するとバリスタは、「今夜はまだ見かけてないねえ」と答えた。エマヌエーレはとたんにまた外へ飛び出した。その後ろ姿を見ながら、バリスタはげらげらと笑い、レジ係のところへ行って一部始終を話して聞かせた。

《ジッリオ》では、〈ボローニャ女《ラ・ボロニェーゼ》〉が、テーブルの下で静脈瘤の痛みだした両脚をようやく伸ばしたところだった。そこへ、帽子をうなじのあたりまでずり落とした小太りの男が息せき切って駆けこんできたものの、なにを言っているのかさっぱりわからない。

「来てくれ」と言って、彼女の手をつかんで引っ張った。「緊急事態なんだ。早く来てくれ」

「エマヌエーレちゃん、いったい何事？」と〈ボローニャ女〉が言った。切りそろえた黒い前髪の下で、皺のギャザーが入った目を真ん丸に見ひらいている。「何年ぶりかしら……。いったどうしたというの、エマヌエーレちゃん」

けれども、エマヌエーレが彼女の手を握ってとっとと走りだしたものだから、〈ボローニャ女〉も足を引きずりながら後をついていくしかなかった。腿の半分あたりまでずりあがったスカートの内側で、むくんだ両脚がもつれ合う。

映画館の前で、伍長を口説こうとしていた〈おつむの弱いマリア《ラ・マッタ》〉を見かけた。

「おい、おまえも一緒に来い。アメリカ人のところに連れてってやる」

〈おつむの弱いマリア〉は、迷わず伍長の頬を指で弾いてその場に置き去りにすると、エマヌエーレと並んで走りはじめた。ぱさついた赤毛が風になびき、物憂げな眼《まなこ》が闇を貫く。

《ディオゲネスの樽》の状況はたいして変わっていなかった。カウンターの上のいろいろなものが空になっているくらいだ。ジンはすでに飲みつくされ、ピッツァも残りわずかだった。そこへいきなり、二人の女がエマヌエーレに背中を押されて入ってきて、輪の真ん中に勢いよく飛びこんだ。歓声を挙げて二人を迎える水兵たち。ぐったりとスツールに倒れこんだエマヌエーレに、フェリーチェは強めのアルコールを注いでやった。そこへ一人の水兵が仲間の輪から離れて近寄ってきたかと思うと、エマヌエーレの背中をぽんと叩いた。ほかの水兵たちも、親しげな眼差しを彼に向ける。フェリーチェが彼についてなにか水兵たちに言っていた。

「おい」エマヌエーレは尋ねた。「どんなあんばいだ?」

フェリーチェは相変わらず眠そうな冷笑を浮かべていた。「そうだな、少なくとも六人は要るだろうよ……」

実際、状況は少しもよくならなかった。〈おつむの弱いマリア〉は、胎児のような顔をしたのっぽの水兵の首すじにしがみつき、緑の服の下で脱皮中の蛇のように身をよじっている。〈ボローニャ女〉はといえば、背の低いスペイン人を自分の胸にうずめ、母性本能を全開にしてあやしていた。肝心のイオランダはいつまでたっても輪から出てこない。目の前には相変わらず巨大な背中が立ちはだかり、視界をさえぎっていた。エマヌエーレは連れてきた女二人に向かって、くだらないことにかまけていないで頼んだことをしてくれと、苛立ちのこもった合図を送った。けれども、二人は自分たちが呼ばれた理由などすっかり忘れてしまったようだった。

「おい……」フェリーチェが、エマヌエーレの肩の上あたりをちらりと見て言った。

「なんだ?」とエマヌエーレが訊いたときには、フェリーチェはもう、グラスを拭くのがのろいと小僧を怒鳴りつけていた。エマヌエーレが後ろをふりむくと、新しい客がどっとなだれこんできた。十五人はいただろうか。《ディオゲネスの樽》は、ほろ酔いかげんの水兵ばかりであふれかえった。〈おつむの弱いマリア〉と〈ボローニャ女〉はその乱痴気騒ぎの真ん中で完全に自制心を失っている。一人は、こっちの水兵の首に抱きついたかと思えば、あっちの水兵の首に抱きつき、猿のような脚を空中でばたつかせていたし、もう一人は、ルージュをひいた口もとににっこりと笑みをつくり、卵を温める雌鶏を思わせる胸に、迷子の水兵たちを迎え入れていた。

エマヌエーレは一瞬、水兵たちの中心でくるくる回っているイオランダの姿を見た気がしたものの、すぐにまた消えてしまった。イオランダはといえば、自分のまわりに群がる水兵たちに幾度も押し倒されそうになりながら、そのたびに、輝く白い歯と瞳の大柄な水兵が傍らにいることに気づき、そのたびに、なぜか安心感を覚えるのだった。その男は終始、彼女のそばでやわらかに動いていた。気配を伝えない白い水兵服の下で、彼の大きな身体は、猫のようにしなやかな筋肉によって動いているにちがいなかった。彼の胸板がゆっくりと持ちあがっては、またへっこむ。その様子はまるで胸が、海のゆったりとした空気で満たされているかのようだった。しばらくすると、ブイの底の石を思わせる彼の声が、耳慣れないリズムとともに、ひと言ひと言区切るようにして言葉を発し、それがしだいに見事な歌を形づくっていった。一同は、まるで音楽が聞こえたかのように一斉にふりかえった。

そのあいだにも、店の勝手をよく知っている〈おつむの弱いマリア〉は、口髭をたくわえた水兵の腕に抱かれたまま、あたりの物を足で蹴とばして店の裏にある小さな戸につながる通り道を確保した。フェリーチェは最初、その戸を開けさせたがらなかったが、二人の後ろから大勢の水夫が押したため、結局みんな一斉にその戸の中になだれこんだ。

スツールの上で身を縮めていたエマヌエーレは、一部始終を水棲生物のような目で凝視していた。「あの戸の奥にはなにがあるんだ、フェリーチェ。戸のむこうはなんなんだ？」けれどもフェリーチェは返事をしなかった。飲み物も食べ物も底をついてしまったために、気が気でなかったからだ。

「《ワルキューレ》へ行って、なにか飲み物を融通してくれるよう頼んでこい」玉葱小僧に命じた。「ビールでもなんでもいい。それと焼き菓子もだ。急げ！」

そうこうするあいだに、イオランダも戸のむこう側に押しこまれた。そこはカーテンが吊るされた清潔感のある小部屋になっていて、きちんと整えられ、青いカバーのかけられたベッドと、洗面台などが一式設《しつら》えられていた。すると、大柄の水兵がほかの連中を部屋から追い出そうと、その大きな手で水兵たちを押しはじめた。穏やかではあるものの頑として譲らない。そしてイオランダを自分の背後にかくまうようにして小部屋に残した。ところが、水兵たちは全員、なぜかその部屋に残りたがり、大柄の水兵がみんなを外方向にひと押しするたびに、寄せては返す波のように、中に戻ろうとする力が働くのだった。とはいえ、中に戻ろうとする力は少しずつ小さくなっていった。そのたびごとに誰かしら力尽き、外に弾き出されていくからだ。イオランダは、大柄の男がその作業にかかりきりになっているのをありがたく思っていた。お蔭で少し息がつけるし、また外にはみ出してきたブラジャーの紐を押しこむこともできる。

エマヌエーレは一部始終を観察していた。小部屋から水兵たちを押し出そうとする大柄な男の手。姿を消した妻は、間違いなくあの戸の中にいる。ほかの水兵たちも、波のように押し出されてはまた入っていくのだけれど、そのたびに中にいる者が一人か二人減っていった。最初は十人いた者が、次は九人になり、そして七人……。大柄の水兵が全員を締め出すまでに、あと何分残されているのだろうか。

次の瞬間、エマヌエーレは外へと駆け出した。袋跳び競争の要領で広場を横切る。駐車場にはタクシーが並んでいて、運転手たちは車内で居眠りをしていた。彼は一台ずつ順に窓を叩き、全員を起こすと、頼みたいことがあるのだがと事情を説明しはじめた。ものわかりの悪い相手には声を荒らげる。やがてタクシーは、一台、また一台とそれぞれ別の方向に走りだした。エマヌエーレもそのうちの一台に乗って、外のステップに立ったまま走り去った。

馭者台で眠りこけていたバチ爺さんは、タクシーが一斉に動きだす音を聞いて目を覚ました。慌てて自分の馬車にも乗せる客はいないかと訊きに走る。百戦錬磨の老狼らしく、即座に状況を理解したバチ爺さんは、すぐさま馭者台に乗りこみ、相棒の古ぼけた馬を叩き起こした。車体を軋ませながらバチの馬車も遠ざかっていくと、広場はもぬけの殻となり、ひっそりと静まり返った。聞こえる音といえば、保全倉庫の跡地に建つ《ディオゲネスの樽》から洩れてくる乱痴気騒ぎぐらい。

《イリス》では、若い娘たちが踊っていた。どの娘《こ》も未成年で、小花のような口に、ボールのような乳房を際立たせるぴっちりとしたセーターを着ている。エマヌエーレは曲の終わりを待ちきれず、「おい、きみ！」と、一人の娘に声を掛けた。すると、その娘と踊っていた、前髪に額をうずめた若者が、「なんの用だ？」と切り返してきた。さらに三、四人の男たちが、踊りをやめてエマヌエーレをとり囲む。ボクサーの面《つら》をした若者たちが鼻の穴をふくらませて、大きく息を吸った。

「おい、逃げろ」タクシーの運転手がエマヌエーレに言った。「これじゃあ、別の騒動を招くだけだ」

次いで二人は〈牝豹《パンテーラ》〉の家へ行った。ところがドアを開けてもらえない。どうやら〈牝豹〉は客と一緒だったらしい。「ドルだぞ！」エマヌエーレが表から叫んだ。「ドルだ」するとドアが開き、寓意像のようなナイトガウン姿の〈牝豹〉が現れた。二人は〈牝豹〉を階段からひきずりおろし、タクシーに押しこんだ。その後、海沿いの道で鎖につないだ犬と散歩をしていた〈バリッラ〉、《旅人のカフェ》では首にキツネの襟巻をした〈かわいこちゃん《ベルバンビン》〉、ホテル《平和《パーチェ》》では象牙のパイプをくわえた〈ボッワナ人《ベチュアーナ》〉をそれぞれれかっさらった。続いて、《睡蓮《ニンフェア》》のマダムと三人の新入りを見つけた。この四人はけらけらと笑ってばかりいて、郊外へピクニックに行くものだと思ったようだ。全員をタクシーに無理やり押しこんだ。エマヌエーレは前の席に座ったものの、ぎゅうぎゅう詰めの女たちがあまりに騒ぐものだから、いくぶん辟易した。運転手はといえば、サスペンションが壊れるのではあるまいかと、そればかり気にしている。

しばらく走ったところで、一人の男が轢いてくれと言わんばかりに道路の真ん中に飛び出してきた。停まれと合図をしている。なんと、玉葱色の顔をした小僧が、ビールケースと焼き菓子を盛ったトレーを抱えて、乗せてくれと言うのだ。タクシーのドアが開き、ビールケースやトレーごと小僧が車内に吸いこまれた。タクシーがふたたび走りだす。夜の盛り場をぶらついていた人たちは、目玉をひん剝いて、女たちの甲高い声を乗せて救急車のように走り去るタクシーを見つめていた。

途中エマヌエーレは、なにかがぎいぎいと軋る音がときおり聞こえてくる気がして、運転手に言った。「おい、どこか故障してるんじゃないのか？　変な音がするぞ」すると運転手が首を横にふって言った。「いいや、小僧だよ」エマヌエーレは汗を拭った。

タクシーが《ディオゲネスの樽》の前に停車すると、小僧が真っ先に飛び降りた。片手でトレーを掲げ、もう一方の手でビールケースを抱えている。髪の毛は総立ちで、顔の半分を占めるほど目を大きく見ひらいて、猿のようにぴょんぴょん飛び跳ねながら走り去った。ボタンを全部もぎとられて、ズボンがずり落ちそうになっていたのだ。「旦那！」小僧は大声を張りあげた。「全部無事だよ！　なにひとつ盗られなかった！それにしても、とんだ目に遭ったもんだ！」

イオランダは相変わらず小部屋の中にいて、入り口では大柄の男が押し合いへし合いをしていた。そのときにはもう、小部屋に入りたがっているのは、ぐでんぐでんに酔っぱらった水兵一人で、入ろうと試みるたびに大柄の男の手に弾き返された。そこへ、到着したばかりの女たちが店内になだれこむ。フェリーチェはスツールの上によじのぼり、その光景を疲れきった面持ちで眺めていた。一面に連なる白い水兵帽がところどころ途切れては、羽根飾りのついた婦人物の帽子や、黒い絹地に包まれた尻、ザンポーネ〔豚の足に挽肉などを詰めた料理〕のように太い脚、花飾りのついた乳房が二つ……といったものが泡沫のように表面に浮いたかと思うと、ふたたび消えていく。

表でブレーキ音がして、四台五台六台とタクシーが列を成して到着した。それぞれのタクシーから女たちが降りてくる。貴婦人のように髪を結った〈千の媚び《ミッレモッセ》〉が、近視の眼をかっと見ひらき、威厳に満ちた足どりで先頭を歩き、続いて、〈スペイン女のカルメン《ラ・スパニョーラ》〉が全身をベールにくるみ、骸骨のようにげっそりと窪んだ顔に、骨ばった臀部を猫のようにしなやかにゆすって入ってくる。杖代わりの唐傘に寄りかかりながら歩いてくる〈びっこ《ラ・ゾッパ》のジョヴァンナッサ〉の姿もあった。縮れっ毛に、毛深い脚の〈長横丁の色黒女《ネーラ・ディ・カッルージョ・ルンゴ》〉がいるかと思えば、煙草の銘柄が描かれた服を着た〈ミッキーマウス《トポリーノ》〉に、トランプカードの模様の服を着た〈サルファ薬《スルファミディカ》のミレーナ〉、顔じゅうに吹き出物のある〈犬しゃぶり《スッキアカーニ》〉や、全体にレースをあしらったドレス姿の〈運命の女《ラ・ファターレ》イネス〉までいた。

そのとき、路面でなにか転がる音がしたと思ったら、バチの馬車も到着した。馬はいまにも死にそうだ。馬車が停まるのを待って、一人の女が飛び降りた。襞飾りとレースをあしらった幅のたっぷりしたビロードのスカートをはき、胸もとを何本ものネックレスで飾りたて、首には黒いリボンを巻き、耳からは絵の描かれたイヤリングが垂れさがり、柄つきの片眼鏡に、鬘《かつら》のような黄色の髪、銃士風の大きな帽子にはバラの花と葡萄の房と小鳥とふんわりとしたダチョウの羽根がのっている。

そのあいだにも、《ディオゲネスの樽》の仮設小屋には新たな水兵の集団が押しよせていた。アコーディオンやサックスを奏でる者まで登場し、テーブルの上では女たちがダンスに興じている。必死でかき集めたにもかかわらず、まだ女より水兵の数のほうが勝《まさ》っていた。それでも、手を伸ばしさえすれば誰もが、消えたかに思われた女の尻や乳房、あるいは腿に触れることができた。ただし、誰のものかはわからない。尻が宙に浮いているかと思えば、膝の高さに乳房がある。人いきれにまみれて、ビロードのような手や猛禽類のような手が這いまわり、尖った赤い爪の手や震える指先の手がシャツの下に忍びこみ、ボタンを外し、筋肉をなぞり、奥部をくすぐった。口と口とがほとんど空中を飛ぶようにしてめぐり合い、耳もとで吸盤のように吸いつき、甘ったるくざらついた舌が皮膚を浸食しながら唾で濡らし、洋紅色《カーマインレッド》の瘤《こぶ》のある巨大な唇が鼻の下までせりあがる。そして、おびただしい数の脚が巨大な蛸の触手のようにそこらじゅうを際限なく動きまわるのを感じた。脚が脚のあいだに分け入り、腿やふくらはぎをぶつけながら、蛇のようにくねる。やがてすべてが手の内で溶けていき、しまいには葡萄の房があしらわれた帽子だけが残される。レースのパンティーを手にした者、入れ歯を手にした者、首にストッキングを巻いている者、シルクの襞飾りを巻いている者……。

イオランダだけが大柄の水兵と一緒に小部屋にとり残されていた。ドアには鍵がかけられ、彼女は洗面台に設えられた鏡の前で髪を梳かしていた。水兵が窓辺に立ってカーテンを開けた。外には海岸の暗い一画と、街灯の連なる突堤とが見えた。明かりが海面に映り、二列に見える。すると水兵がアメリカの唄を口ずさんだ。こんな歌詞だ。「昼が終わりを告げ、夜の訪れとともに、群青色に染まる空で鐘の音が響きだす」

イオランダもそばにきて、窓の外を一緒に眺めた。そのとき二人の手が窓台でぶつかり、触れ合った状態のままじっと動かずにいた。すると鉄のような声をした大柄の水兵が歌いだした。「神の子供たちよ、ハレルヤを歌おう」

イオランダも後について口ずさむ。「ハレルヤを歌おう、ハレルヤ」

一方、不安でたまらないエマヌエーレは、ときおり腕のあいだに降ってくる、形相まで変わってしまった女たちを押しのけつつ、水兵でごった返す店内を探しまわったものの、妻の姿は見当たらなかった。そうこうしているうちに、運転手の集団と鉢合わせになった。タクシー料金を請求しようと彼を待ちかまえていたのだ。エマヌエーレの目からは涙があふれそうだった。対する運転手たちは、払ってもらうまで彼を離さないつもりだ。あろうことかバチ爺さんまでやってきて、馭者用の大きな鞭をふりかざしながら、「馬車代をよこさないなら、女は連れて帰るぞ！」と喚いた。

そこへホイッスルの音が響いたかと思うと、小屋はたちまち警官に包囲された。ヘルメットをかぶり銃を掲げた駆逐艦《シェナンドー》の巡邏隊で、店にいた水兵たちに一人ずつ外へ出るよう命じた。イタリア警察の護送車も到着し、拘束した女たちを順に乗せると、走りだした。

一方、水兵は全員整列させられ、港まで行進するように命じられた。女をいっぱいに乗せた護送車が列の前を横切ると、こちらからもあちらからもみんな一斉に手を振り、別れを惜しむのだった。列の先頭にいた大柄の男が、よく通る声で歌いはじめた。「一日が過ぎ去り、太陽が沈みゆく。みんなで歌おう、ハレルヤ、ハレルヤ」

護送車のなかで、〈千の媚び《ミッレモッセ》〉と〈犬しゃぶり《スッキアカーニ》〉に挟まれて小さくなっていたイオランダは、走り去る瞬間に彼の歌声が聞こえたので、一緒になって口ずさんだ。「一日が去ってゆき、仕事も終わった。ハレルヤ」

すると、水兵も女もみんなして歌いはじめ、大合唱となった。駆逐艦に戻る兵士たちと、警察署へと連行される女たち。

《ディオゲネスの樽》では、帰還兵のフェリーチェがテーブルを片隅に積みあげていた。エマヌエーレは椅子に身を投げ出し、顎を胸にのせ、形の崩れた帽子をうなじのあたりに置いて呆然としていた。エマヌエーレもあやうく逮捕されそうになったものの、作戦行動を指揮していたアメリカ海軍の将校が、周囲になにか耳打ちをし、そのままにしておくよう命じた。将校自身も店にとどまり、店内にいる客は彼ら二人だけになった。悲嘆に暮れて椅子に座っているエマヌエーレの前で、将校が腕組みをして立っている。ほかに誰もいなくなったことを確かめると、将校はエマヌエーレの腕をつかんで揺すぶり、話しかけた。フェリーチェが通訳をしようと、青黒い靴屋のような顔に冷笑を浮かべて割って入った。

「彼にも女を一人、見つけてほしいと言っている」エマヌエーレに言った。

エマヌエーレは一瞬目をぱちくりさせたものの、すぐにまた顎を胸にのせて動かなくなった。

「あなた、わたしに、おんな」将校は言った。「わたし、あなたに、ドル」

「ドル」エマヌエーレは両頬をハンカチで拭って気力を奮い起こすと、立ちあがった。

「ドル……」呆けたように繰り返す。「ドル……」

二人は連れ立って店を出た。空には夜の雲が浮かび、突堤の先端に立つ燈台が、等間隔にウインクを投げてよこす。あたりの空気にはまだ、ハレルヤの唄がいっぱいにただよっていた。

「昼が終わりを告げ、空は群青色に染まる、ハレルヤ」エマヌエーレと将校は歌いながら、夜通しどんちゃん騒ぎのできる店を目指して、道の真ん中を腕を組んで歩いていった。

犬のように眠る

Si dorme come cani

彼は目を開けるたびに切符売り場の大きな電灯の黄色くて邪慳な光が全身に降りそそぐのを感じた。そのため、立てたジャケットの襟の内側に目を包みこみ、暗がりと暖を求めた。眠りに就くときには、床に張られた石材がどれほど冷え冷えとして硬いかなんて気にもとめなかった。ところがいまや冷気が刃《やいば》となってあがってきて服の下や靴の穴に刺しこみ、脇腹のわずかばかりの肉が骨と石材のあいだで押しつぶされて痛んだ。

それでも選んだ場所は悪くなかった。階段の手前の片隅で、いい具合に風が防げたし、人の通り道にもなっていない。実際、彼がそこに居ついてほどなく、女の長い脚が四本、頭上に現れて、なにやら言いだした。「ねえ見て、あの人に場所をとられちゃったわ」

男の耳に声は届いていたものの目覚めてはいなかった。口の端からよだれがつうっと伝い、枕代わりに使っている小ぶりの鞄のはげた段ボールの上に落ちる。髪の毛は、横たわった身体の線に沿って気のむくままに眠っていた。

「ちょっと」泥のついた膝とフレアースカートの裾の上方から、先ほどの声が聞こえてきた。「どいてちょうだい。せめて寝床の支度ぐらいしましょうよ」

山靴を履いた女の足が、まるでにおいを確かめる動物の鼻づらのように、男の脇腹をついた。男は肘をついて上半身を起こしたものの、黄色い光をまともに浴びて、瞼がひりひりと定まらず、うろたえた。髪の毛はそんな騒ぎにも動じないで、まっすぐ眠っていた。次の瞬間、男は鞄に頭突きでも食らわすように、また横になってしまった。

女たちは頭にのせていた袋を下ろした。二人に後れてやってきた連れの男が、巻いてあった毛布を床に置き、ひろげはじめた。「ねえ」年嵩のほうの女が、眠りこけている男に声を掛けた。「起きてったら。そうすれば、あんたも毛布のなかに入れてあげるから」なにを言っても無駄だった。熟睡していたのだ。

「よっぽど眠いのね」若いほうの女が言った。骨ばかりの女で、がりがりの身体に肉のついた部分がちょこんとのっかっているといった具合だった。前屈みになって毛布をひろげ、小麦粉の袋の下にその端を折りこんでいるあいだ、乳房と尻臀《しりたぶ》が、小さな服の下で上下に動きまわっていた。

三人は闇商人で、中身がいっぱいに詰まった袋と空のブリキ缶を担いで山から下りてきたところだった。駅にしろ、「家畜車」に乗って移動するときにしろ、硬いところで寝るのには慣れっこだっただけあって、準備も手慣れたもので、多少なりとも柔らかな寝心地を確保するために下に敷く分と、暖をとるために上に掛ける分の毛布を持ち歩き、袋やブリキ缶を枕代わりにしていた。

年嵩の女は、眠りこけている男の下に毛布の端を敷いてやろうとした。ところが男がちっとも動かないので、少しずつ身体を持ちあげなければならなかった。

「本当によっぽど眠いのね」年嵩の女も言った。「ひょっとすると移民かもしれない」

そのあいだにも連れは――ファスナー付きのジャンパーを着た、痩せぎすの男だった――さっさと毛布の下にもぐりこみ、目の上までバスク帽をひっぱりおろした。「おい、おまえも入ってこいよ。いつまでぐずぐずしてるんだ?」相変わらず前屈みになって、枕用の袋の下に毛布を折りこんでいた若いほうの女の尻に向かって声を掛けた。若いほうの女は彼の女房だが、家のダブルベッドよりも待合室の床が肌に馴染んでいた。まもなく女二人も毛布の下にもぐりこみ、若いほうの女と夫は、怖気《おぞけ》立つ音を洩らしつつ、しばらくくっついて身体をこすり合わせていた。一方、年嵩の女は、眠りこけている哀れな男にご執心だった。年嵩とはいっても、おそらくそれほど年寄りではなく、年がら年じゅう小麦粉やオリーヴオイルを頭の上にのせて列車で行ったり来たりする暮らしを続けているせいで、やつれて見えるだけかもしれなかった。おまけに服は頭陀袋《ずだ》のようだし、髪はぼさぼさだった。

眠りこけている男の頭は、枕にしては高すぎる鞄からずり落ち、首がひん曲がっていた。彼女は鞄の位置をなおしてやろうとしたものの、あやうく頭が手から滑り落ち、床にぶつかりそうになった。そこで自分の肩に男の頭をのせてやった。すると男はきゅっと唇を結び、唾を呑みこむと、もう少し下の、いっとう柔らかな部分に頭をのせ、こんどは彼女の乳房の上によだれを垂らしはじめた。

一行がそろそろ眠りに就こうかというところへ、南イタリア人の三人連れがやってきた。黒い口髭を生やした父親と、肌の浅黒いぽっちゃりとした娘二人で、三人とも背は低く、籐の籠を背負っている。煌々と灯る明かりの下で、目は眠気に押しつぶされていた。娘二人は一方へ、父親は別の方向へ行きたいらしく、互いの顔を見ようともせず、言葉もほとんど交わさないいまま喧嘩をしていた。短いフレーズを口のなかで嚙み殺し、立ち止まってはまた小突きあって進むということを繰り返していたのだ。階段の前のその場所がすでに四人の見知らぬ人に占領されているのを見てとると、ますます途方に暮れてその場に立ちつくしている。そこへ、ゲートルを巻き、マントを羽織った二人の若者が現れた。

二人は迷わず南イタリア人の父娘のあいだに割りこみ、手持ちの毛布を全部一緒に敷いて、すでに眠っている四人とまとまってひとつの寝床をつくったらどうかと提案した。二人はヴェネツィア人で、フランスに移住しようとしていた。闇商人たちを起こして毛布をすべて敷きなおし、そこにいる全員が眠れるようにした。それもこれも寝ぼけ眼《まなこ》の娘二人の乳房や尻をさわりたい若者たちの方便だということは明らかだったが、しまいには、眠りこけている男の頭を胸の上にのせているために、頑として動こうとしなかった闇商人の年嵩の女の分も含めて、全員の寝場所が確保された。言うまでもなく、二人のヴェネツィア人は父親を追いやって、二人の娘のあいだに陣取った。そのくせ、毛布やマントの下でもぞもぞと動きながら、闇商人の女たちにまでちゃっかり手を伸ばしていた。

いびきが洩れてくる頃になっても、南イタリア人の父親は、全身に眠気が重くのしかかっているにもかかわらず、少しも寝つけなかった。電灯の黄色くて邪慳な光が瞼の下まで執拗につきまとう。手で両目を覆っても、その下まで入りこんでくるのだった。おまけに、スピーカーを通して響きわたる「各駅停車……番線から……分に発車……」といった非人間的な大声が、彼を絶え間ない不安に陥れた。小便もしたかったけれど、どこへ行けば用を足せるのかわからないし、構内で迷子になるのも怖かった。そこで、誰かを起こして場所を教えてもらおうと考え、揺すってみた。それは、最初からそこで眠りこけていた、あの哀れな男だった。

「便所はどこだ、相棒よ。便所だ」父親はそう言いながら、いくつもの身体がからみ合って横たわるなか、座った姿勢で男の肘をつかんで引っ張った。

眠りこけていた男は、いきなり起こされて、靄のかかった赤い目と、ねばついた口をひらいた。すると、彼のことをのぞきこむ顔が目に入った。猫のように小さく、皺だらけで、黒い口髭を生やしている。

「相棒よ、便所はどこだ」南イタリアの男が繰り返した。

眠りこけていた男はしばらく呆然としていたものの、周囲を見渡して驚いた。そして、南イタリア人の男と二人して、口をぽかんと開けたまま見つめ合っていた。ずっと眠りこけていた男には、さっぱり状況が把握できなかった。自分の下で床に寝転がっている女に気づくと、驚愕の眼差しでその顔をじっと見据えた。あわや叫びだすかと思いきや、おもむろに顔を女の胸にうずめなおし、またしても眠りに落ちてしまった。

　南イタリア人の父親は二つ三つ身体を踏みつけながら立ちあがり、覚束ない足取りで、明るくて冷え冷えとした、だだっぴろい駅の構内を歩きはじめた。ガラス窓のむこうには、夜の澄みきった闇と、幾何学的で冷酷な街並みが見えた。そこへ、浅黒い肌をした、彼よりも背が低く、よれよれの服にマントを羽織った男が、ぼんやりとした面持ちで近づいてくるのが見えた。

「相棒よ、便所はどこだ」南イタリアの男は哀願するような口調で尋ねた。

「アメリカの煙草も、スイスの煙草もあるよ」相手に訊かれたことが理解できなかったその男は、箱をひとつ見せながら言った。

その男はベルモレットという名で、駅から駅へとわたり歩いては、周辺でその日暮らしをしており、地上には家もなければベッドも持っていなかった。ときおり列車に乗って、煙草とチューインガムを扱ういかがわしい商売に導かれるまま、別の町へと向かう。夜は、乗り換えの列車を待って駅で野宿する集団にまぎれこめる日には、毛布の下で何時間か眠ることもあったが、さもなければ街を歩きまわりながら朝を待つのだった。たまに年寄りの同性愛者に出くわし、家に連れていかれ、風呂をもらい、食事もご馳走になり、一緒の寝床を提供されることもあった。

ベルモレットもまた南イタリア人だったので、黒い口髭を生やした父親にたいそう親切に接した。公衆便所まで連れていき、用を足すまで待ってから、もといた場所に送りとどけてやった。煙草を一本渡し、一緒に吹かしながら、眠気のせいでざらついた目で、発っていく列車や、そのむこうのコンコースの床でかたまって眠っている人たちを眺めていた。

「みんな犬のように眠ってる」南イタリア出身の父親がつぶやいた。「六日六晩、まともなベッドを見てないね」

「ベッドかあ」ベルモレットも相槌を打った。「たまにベッドの夢を見るよ。おいら一人で占領できる真っ白なベッドをね」

南イタリア人の父親は寝床に帰った。ところが、自分の場所へ戻ろうと毛布を持ちあげるなり、ヴェネツィアの若者の手が娘の股のあいだに忍びこんでいるのが目に入った。その手をどかすために父親も手を入れた。すると娘の肉がみだらな動きをしたものだから、ヴェネツィア人はてっきり、自分もさわってみたくなった連れが割りこんできたものとばかり思いこみ、握り拳でそれを払いのけた。怒った父親が罵り言葉を吐きながら拳をふりあげ、とうとうみんなも、うるさくて眠れないと喚きだした。その隙に父親は膝立ちで何人かの身体をまたいで自分の寝ていた場所に戻り、そそくさと毛布の下にもぐりこんだ。そして寒くてたまらなかったので縮こまっていた。手にはまだ、娘のスカートの下の温もりがまとわりついていて、無性に泣きたくなった。

そのとき、一同は自分たちのあいだに余所者の身体が無理やり割りこんでくるのを感じた。まるで掛け布団をかきわけて犬が入ってくるような感触だ。女たちの悲鳴があがると、みんな慌てふためいて毛布をめくり、その正体を突きとめようとした。すると、一同の真ん中で、早くもいびきをかいているベルモレットの姿があった。靴を脱いで胎児のように丸くなり、頭を女のスカートに突っこみ、足先は別の女のスカートに突っこんでいる。背中を小突かれて目を覚ましたベルモレットは、「ごめん。邪魔するつもりはなかったんだ」と謝った。

一同はすっかり目が冴えてしまい、口々に悪態をついた。ところが、最初からそこにいた男だけは、相変わらずよだれを垂らしながら眠りこんでいた。

「ここで寝てたら骨はぼろぼろになるし、寒さで背中が凍ってしまう」ほかの者たちは文句を言い募った。「あの電灯を叩き割り、スピーカーのコードも切っちまおう」

「なんなら、おいらがマットレスの作り方を教えてやろうか？」ベルモレットが言った。

「マットレスねえ」一同は繰り返した。「マットレス……」

ベルモレットはさっさと毛布を隅に寄せて、アコーディオンのように畳みはじめた。それは、獄中で過ごした経験がある者なら誰もが知っている方法だった。みんなは、やめるように言った。それでなくとも毛布が足りないのだから、そんなことをすれば毛布にありつけない者が出てくる。続いて、別の不都合について話しはじめた。枕代わりに頭の下に置くものがないと眠れないけれど、誰もがなにか適当なものを持っているともかぎらない。現に南イタリア人の持っている籠では枕にはならないというのだ。そこでベルモレットがある方策を考えだした。男は全員、女の尻か太腿に頭をのせるという案だ。毛布の都合もあってうまいこと配置を決めるのは難儀だったけれど、最終的には新しい組み合わせができあがり、全員がそれぞれの寝場所を確保した。けれども、しばらくするとみんなじっとしていられなくなり、またしてもすべて台無しとなった。ベルモレットはみんなにナツィオナーリを売りつけた。みんなそろってその煙草をくゆらせながら、もう何日まともに眠っていないかを口々に語りだしたのだ。

「俺たちはもう、二十日間も旅を続けてるのさ」ヴェネツィア人の二人連れが言った。「この忌々しい国境を越えようと、これで三回も試みてるんだけど、そのたびに押し戻される。フランスに着いて最初に出会ったベッドを占領して、四十八時間ぶっ通しで眠るつもりだ」

「ベッドねえ」ベルモレットも言った。「洗いたてのシーツに、深く沈む羽毛のマット。ほかの人が入ってこないように、幅が狭くてあったかなベッドがいいや」

「俺たちなんて一年中こんな暮らしをしてるんだぞ」闇商人の男も黙ってはいない。「やっと我が家に帰ったと思ったら、ひと晩だけベッドで眠って、翌日にはまた列車に乗って出発さ」

「洗いたてのシーツの敷いてある、あったかいベッドがあったら……」ベルモレットが続けた。「裸でもぐりこむんだ。真っ裸でな」

「もう六日間もおなじ服を着たままさ」南イタリア人の父親が言った。「下着も替えてない。六晩もずっと犬のように眠ってるんだ」

「俺だったら、どこかの家にこそ泥みたいに忍びこむな」ヴェネツィア人が言った。「べつに盗みを働くわけじゃない。ベッドにもぐりこんで朝まで眠るんだ」

「さもなきゃ、ベッドを盗み出して、ここに運んできて、ゆっくり眠るってのもいいかもな」連れも言った。

ベルモレットはなにか思いついたらしく、「ちょっと待っててくれ」と言い残すと、どこかへ行ってしまった。

ベルモレットは柱廊の下をしばらく歩きまわっていたが、ほどなく〈おつむの弱い《ラ・マッタ》マリア〉を見つけた。〈おつむの弱いマリア〉は、一人も客をとれずに夜を明かすと翌日食事がもらえないので、夜が更けてもあきらめずに、ごわごわの赤い髪とフィアスコ瓶のようなふくらはぎで、陽が昇るまでずっと歩道をうろついていた。ベルモレットとマリアは仲のいい友達だった。

駅の宿泊所では、相変わらず睡眠やベッド、自分たちの犬のような寝方について議論しながら、ガラス窓のむこうの闇が明るくなるのを待っていた。すると、十分も経たないうちにベルモレットが戻ってきた。マットレスを丸めて肩に担いでいる。

「寝転んでごらん」床にマットをひろげながらベルモレットは言った。「三十分交代で、一回五十リラ。一度に二人まで眠れる。ほら、一人二十五リラなら安いもんだろ？」

ベルモレットは〈おつむの弱いマリア〉からマットレスを借りてきて、それを三十分交代でまた貸しすることにしたのだ。マリアのベッドにはマットレスが二枚あった。眠たげな目つきで乗り換えを待っていたほかの乗客たちも、興味をそそられて集まってきた。

「寝転んでごらん」ベルモレットが繰り返した。「おいらが起こしてやるから。上から毛布を掛ければ、このとおり、誰にも見られない。子供だってつくれるぞ。ほら」

ヴェネツィア人がまず名乗りをあげ、南イタリア人の娘の一人と寝てみることにした。次いで闇商人の年嵩のほうの女が、相変わらず離れようとしない、眠りこけている哀れな男と一緒に次の番を予約した。ベルモレットはさっそく手帖をひろげ、満悦の表情で予約を書きとめる。

夜が明けたら〈おつむの弱いマリア〉のところにマットレスを返しにいき、陽が高くなるまで一緒にベッドでごろごろするつもりだった。そうして二人は、ようやく眠ることだろう。

十一月の願いごと

Desiderio in novembre

寒気が都心にやってきたのは、見せかけだけ穏やかに澄みわたった空に偽りの太陽がぶらさがっていた十一月のある朝のことだった。無数の刃《やいば》となって長くまっすぐな街路に分け入り、雨どいで遊んでいた猫たちをまだ火の気のない台所へと追いやった。朝寝坊をして窓も開けずにいた人たちは、「今年は冬の訪れが遅いな」などと言いながら薄手のコートを羽織って外に出たため、凍てついた空気を吸って震えあがった。そして、夏のうちに済ませておいた木炭や薪の備蓄を思い浮かべて、自分の用意周到さを褒めた。

それは貧しい者にとってはつらい日だった。それまで目を背けてきた問題――暖房、冬服――を、もはや先延ばしできなくなったのだから。公園では、背ばかりひょろりと高い若者たちが、痩せたプラタナスの枝ぶりを横目で見ながら、管理人の監視を避けてうろついていた。継ぎのあたったコートの下に、鋸のぎざぎざの刃が隠されている。冬物のシャツや下穿きを配るという慈善事業の貼り紙の下には、文面を読む人々が群がっていた。

その教区で施しを受ける者は、グリッロ司祭の家まで配布物を取りに行くことになっていた。グリッロ司祭は古いアパートメントに住んでいたのだが、階段は狭く、中央部分の吹き抜けはなかった。それどころか、司祭の部屋の扉は階段に直接面していて、幅の狭い踊り場らしきものがかろうじてある程度だった。そのため配布日になると貧しい者たちがこの階段に行列を作り、一人ずつ順に閉まっている扉をノックしては、生え際の薄くなった涙目の賄い女に身分証と配給券を渡した。そうして、賄い女が侘しい包みを抱えて戻ってくるのを、そのまま階段で待つ。扉の奥には、虫食いだらけの古い調度品の設えられた部屋が垣間見え、いくつもの包みが積みあげられた机のむこうに、くぐもった声でよく笑う巨漢のグリッロ司祭が座り、すべてを洩らさず帳面に書きこんでいた。

ときに行列はまわり階段に沿って下のほうへとつながっていることもあった。屋根裏部屋から出たがらない没落貴族の未亡人、ひどく咳きこんでいる物乞い……。田舎から出てきた埃まみれの連中は鋲の打たれた靴底で階段を踏み鳴らし、痩身蓬髪の若者たち――いったいどこから移り住んできたのやら――は、冬にサンダルを履き、夏にはレインコートを着ていた。場合によって、この緩慢で歪曲した行列は中二階の下まで延び、毛皮専門店《ファブリツィア》の曇りガラスの扉を通り越して続いていた。そのため、ミンクやアストラカンの毛皮の手入れをしてもらいに《ファブリツィア》を訪れる優雅な奥様方は、ぼろをまとった者たちとぶつからないように、手摺りすれすれのところを通らなければならなかった。

グリッロ司祭のところでフランネルと下穿きが配られる日、一人の裸の男がやってきて列に並んだ。背が高くてたくましい、年老いた運搬人で、伸び放題の白い鬚にはところどころまだブロンドの部分が残っていた。ミリタリーコートを羽織っていたが、その下にはなにも身に着けていなかった。コートのボタンをしっかりとめて縮こまっていたものの、むきだしの脛が靴下も履かないまま靴のなかに消えていた。人々は足もとに目をやり、口をぽかんと開けた。老人は笑いながら、そんな人たちをからかった。額にかかる白い前髪の下から、くりくりとしたやんちゃな青い眼が二つのぞいていて、赤ワイン色で横長の、楽しげな顔をしていた。

この老人は名をバルバガッロといい、その夏、川で砂利を浚《さら》う日雇い仕事をしているあいだに洋服を盗まれてしまったのだ。それまで彼は、わずかなぼろ着でどうにか凌いできた。たまに刑務所や老人ホームに入れられることもあったが、刑務所からはしばらくすると出されるし、老人ホームからは逃げ出してしまう。そして、なにもせずぼうっとしていたかと思えば、あちこちで何時間も荷を運びつつ、都会や村を渡り歩いていた。服を持っていなければ、物乞いをする際の恰好な口実となるし、それよりもましな行き場がないときに刑務所に入れてもらうにも好都合だった。とはいえ、さすがにその朝の冷えこみで、衣類の配布を受けることにしたバルバガッロは、素っ裸の上からコートだけを羽織ったその出で立ちで街をうろつき、若い娘たちを脅かし、交叉点ごとに巡査に呼び止められながら、慈善事業のおこなわれている場所を順にめぐっていた。

階段の行列にバルバガッロが現れると、誰もが一斉に彼の話をはじめた。片やバルバガッロは、さかんに腕を動かしながら一方的に喋りだし、前に割りこむための手立てをあれこれ試みた。

「そうさ、俺は裸さ！　ほうら見たか？　脚だけじゃないんだぞ！　なんならボタンを外して見せてやろう。さあ、順番を譲ってくれ。さもないとボタンを外すぞ。寒いなんてことがあるものか！　これほど心地のいい日和はないね。マダム、俺の身体がぬくいかどうか、さわってみたいか？　司祭は下穿きしか配らないのか？　下穿きだけで俺にどうしろと？　受け取って売りさばこうか……」

とうとうバルバガッロは列の途中で座りこんでしまった。それはちょうど毛皮店《ファブリツィア》の前の踊り場だった。その冬はじめて袖を通した毛皮をひけらかしながら、奥様方が店に入っていったり出てきたりしていた。そして、しゃがんでいる老人のむきだしの脛を見て、「まあ！」と悲鳴をあげた。

「マダム、お巡りを呼ぶのは勘弁してくださいよ。すでに一遍捕まって、着るものをもらってくるようにと、ここに送られたんだ。べつになにかを露出してるわけでもあるまいし、そう騒ぐこともないでしょう」

歩調を速めて通りすぎる奥様方の脇で、バルバガッロはナフタリンと鈴蘭の香りを放つ柔らかな裾がかすめるのを感じていた。「それにしても、見事な毛並みですね、マダム。申し分ない。その下はさぞかし暖かいことでしょう」

ご婦人が通るたびに、バルバガッロは手を伸ばして毛皮を撫でる。「助けて！」という悲鳴があがっても、お構いなしに猫のように頰をこすりつけた。

《ファブリツィア》では作戦会議がひらかれた。もはや誰も外に出たがらない。「お巡りさんを呼んだほうがいいんじゃないかしら？」口々に意見を述べ合っている。「だけど、ここで服をもらうようにと言われて来たのでしょ？」奥様方はときおりドアをわずかに開けて外の様子をのぞいた。「まだそこにいるの？」一度などは、しゃがんだままのバルバガッロが、開いたドアの隙間から顔をのぞかせた。「きゃーっ！」奥様方はあやうく気を失うところだった。

しまいにはバルバガッロが意を決した。「ちょっくら話をつけてこよう」そう言って立ちあがると、《ファブリツィア》の呼び鈴を鳴らした。二人の縫い子がドアを開けた。青白くて膝ばかりがやたらと目立つ女と、黒髪をお下げにした若い娘だ。「マダムたちを呼んでくれ」

「あっちへお行き！」青白い女が言った。ところがバルバガッロはドアを閉めさせまいとする。

「きみが呼んできてくれないか？」若い娘に言った。娘はくるりと向きなおり、呼びに行った。「いい娘《こ》だ」バルバガッロはつぶやいた。

まもなく店の女主人が顧客を従えて現れた。

「俺がコートのボタンを外さずにいたら、いくらよこす？」バルバガッロが言った。

「なんですって？」

「さあ、つべこべ言うな」片手で襟元のほうからボタンを外しはじめ、もう一方の手を差し出した。奥様方は慌ててハンドバッグから小銭を探し出し、バルバガッロに渡した。宝飾品を身体じゅうにまとっている裕福なご婦人は小銭が見つからないらしく、アイシャドーで黒ずみ、脂ぎった眼で彼のことをじっと見つめた。するとバルバガッロは、ボタンを外す手を止めて尋ねた。「じゃあ、ボタンを外したらいくらよこす?」

「うっふっふ」お下げ髪の若い縫い子が笑った。

「リンダ!」と女主人が叱りつける。

バルバガッロは受け取ったお金をポケットにしまうと、店から出ていった。出しなに、「じゃあな、リンダ」と声を掛けた。

行列では、全員に行きわたるだけの衣類はないらしいとの噂が飛び交っていた。

「素っ裸の俺が優先だ!」バルバガッロはそう言うと、ちゃっかり列の先頭に割りこんだ。

扉を開けた賄い女がその姿を見て両手を合わせた。「下になにも着ていないだなんて! なんということ! お待ちなさい、入ってはいけません!」

「お手伝いさんよ、通してくれ。さもないと、おまえさんを誘惑して罪を犯させるぞ。司祭様はどこだ?」

バルバガッロは司祭のアパートメントに入り、バロック様式の額に飾られた血まみれの聖心や、背の高い整理箪笥、黒い鳥のように壁で両腕をひろげている磔刑像のあいだをずかずか歩いていく。グリッロ司祭は机のむこうで立ちあがると、高らかに笑った。

「わっはっはっ! 誰にそんな恰好をさせられたんだね? わっはっはっ!」

「司祭様、聞いてください。今日はフランネルの配布日だそうですが、自分はズボンが欲しくてここに来たのです。ズボンはありませんか？」

司祭は高い背もたれのついた肘掛け椅子にふたたびどっかりと腰をおろすと、二重顎を揺すり、腹を突き出して笑いつづけた。「いいや、ないね。わっはっはっ！　あいにくズボンはないんだ」

「司祭様のズボンをくださいとは言いません。ないのなら、司教様に電話して、ズボンを一本持ってくるよう頼んでいただけるまで、ここから動きません」

「そうだ、それがいい、我が子よ。司教殿のところだ。司教殿のところへ行くがいい。わっはっはっ、書状を持たせてあげよう」

「書状ですって？　それよりフランネルは？」

「ああ、そうだった。わっはっはっ。我が子よ、ちょっと待っておくれ」

そう言いながら、司祭はシャツと股引《ももひき》の組み合わせをひろげて見ていたが、体格のいいバルバガッロでも着られそうなほど大きなサイズのものは見当たらなかった。ようやく、あるもののなかから最も大きな組み合わせを掘り出してみせた司祭に、バルバガッロは言った。「では、さっそく着てみます」賄い女は、彼がコートを脱ぐ前に、かろうじて踊り場に避難した。

裸になったバルバガッロは、少し屈伸運動をして身体を温めてから、下着に手足を通しはじめた。靴を履いたまま、首から手首、さらには足首まで、伸び切ったシャツと股引にぴっちり締めつけられたバルバガッロの豪胆な顔を見るにつけ、グリッロ司祭は笑いが止まらなかった。

ところがバルバガッロは、「うひゃあ！」と叫び声をあげたかと思うと、まるで感電したかのように部屋の隅に逃げこんだ。

「いったいどうしたのかね、我が子よ」

「ちくちくするんです。身体じゅうがちくちくして……。なんというシャツをくだすったんですか、司祭様。全身がかゆくてかないません！」

「そう騒ぐな。新しいからだよ。知ってのとおり、新品とはそういうものだ。すぐに慣れる」

「ああ、かゆい。自分の肌は敏感なんです。これまで裸でいることに慣れていたものですから……。とにかく、かゆくてたまりません」そう言いながら、身体を捻じ曲げて背中を掻いていた。

「そんな大袈裟な。一度洗えば絹のように柔らかな風合いになる。とにかく、さっき渡した住所へ行けば服がもらえるだろう。さあ、行きなさい」そして、コートを着るようにうながすと、玄関のほうへバルバガッロを追いやった。

バルバガッロは、もはや抵抗しなかった。彼の負けだったのだ。背後で扉がばたんと閉められた。うめき声をあげ、身体をさすりながら、バルバガッロはうつむいて階段をおりはじめた。すると、まだ列に並んでいた者たちが口々に尋ねた。「なにをされたんだ？」「ぶたれたのかい？」「まったくひどい話だね！」「司祭が年寄りをぶつなんて！」「それにしても、ずいぶんと素敵な下穿きだこと」そして、白いフランネルに包まれた脛をじっと見た。

青い眼を涙で腫らしたバルバガッロは、十ばかり老けて見えた。そのまま立ち去るかに思われたが、毛皮店の前を通り過ぎると、いきなり踵を返し、うめくのをやめて、ドアを叩いた。

お下げ髪の縫い子が入り口から顔を出し、「まあ……」と言った。

「見ておくれよ」バルバガッロは、まだ半泣きの顔に笑みを浮かべて言うと、白い股引に包まれた足首を指差した。

すると縫い子は言った。「あら……」

その隙に彼はすっと店内に入った。「マダムを呼んできてくれ、さあ！」縫い子は奥へ呼びに行った。バルバガッロは隣の部屋に飛びこんで隠れると、鍵をかけてしまった。

入り口に現れた女主人のファブリツィアは、誰もいなかったので、首を傾げながら奥へ戻った。「なんで頭のおかしな人を野放しにするのかしら。さっぱりわからない……」

バルバガッロは、鍵穴からかちゃりという音が聞こえたとたん、身体から引きはがすようにして、コート、シャツ、靴、股引を脱ぐと、至福の溜め息を吐いた。ようやく裸になれたのだ。大きな鏡に映った自分の姿を見ると、筋肉を膨らませ、屈伸をした。その部屋には暖房はついておらず、凍えるほど寒かったけれども、彼は心の底から満足だった。そこで周囲をぐるりと見まわした。

バルバガッロが隠れたのは《ファブリツィア》の倉庫だった。長いハンガーラックに毛皮のコートが何枚も並べて吊るされていた。老いた運搬人バルバガッロの瞳は喜びに輝いた。毛皮だ！　手で、片方の端からもう一方の端まで、ハープを奏でるようにさわってみた。それだけでは飽き足らず、肩をこすりつけてみたり、顔を寄せてみたりした。媚びたグレーのミンク、物憂げで柔らかなアストラカン、草深い雲のようなシルバーフォックス、つかみどころがなくたいそう繊細なリスやテン、硬質でしなやかな焦げ茶色のビーバー。優美で気品のある兎《ラパン》、乾いた衣擦れの音がする白に斑《ぶち》のある仔山羊、撫でるだけでぞくっとくるレオパード……。バルバガッロは、自分があまりの寒さに歯を鳴らしていることに気づいた。そこで大羊のジャンパーを手にとると、サイズを試してみた。ぴったりだ。次いでキツネの襟巻を腰に巻き、黄金《こがね》色の尻尾を褌《ふんどし》のように股に通した。それからディクディクの毛皮を羽織った。でっぷりとした女性用に仕立てられたものらしく、たいそう柔らかく彼を包みこんでくれた。内側にビーバーの毛皮がほどこされたブーツや、洒落たコザック帽まで見つかった。どれも抜群の着心地だった。さらにマフで両手をくるんで完成だ。鏡の前でしばらく自分の姿に見惚れていた。もはやどこまでが自分の顎鬚でどこからが動物の毛なのか見分けがつかない。

それでも、ハンガーラックにはまだ毛皮がぎっしりと吊るされていた。バルバガッロはそれを一枚また一枚と床に放り投げ、足もとに、身を沈められるほどの広さの、弾力性のあるベッドをつくった。そして、そこに横たわり、残っていた毛皮を自身の上に次々とかけていった。眠ってしまうのが惜しいほどに暖かく、寛いでいるうちに恍惚となった。ほどなくバルバガッロは睡魔に負けて、夢さえも見ないうららかな眠りに落ちた。

ようやく目が覚めたとき、窓の外は夜だった。あたりは静まり返っている。毛皮店はとっくに閉まっているにちがいなく、どうしたら外に出られるか見当もつかなかった。耳を澄ませてみた。隣の部屋から咳が聞こえたような気がした。隙間からは灯りが洩れている。

彼は起きだすと、ミンクとフォックスとアンテロープとコザック帽で着飾り、光の洩れてくる部屋の扉をゆっくりと開けた。ランプの灯りの下、お下げの黒髪の縫い子が作業台で前屈みになって縫いものをしていた。価値の高い商品が倉庫にしまわれているので、女主人のファブリツィアは、縫い子たちを交代で作業場の簡易ベッドに寝泊まりさせ、窃盗に遭った場合には緊急事態を知らせるように言い聞かせていたのだ。

「リンダ」とバルバガッロが声を掛けた。縫い子は目玉をまん丸にして、その巨大なクマ人間が、薄暗がりのなかでアストラカンのマフに手を入れて立っているさまを見た。そして思わずつぶやいた。「なんて素敵なの……」

バルバガッロは、まるでファッションモデルのようにポーズをとりながら、何歩か行ったり来たりしてみせた。

するとリンダが言った。「……でも、あたし警察を呼ばなくちゃ」

「警察だって！」バルバガッロは機嫌を損ねた。「俺は盗みなんかしないぞ。毛皮を手に入れてどうしろって言うんだい？　まさか、こんななりで街を歩きまわるわけにもいかないだろう。俺はただ、ちくちくするシャツを脱ぎ捨てたくてここに来ただけさ」

二人で話し合った結果、バルバガッロはそこで一夜を明かし、翌朝早く出ていくことになった。おまけにリンダは、衣類がちくちくしなくなるように洗うコツを知っていて、洗ってくれるという。

バルバガッロは洗濯物を絞り、電気ストーブの近くにロープを張って干すのを手伝った。その後、リンダの持っていた黄金《レネット》のリンゴを二人で食べた。

しばらくするとバルバガッロが言った。「きみに毛皮が似合うかどうか試してみよう」髪を三つ編みにしたりおろしたりしながら、ありとあらゆる組み合わせで全部の毛皮を試着させた。着てみながら、それぞれの毛皮が肌にじかに触れたときの柔らかさについて感想を述べ合った。

しまいには、二人で横になれるくらいの大きさの毛皮でできた小屋をつくり、そのまま二人して中に入って眠ってしまった。

リンダが目を覚ますと、バルバガッロは先に起きていて、シャツと股引を着ているところだった。窓からは曙の光が入ってくる。

「下着はもう乾いてる？」

「少し湿ってるけど、俺はもう行かないと」

「まだちくちくする？」

「とんでもない。最高の着心地だ」

バルバガッロは、リンダを手伝って倉庫を元通りきれいにしてから、ミリタリーコートを羽織り、店の入り口で別れの挨拶をした。

コートと靴のあいだに股引の白い筋をちらつかせ、夜明けの寒々とした空気に自慢の髪をなびかせながら遠ざかっていくバルバガッロの後ろ姿を、リンダはしばらく見つめていた。

　バルバガッロは司教のところへ洋服をもらいにいくつもりはなかった。シャツと股引の組み合わせで肉体の鍛錬をしながら、村々の広場から広場へと渡り歩こうと思っていた。

裁判官の絞首刑

Impiccagione di un giudice

その朝、裁判官オノフリオ・クレリチは、行き交う人々がいつもと違う空気をまとっていることに気づいた。彼は毎日、家から裁判所まで、細身の馬車に乗って街を横切る。歩道には人があふれかえり、げんなりと肩を落として互いに避《よ》け合うかと思えば、黒い服を着た焼き栗売りの女のまわりに群がって流れをさえぎっている。「宝くじだよ……大金が当たるよ……」目の不自由な売り子の口上が聞こえ、小学生の四角いランドセルの中ではノートがかたことと音を立て、買い物かごからはカタツムリに舐められたちりめんキャベツやセロリが顔をのぞかせる。

ところがその日は、いつもと異なるなにかがそんな卑賤の者たちを突き動かしているように思われた。斜めに吊りあがった瞼からは白目の冷ややかな三角がのぞき、唇のあいだからは歯がむきだしている。すくめた両肩の角張った輪郭はコートやショールでくっきりと際立ち、セーターの縁やコートの襟の上からは顎の先端がぐいと突き出していた。裁判官オノフリオ・クレリチは胸の内で不安がふくらむのを感じた。

すでにここ数週間というもの、自宅の外壁に白墨で描かれた落書きは増殖し、大きくなる一方だった。どれも、絞首台や、絞首台に吊るされた男の絵ばかり。しかも絞首台に吊るされた男は決まって、円筒形で頂上が広く、丸いポッチのついた裁判官の帽子をかぶっていた。もうずいぶん前から、裁判官オノフリオ・クレリチは自分が人々から憎まれていることに気づいていた。判決文を読みあげる際には法廷に野次が飛び、証言台に立つ未亡人たちは、被告席に対してよりも、むしろ彼に向かって烈しく喚きたてる。それでも彼は自分のしていることに確信を持っていたし、彼のほうでも人々を蔑んでいた。まったく嘆かわしい連中め。証言台で然るべき受け答えもできなければ、人前で折り目正しく座っていることもできないのだから。どいつもこいつも子沢山で、借金を山のように抱え、考えのねじ曲がった連中ばかりだ。このイタリア人どもめ。

裁判官オノフリオ・クレリチは、ずいぶん前から、イタリア人がどのような連中であるかを理解していた。女は年がら年じゅう子を孕《はら》み、湿疹だらけの赤ん坊を抱えている。若者は青っちろい頬をし、戦争がなければ、失業者になるか駅で煙草を売るぐらいしか能がない。老人は喘息やヘルニアを患い、手はペンも持てないほどたこだらけで、口述書に署名をするのにも難儀する。いつだって不平を垂れ、泣き上戸で、議論ばかり吹っかけ、好きにさせた日には我が物顔ですべてを独占し、湿疹だらけの餓鬼どもを連れまわし、ヘルニアをひきずって、床に散らばった焼き栗の殻を踏みつけつつ、ところかまわず居座るような人種なのだ。

だが、幸いなことに自分たちがいた。自分たちこそは品行方正な人種だった。なめらかな柔肌《やわはだ》に、鼻の穴や耳からは毛がのぞき、まるで建物の土台のようにクッションのきいた肘掛け椅子にでんと納まった尻。勲章にメダル、ネックレス、つる付き眼鏡に片眼鏡、補聴器に入れ歯といったものをカチャカチャといわせている人種。古き王国の時代から省庁で用いられてきたバロック様式の肘掛け椅子の上で何世紀もかけて育まれてきた人種だ。自分たちの都合のよいように法律を作成し、それを適用し、遵守させられる人種であり、内密の同意と共通の発見によって強く結ばれていた。すなわち、イタリア人というのは忌まわしい民族であり、イタリアにはイタリア人などいないほうがいいというものだ。でなければせめて、できるだけ身を潜めていてもらいたい。

そうこうしているうちに、裁判官オノフリオ・クレリチは裁判所に到着した。建物は古く、過去に何度か空襲に遭ったためになかば崩れかかっているのを、朽ちた梁を打ちこんでかろうじて支えていた。壁の漆喰はあちこち剝がれ、ペディメント部分のバロック様式の帯状装飾も傷んでいる。公判がひらかれる日にはお馴染みの光景だが、閉ざされた扉に群衆がたかっていて、中に入らないよう警備員が制止している。近頃は、傍聴席には被告人の親族や知人、あるいは信頼できる筋の人や節度ある人しか入れないようにしていたものの、それでも公判のたびに、群衆のなかの数名が決まって法廷に紛れこみ、最後列のベンチに座った。そして、抗議や不平の声をあげて審理の邪魔をする。廷内に入れなかった者たちは、扉の外にへばりついたまま、抗議や脅迫の文句をがなりたてて騒ぎまくり、なかにはプラカードを掲げる者もいた。そんな騒ぎはときおり法廷にまで洩れ聞こえ、裁判官オノフリオ・クレリチの神経を逆なでした。理解もできないくせにそんなふうに厚かましく口を出すイタリア人に対する憎悪の念は、揺るぎないものとなるばかりだった。

ところがその日、群衆はいつになくもの静かで行儀よく、裁判官オノフリオ・クレリチが釘の抜けかけた馬車から降りて、裏の通用口から裁判所に入っていくのを見ても、ふだんならば欠かせない敵意に満ちたざわめきがあがることはなかった。

裁判所に入ると、オノフリオ・クレリチの胸の内の不安はいくぶん和らいだ。そこにいるのは全員が仲間で、裁判官、検察官、弁護士といった、分別のある人種の人ばかり。誰もが穏やかで、呑みこんだ笑みを唇の端に浮かべ、蛙のように喉の両脇を震わせる落ち着いた人々だった。政府や国の要職は、瞼が垂れさがり、蛙の喉をした同様の者で占領されていた。したがって、厚顔無恥のイタリア人は、徐々に身のほどをわきまえ、何世紀も前から耐え忍んできた湿疹やヘルニアに甘んじるしかなかった。

公判の開始時刻を待つあいだ、法廷がしだいに黒い服で埋まっていくなか、顔じゅういぼだらけの弁護士が、イタリア人に対する批判のびっしりと書かれた新聞をポケットから取り出し、大笑いしながらほかの法曹の人々に見せていた。イタリア人が、つば付きの帽子をかぶり、滑稽にも警棒を握った、ぶざまで奇怪な人物として描かれたグロテスクな戯画が掲載されている。それを見て、笑わない者が一人だけいた。着任して間もない書記官だ。松ぼっくり形の頭をした初老の男で、見かけは温和で慇懃だった。検察官たちが一人、また一人と、笑いすぎて充血した眼を、その男の皺の刻まれた哀しげな顔へと向けた。すると笑いが、蛙を思わせる彼らの喉の奥へと引っこんだ。「あの男は信用しないほうがよさそうだ」と、裁判官オノフリオ・クレリチは思った。

やがて裁判団が入廷し、審理が開始された。当時、裁判官オノフリオ・クレリチが担当していたのは、押しこみ強盗を働いた、食うや食わずの貧民に対する凡庸な裁判ではなく、先の戦争の際に、イタリア人を捕らえて銃殺刑に処するよう命じていた者たちの裁判だった。裁判官オノフリオ・クレリチは、被告人たちの主張を聞くにつけ、彼らこそ確固たる理念を持った尊敬に値する人物であり、そのような人物がもっと大勢いたならば、始終ぼろぼろに擦り切れ、骨の髄まで空腹が染みつき、なにかにつけて新たな不平を述べたてる嘆かわしいイタリア人が、これ以上のさばらないよう監視できるのにと思っていた。

　だが、裁判官オノフリオ・クレリチの手には自分たちの作った法律があった。あの悪魔じみた哀れなイタリア人のために定められた法律のように見えても、それを実際に作成したのは、蛙を思わせる喉をした法曹界の人間だ。法律などというものは思いのままにひっくり返せるし、黒を白と言わせることも、白を黒と言わせることも容易だということを、オノフリオ・クレリチは熟知していた。そうして全員を無罪にしていたため、公判が終了したあとでも群衆は広場から立ち去ろうとせず、いつまでも猛烈な抗議を続け、喪中の女たちは、絞首刑に処せられた夫や息子たちを悼んで泣き叫ぶのだった。

　着席しながら、裁判官オノフリオ・クレリチは傍聴席を観察した。そこにいるのは信頼のおける人たちばかりのようだ。長く飛び出した歯に、首に深く食いこんでいる糊の効いた襟。鼻すじの上にとまっている鳥のような眉。それに、黄色く骨ばった首でヴェールを巻いた髪を支えているご婦人方……。ところが、視線をさらに法廷の奥へと向けた裁判官は、最後列のベンチに、制止をふりはらって紛れこんだ卑賤の者たちがずらりと並んでいることに気づいた。青ざめた顔をしたおさげ髪の娘、松葉杖に顎をのせた傷痍軍人、青い眼のまわりに小皺の寄った男、紐で直した眼鏡をかけている老人、ショールを幾重にも巻いた老婆……。後ろから二番目のベンチから心持ち距離をおいた最後列のベンチに、闖入者たちは身じろぎもせずに座り、腕組みをしたまま、裁判官である彼の顔を一斉に見据えていた。

裁判官オノフリオ・クレリチの胸の内でふたたび不安が募り、心臓が締めつけられた。裁判官席の両側には、二人の警備員がいた。いうまでもなく、あの自暴自棄の者たちが抗議行動に出るようなことがあった場合、裁判官らを護るために控えているのだ。ところが、いつもの警備員とは違う顔だった。青ざめて陰鬱な面持ちで、ブロンドの前髪の房がケピ帽の縁で押しつぶされている。それに、あの書記官ときたら、ずっと机に顔を伏せたままで、好き勝手なことを書いているとしか思えない。

すでに席に着いていた被告人は、丁寧にアイロンのかけられた清潔感のある背広に身を包み、動じるふうもない。くすんだ銀髪を眼や頬骨のすぐ上のあたりから丁寧に梳かしつけていて、たいそう色の薄い瞳は、睫毛も眉毛もない瞼に包まれた充血ぎみの小さな眼のなかで、どこか精彩を欠いているようにも見受けられた。唇は厚ぼったいけれども、ほかの肌と変わらない色をしていて、開けると四角くて大きな前歯がのぞいた。剃刀を当てたばかりの肌の下で、鬚が大理石のような色むらを残している。落ち着きはらった所作で手すりをつかんだ両手の指は、まるで判子のように太くて先がぺたんこだった。

審理が始まった。証人は、相も変わらず不平を言い募る卑賤の者ばかりで、とりわけ女たちは、腕で被告人席を指し示しながら大声で喚いていた。「その男だよ……あたしがこの目で確かに見たんだ。こんなふうに言いやがった。『懲らしめてやるぞ、反逆者どもめ……』たった一人の息子なのに。ああ、私のかわいいジャンニ……。その男が言ったんだ。『話したくないのか？　ならば思い知らせてやる、この野良犬』ってね……」

まともな証言さえできない連中だ。裁判官オノフリオ・クレリチは内心そう思っていた。規律も守れず、礼節もわきまえない、情けない連中め。とどのつまり被告人席にいる男は、連中の上官であり、その命令に逆らったのは、あの連中のほうだ。いま被告人は、ああしてまったく動じることなく、色の褪せた瞳で連中を見据えたまま、かすかな倦怠の空気をただよわせながら、否認もせずに、毅然とした態度を見せることによって連中の手本となっていた。

裁判官オノフリオ・クレリチは、そんな被告人の落ち着きはらった態度に羨望を覚えた。一方、彼の胸の内の不安は増すばかりだった。外からは、裁判所の中庭で工事をしている作業員のハンマーの音が響いてきて、彼の神経を逆なでした。崩れかけた建物を支えるために補強材を打ちつけているにちがいない。教会の窓のように細長い窓から、むきだしの腕に担がれて運ばれる木材や板が垣間見えた。

「なぜ、わざわざ公判がひらかれているときに工事をするのだろう」裁判官オノフリオ・クレリチは自問した。廷吏に頼んで、工事を中断するよう言ってもらおうと一度ならず考えたものの、そのたびになにかが彼を思いとどまらせた。

折しも法廷では、証言を通して、主要な訴因の状況が再現されつつあった。ある村の広場で男や女や年寄りたちが殺害され、その後、火が放たれた。しだいに、広場の中央に遺体が山のように積みあげられた光景が裁判官オノフリオ・クレリチの瞼の裏に鮮明に立ち現れた。そして、その光景のさらに細部に至るまでを再現するために、細かく厳正な尋問をおこなったのだ。亡骸は一昼夜のあいだ広場に放置され、誰も近づくことができなかった。オノフリオ・クレリチは、べったりと血のりのついたぼろをまとった、黄色く骨ばった死体を思い浮かべた。唇や鼻の下には黒々とした大きな蠅が何匹もたかっている。それでも最後列の傍聴人たちは、なぜか落ち着きを保っていた。裁判官オノフリオ・クレリチは、そんな彼らの態度から生じる胸騒ぎを抑えこむために、そこに座っている者たちが殺害されて、遺体となって積みあげられているところを想像してみた。両眼は穴のように見ひらかれ、鼻からは血がミミズのように這い出している。

「そのとき、この男がわしらの仲間の遺体に近づいたんじゃ」と、腰の曲がった鬚面の年老いた証人が言った。「わしはこの男を見たよ。遺体の前で立ち止まってな。わしがこの男にするのさえおぞましいことを、わしらの仲間の遺体に向かってしてのけた。唾を吐いたのさ」

裁判官オノフリオ・クレリチには、すでに黄色くなったイタリア人の遺体が見えていた。土気色の臍《へそ》を出し、骨と筋ばかりの脚の付け根までスカートがめくれあがっている。すると、自分の口の中に唾がこみあげてくるのを感じた。ふと被告人の唇を見やると、血の気がなく、前に突き出ている。その唇のあいだから真珠のような唾の粒を吐き出したら、さぞや美しいことだろう。彼は密かな欲求さえ感じていた。そのとき、記憶をたどっていた被告人が無意識に唇を軽くひらいた。すると、大きくて四角い前歯のところに、かすかな泡が現れた。裁判官オノフリオ・クレリチは、被告人の抱いた嫌悪の情が手にとるように理解できた。死人に対して唾を吐かずにはいられないほど強烈な嫌悪の情が。

次いで弁護士が弁論をおこなった。先ほどの、背が低くて腹のせり出した、顔じゅういぼだらけの、イタリア人を皮肉った戯画を眺めて嬉々としていた人物だ。被告人の功績を並べたて、公共の秩序を守るために心血を注いだ勤勉な官僚としての活躍ぶりを称えたうえで、情状酌量の余地が十分あるとして、最も短い刑期を主張した。

弁論の最中、裁判官オノフリオ・クレリチはどこを見ていればよいかわからなかった。傍聴席に目をやれば、たちまち、奥に陣取っているイタリア人たちの、瞬きもせずに彼を見据える眼差しが視界に入り、神経が苛立つ。窓に目をやれば、作業員がひっきりなしに板を運んでは釘を打ちつけている……。そのとき、巻いたロープが窓越しに見え、どれくらいの長さか確かめようとしているらしく、二本の手でそれをひろげはじめた。あのロープは、いったいなにに使うのだろうか。

次いで、検察官が論告をはじめた。骨ばかりがひょろりと長い男で、ごつごつと角張った腰に手を当て、下顎を開けた犬のような口もとにはよだれが糸を引いている。彼は、当時の多くの罪深い行為を裁き、真の悪人を罰する必要があると前置きした。そのうえで、被告人は言うまでもなく、そうした真の悪人ではなく、状況に迫られてせざるを得なかったのだと述べた。最終的に弁護士が主張した刑期のさらに半分を求めて論述を終えた。

前方の傍聴席から拍手が沸き起こると同時に、なんとも奇怪な骨の音と、臀部が座面にぶつかる音がした。裁判官オノフリオ・クレリチは危惧していた。きっと最後列の連中が怒鳴りだすに決まっている……。ところが、いつまでたっても誰も身じろぎせず、おとなしくしていた。なにを考えているのか見当もつかなかった。

そこで公判はいったん休廷となり、隣接した部屋で討議がおこなわれた。その部屋の窓からならば中庭全体を見渡すことができたため、裁判官オノフリオ・クレリチはようやく、梁やロープを運びこんでどんな工事をしていたのか把握した。絞首台だ。中庭の中央に絞首台が建てられていた。すでに完成し、黒くほっそりとした絞首台が、先端に滑り結びのほどこされたロープをぶらさげてぽつんと立っている。作業員たちは引きあげたあとだった。

「無知で浅はかな連中め」裁判官オノフリオ・クレリチは胸の内で嘲笑った。「被告人が死刑になると信じているのだな。それで、こんな絞首台を造ったというわけか。だが、この私が思い知らせてくれよう!」そして連中を戒めるために、彼だけが熟知している法的な手段を駆使して、被告人を無罪にするよう裁判団に提案した。裁判団は全員一致でその提案に賛成した。

判決文を読みあげるとき、誰よりも感情が昂《たかぶ》っていたのはオノフリオ・クレリチ自身だった。誰も瞬きひとつしない。判子のような指で手すりをつかんでいる被告人や、礼儀をわきまえた傍聴人たちだけでなく、闖入者たちでさえもだ。青ざめた顔をしたおさげ髪の娘も、傷痍軍人も、ショールを巻いた老婆も、背すじを伸ばし、燃えたぎる眼差しを前方に向けたまま立っていた。

書記官が裁判官のもとに歩みより、判決文への署名を求めた。書類を差し出す彼の物腰があまりにも卑屈で憂いに満ちていたので、あたかも死刑の判決文に署名を求めているかのようだった。書類は二枚重ねになっており、一枚目の下に、よく見るともう一枚、下のほうだけが見えるようにして別の紙が置かれていた。裁判官は、二枚目の書類にも署名をした。その手もとには、壊れたつるを紐で結んだ眼鏡の奥や、小皺の寄った青い眼から、射るような眼差しが注がれていた。裁判官は、やたらと汗をかいた。

そのとき、書記官が一枚目の書類をゆっくりとめくった。その下から、徐々に二枚目の文面が現れ、裁判官オノフリオ・クレリチはそれを読んでいった。「裁判官オノフリオ・クレリチを、我々哀れなイタリア人を長きにわたって侮辱し、愚弄しつづけた罪で、犬のごとく絞首台に括りつけ、死刑に処する」その下に、彼は署名をしたのだった。

ブロンドの髪の陰鬱な面持ちをした二人の警備員が、彼の傍らに近づいた。しかし、その身体に触れることはなかった。

「裁判官オノフリオ・クレリチ、我々と一緒に来たまえ」と、警備員は言った。

裁判官オノフリオ・クレリチはふりかえった。警備員たちは、両側から挟むようにして、彼の身体に触れることなく、小さな通用門をくぐり、誰もいない中庭に出て、絞首台の下まで導いた。

「この絞首台にあがるんだ」

力ずくで押しあげるようなことはせず、「あがれ」とふたたび繰り返した。オノフリオ・クレリチは絞首台にあがった。

「結び目のなかに頭を入れろ」警備員が言った。

オノフリオ・クレリチは滑り結びになっているロープの内側に頭を入れた。警備員たちは裁判官にはほとんど目もくれない。

「踏み台を蹴飛ばすんだ。さあ」それだけ言うと、立ち去った。

裁判官オノフリオ・クレリチは踏み台を蹴飛ばした。首のまわりでロープが締まり、まるで拳骨のように喉が握られ、骨が砕けるのを感じた。次いで目玉が、大きな黒いカタツムリさながらに、眼窩という殻を飛び出し、探し求めていた明かりが空気へと形を変えたかのようだった。そのあいだにも、誰もいない中庭の列柱のあいだで暗闇が濃度を増していった。そう、中庭には誰もいなかった。あの卑賤なイタリア人たちはオノフリオ・クレリチの死に様さえ見にこようとしなかった。

海に機雷を仕掛けたのは誰？

Chi ha messo la mina nel mare ?

財政家ポンポーニオの屋敷では、客たちがバルコニーでコーヒーを飲んでいた。アマラスンタ将軍がデミタスカップとティースプーンをいくつも並べて第三次世界大戦についての解説をはじめると、ポンポーニオ夫人が脇で、「まあ、恐ろしいお話ですこと！」と、冷徹な女性らしく笑みを浮かべてつぶやいた。

アマラスンタ夫人は、一人だけいくぶん悲嘆にくれてみせたが、夫がたいそう勇ましい人物で、ただちに全面戦争に持ちこみたがっているからこそ、そんな態度をとれるのだった。「あまり長引かないといいのですけれど……」夫人はそう言った。

一方、新聞記者のストラボニオは懐疑的だった。「ええ、ええ、すべて想定済みです」

と彼は言った。「憶えていますか、閣下。私の記事では、昨年の時点ですでに……」

「ああ、そうだったな」ポンポーニオは頷いた。ストラボニオがその記事を書いたのは、彼と対談をおこなった後のことだったので、よく憶えていた。

「だからといって可能性を排除すべきではありません……」ウッチェッリーニ代議士は言った。避けようのない戦争の勃発前と、戦中、戦後、それぞれの段階において教皇庁が担うであろう和平的な役割を明示できずにいた。

「そうです、そうですとも、代議士殿……」ほかの人たちは歩み寄るような口調で言った。代議士の妻がポンポーニオの愛人だったため、あまり彼を悲しませたくないという配慮からだった。

縞模様のカーテンのあいだから見える海は、まるでおとなしくて無邪気な猫のように、そよ風が吹くたびに弓なりに伸びをしながら、砂浜に身体をこすりつけている。

そこへ給仕係が入ってきて、海の幸はご所望ですかと一同に尋ねた。老夫が、ウニとカサガイの入った籠を担いで売りに来たそうだ。すると、それまでもっぱら戦争の危機だった話題が、腸チフスの危機へと移った。将軍がアフリカでの体験を語り、ストラボニオは文学におけるエピソードを語り、代議士はその双方に相槌を打った。海の幸に詳しいポンポーニオは、自分で選ぶから老夫に魚介類を持ってこさせるようにと言った。

〈磯《スコッリ》のバチ〉と呼ばれるその老夫は、みんなに籠をさわられるのが厭だったらしく、給仕係にぶつぶつと不平を言った。二つある籠は、どちらもいまにも壊れそうで、黴まで生えている。片方は腰で支え持っていたものの、入ってくるなり床にずり落とした。もう片方は身をよじるようにして肩に担いでいて、ずいぶんと重そうだった。老夫はそれをたいそう慎重に床に置いた。籠の口は、まわりに巻きつけた麻袋でしばってあった。

バチの頭は白い猫っ毛で覆われていて、髪と顎鬚の境目がなかった。わずかに肌が露出しているところは、たとえ何年陽射しを浴びつづけても日焼けせず、肌が茹だって皮がすりむけてしまうらしく、赤らんでいた。おまけに目も血走っていて、目やにまで塩になってしまったようだった。背丈は少年のように低く、シャツも着ずに素肌の上に直接身につけている古ぼけた服の破れ目から、節くれだった手足が飛び出している。靴は、海で釣りあげたに違いないと思われるほど変形しており、左右も不ぞろいで、ごわごわだった。その風体から、腐った海草のにおいが強烈に立ちのぼっていた。ご婦人方は口々に言った。

「ずいぶんと特徴的なお方ですこと」

〈磯のバチ〉は、軽いほうの籠の蓋を開けると、黒々とつや光りした棘を突き出して積み重なっているウニを見せてまわった。棘が食いこんでできた黒い斑点がそこかしこにある萎びた手で、耳をつかんで兎を持ちあげるときの要領でウニをつまみあげてはひっくり返し、ふにゃふにゃした赤い中身を見せた。ウニの下には麻袋が敷いてあって、さらにその下には、苔むして細かな毛の生えた殻の裏に、黄色や褐色の模様が帯状に入った平べったい身のあるカサガイが並んでいた。

ポンポーニオは念入りに吟味し、においを嗅いだ。「お宅らの海には、まさか排水が流れこんだりはしていないでしょうね」

〈磯のバチ〉は、猫っ毛の下から笑ってみせた。「いやいや、わしらが住んでいるのは岬の先端なもので。排水が流れこむのは旦那方が海水浴をなすっている、ちょうどこのあたりですよ」

客たちはさりげなく話題を変えた。ウニとカサガイを買い、数日後にまた売りに来るようにとバチに言った。それだけでなく、銘々が名刺を渡し、自分たちの屋敷にも売りにきてくれと頼んだ。

「それで、そっちの籠にはなにが入っているのかね?」と一同は尋ねた。

「ああ」老夫は片目をつむって見せた。「でっかい奴ですよ。こいつは売ったりしませんがね」

「じゃあ、どうするんだね? 爺さんが食べるのか?」

「食べるだなんて滅相もない! 鉄でできてるんですから……。持ち主を見つけだして、返さないといけない。ちょっとぐらい自分で片づけたらどうなんですってね。そう思いませんか？」

一同は、なんの話かさっぱりわからなかった。

「いいですか」老夫は説明を続けた。「海から岸に運ばれてくるものを、わしは分別する。空き缶はこっち、靴はそっち、骨はそのむこうって具合にね。そこへ、このとんでもない奴さんが現れたってわけだ。どうにも分別のしようがない。錆びているうえに海藻がへばりついて緑色になったこいつが、半分まで水の下に沈み、半分だけ海面に浮きながら、沖合からぷかぷか近づいてくるのが見えたんですよ。なんでこんなとんでもない物を海に投げこむのか、わしにはさっぱり理解できません。旦那方は、こんなもんがベッドの下にあったら嬉しいですか？　あるいは箪笥の中とか？　だから、拾ったんです。こいつを海に投げこむ犯人を突き止めて、言ってやるためにね。頼むから、てめえで持っててくれ、と」

そう言いながら注意深く籠を近づけ、麻袋の蓋をほどき、大きくて奇怪で、鉄のような物体を露出してみせた。ご婦人方は最初、それがなんだかわからなかったが、アマラスンタ将軍が「機雷じゃないか！」と怒鳴ると、みんな一斉に悲鳴をあげた。ポンポーニオ夫人などは卒倒してしまった。

その場はてんやわんやの大騒ぎとなった。懸命にあおいでポンポーニオ夫人に風を送る者、「何年も漂流しているのだから、いまさら爆発はしないだろう」とみんなを安心させようとする者、「すぐに機雷を外に運び出し、爺さんを逮捕するんだ」と言い張る者……。だが老夫はその隙に、恐ろしい籠を持ったまま姿を消してしまった。

家の主《あるじ》は使用人たちを集めた。「老人を見なかったか？　どこへ行ったんだ？」屋敷を出たと断言できる者は一人もいなかった。「家じゅう隈なく探すんだ。簞笥の中も、サイドテーブルの中もだぞ。地下蔵も空にして調べろ！」

「逃げ出せる者はただちに避難せよ！」顔面を蒼白にしたアマラスンタ将軍が藪から棒に叫んだ。「この家は危険だ。みんな逃げろ！」

「なぜ、ほかでもなく我が家なんです？」ポンポーニオが抗議した。「将軍、お宅は？お宅の心配をなさったらいかがですか？」

「拙宅の様子を見にいく必要がありそうですな……」ストラボニオが、かつて自分が書いた記事や、直近の記事を思い出して言った。

「ピエトロ！」目を覚ましたポンポーニオ夫人が、悲鳴をあげて夫の首にしがみついた。

「ピエリーノ！」ウッチェッリーニ夫人も悲鳴をあげながら、ポンポーニオの首にしがみついたため、正統な配偶者と額をぶつけ合った。

「ルイーザ！」それを目撃したウッチェッリーニ代議士が怒鳴った。「家に帰るぞ！」「まさか、お宅のほうが安全だなどと思っているわけじゃありませんよね」一同は口々に言った。「あなたの政党が進めている政策からして、我々よりもよほど危険にさらされているように思いますが」

そのとき、ウッチェッリーニは素晴らしいアイデアを思いついた。「そうだ、警察を呼ぶことにしよう！」

警察は、機雷を持った老夫を見つけ出すため、海岸沿いの町を血眼になって歩きまわった。財政家ポンポーニオや将軍アマラスンタ、新聞記者ストラボニオ、そして代議士ウッチェッリーニの屋敷はもちろん、そのほかの家々も武装した兵士たちによって監視され、施設隊の機雷処理係が地下蔵から屋根裏部屋まで隈なく調べてまわった。ポンポーニオの屋敷で会食していた者たちは、その晩、屋外で一夜を明かす覚悟だった。

そのあいだにも、あちこちの友人を介して、どんなときだろうと思いのままに情報を入手する、グリンパンテと呼ばれている密売人が、〈磯のバチ〉の行方を独自に追いはじめた。このグリンパンテという男、恰幅がよく、白い布地の水兵帽をかぶっていた。海上、あるいは海岸沿いでおこなわれる胡散臭い取引は、すべてこの男がかかわっている。グリンパンテにしてみれば、《古屋敷《カーゼ・ヴェッキエ》》地区の居酒屋を何軒かまわりさえすれば、いわくつきの籠を肩に担いで、ほろ酔い加減で出てくるバチと出くわすなど容易《たやす》いことだった。

グリンパンテは、居酒屋《もげた耳《オレッキア・モッツァータ》》で一杯やらないかとバチを誘い、酒を注いでやりながら自分の計画を説明した。

「持ち主に機雷を返したって、しょせん無駄だよ。連中はすぐにまた機会をうかがって、おまえさんが見つけた場所に戻すに決まってる。それより俺の言うことを聞け。そうすれば、海岸一帯の市場という市場を満杯にするぐらい大量の魚が獲れて、たった数日で大儲けできるぞ」

実はそこに、常日頃からなんにでも首を突っこみたがるゼッフェリーノという名の腕白小僧がいた。居酒屋《もげた耳》まで二人のあとを尾けてきて、テーブルの下に隠れていたのだ。グリンパンテの話を聞いて彼の意図をたちまち理解した小僧は、テーブルの下からこっそり抜け出して、《古屋敷》地区に住む貧民たちにふれてまわった。

「おーい、みんな。今日はフライを食いたいと思わないか?」

幅が狭くてゆがんだ窓から、がりがりに痩せて髪を振り乱した、赤ん坊を抱いた女や、ラッパ型補聴器を耳にあてた老人、チコリをむいている奥さん、ひげを剃っている失業中の若者などが思い思いに顔をのぞかせた。

「どういうことだい？」

「つべこべ言わずに、俺のあとについてこい」ゼッフェリーノは言った。

いったん家に立ち寄ったグリンパンテは、ヴァイオリンのケースを持って戻ってくると、バチ老人と一緒に歩きはじめた。海沿いの道を行く二人の後ろから、《古屋敷》地区の貧民たちが忍び足でついていく。エプロンをしたままフライパンを肩に担いだ女、中風で車椅子に乗っている爺さん、松葉杖をついた傷痍軍人、さらには、その一団をとりかこむように大勢の子供が群がっていた。

岬の先端にある磯に到着すると、沖へ向かう流れに委ねて、機雷を海に放った。グリンパンテはヴァイオリンケースから弾を連射できる殺人道具を取り出して、岩礁の陰で構えた。そして機雷が射程内に入るのを待って、撃ちはじめた。弾のあげる小さな水飛沫《しぶき》が海面に一本の線を描く。海岸通りで地面に腹をこすりつけて見ていた貧民たちは、慌てて両手で耳をふさいだ。

次の瞬間、巨大な水柱がいきなり海上から立ちのぼった。それはちょうど、先ほどまで機雷が浮いていたあたりだった。とてつもない大音響がとどろき、家々の窓ガラスが粉々に砕け飛んだ。大きな波が海岸通りにまで押しよせる。やがて海面が静けさを取り戻すと、魚の白い腹がいくつも浮きはじめた。グリンパンテとバチが大きな網を持とうとした瞬間、海を目指して走っていく群衆になぎ倒された。

服を着たまま海に入っていく貧民たち。ズボンの裾をまくりあげ、脱いだ靴を手に持っている者もいれば、靴もなにもおかまいなしでずぶずぶ入っていく者もいる。女たちのスカートがぷかぷかと水に浮いて、円を描く。みんな我も我もと先を競って、浮いた魚をつかもうとしていた。素手でつかまえる者、帽子ですくいあげる者、靴を使う者、ポケットにしまう者もいれば、ハンドバッグにしまう者もいる。少年たちの動きは誰よりもすばしっこかったが、先を争うことはなかった。みんなで協力して、おなじ量を分け合おうと決めていたのだ。それだけでなく、ときおり足を滑らせて水中で転んでしまう老人がいれば、手を差し伸べることも忘れなかった。助け起こされた老人たちの鬚には、海草や小さなカニがついていた。いちばんたくさん魚が獲れたのはベギン会の修道女たち。二人一組でベールを水面のすぐ下にひろげて、あちこちすくって歩いたからだ。美しい娘たちは、死んだ魚がスカートのなかに入るたびに、「いひ……うふ……」と歓声をあげ、若者たちは魚を捕まえようと海に潜る。

海岸では乾いた海草を燃やして火を熾し、フライパンの登場となった。それぞれがポケットからオイルの小瓶を取り出し、フライの香りが漂いはじめる。グリンパンテは、生き物を撃ち殺す道具を持ってうろついているところを警察に捕まえられては元も子もないので姿をくらませた。一方、〈磯のバチ〉はみんなと一緒になって、あちこちの服のほころびや破れ目から魚やカニやエビの顔をのぞかせたまま、無性に嬉しくて、一匹のヒメジを生のままぱくんと呑みこんでしまった。

工場のめんどり

La gallina di reparto

警備員のアダルベルトは一羽のめんどりを飼っていた。大きな工場の警備課に所属する彼は、このめんどりを工場の中庭で飼育していた。むろん警備課の課長の許可を得てのことだ。ゆくゆくは中庭全体を養鶏場にできたらと考えていたアダルベルトが、手始めにと買ったのがそのめんどりだった。卵をたくさん産むし、おとなしい鶏だから、「コケーコッコッコ」などと鳴き声をあげて工場の厳粛な空気を乱すようなことは決してないとの折り紙つきだった。実際、アダルベルトとしても不服はなかった。少なくとも一日に一つは卵を産んでくれたし、ときおりクックックとくぐもった声をあげるほかは、まったく鳴かなかった。アダルベルトが得た許可は、厳密にいうと、鶏小屋の中で飼うというものだったが、中庭の地面――機械文明によって征服されてからまだ数年しか経っていない――には、錆びたボルトやビスがいっぱい転がっているだけでなく、いまだにミミズもたくさんいたため、めんどりは周囲を歩きまわってついばんでも構わないというのが暗黙の了解となった。こうしてめんどりは、部署から部署へと目立たないようにこっそり行き来していたものの、工員たちのあいだで存在を知らない者はなく、その勝手気ままさと責任のなさとで、羨ましがられてもいたのだった。

ある日のこと、老練の旋盤工のピエトロは、同期の品質検査員トンマーゾが、トウモロコシでポケットをいっぱいにふくらませて工場へやってくることに気づいた。かつて農夫だったトンマーゾは、いまだにその性分が身体に染みついていたため、ひと目でめんどりの生産能力を見抜き、これまで自分が受けてきた不当な待遇の埋め合わせをいつか手にしてやるんだという積年の思いを、そのめんどりの能力に対する評価と結びつけ、彼女と友達になるべく慎重な根回しをはじめた。自分の作業台の脇にある鉄屑用の箱に誘いこみ、卵を産ませるつもりだった。

友人のトンマーゾが内緒で術策をめぐらしていることに気づくたびに、そのようなことを想像さえしていないピエトロは悲しくなり、自分も負けじと躍起になった。とりわけ、互いに親戚どうしになることが決まってからというもの（ピエトロの息子は、トンマーゾの娘と結婚すると言い張っていた）、二人は四六時中いがみ合うようになった。結局、ピエトロまでもがトウモロコシをポケットに忍ばせ、鉄屑の入った箱を準備し、旋盤作業のわずかな合間を縫っては、めんどりを誘いこもうとした。こうしてピエトロとトンマーゾのあいだで、卵を手に入れるというよりもむしろ、精神的な屈辱を晴らすことが目的となった戦いが繰りひろげられることになった。彼ら二人と、本来の飼い主であるアダルベルトとのあいだに対立はなかった。かわいそうにアダルベルトは、工場に入ってくる工員と出ていく工員の持ち物検査で鞄の中や服の下まで探るのに忙しく、なにも知らずにいたからだ。

ピエトロは、工場の隅にあるパネルで仕切られた場所で、いつも一人で作業をしていた。そこだけ独立した作業場か、あるいは「小部屋」のようになっていて、中庭に面したガラスの扉がある。何年か前まで、この小部屋には二台の機械と二人の工員が配置されていた。ピエトロともう一人だ。ところがあるとき、もう一人の工員がヘルニアで休職したため、一時的にピエトロが同時に二台を担当することになった。その際、ピエトロは必要な身体の動きとタイミングを習得した。一台の機械のレバーを下げてから、素早くもう一台に移り、加工が済んだ部品を取り外すといった具合だ。ヘルニアを患っていた工員は、手術を受けたのちに職場復帰したものの、別の作業チームに配属された。こうして、ピエトロ一人で二台の機械を動かすことが常態化した。それどころか、その状態がたまたま放置されているわけではないことを示すために、タイムキーパーが作業時間を計りにやってきて、なんと三台目の機械が割り当てられることになった。一台での作業ともう一台での作業との合間に空き時間が数秒生じていたからだ。その後、労賃の抜本的な見直しがおこなわれ、どのような計算に基づいてかは定かでないものの、四台目の機械まで割り当てられることになった。六十歳を目前にしてピエトロは、同一時間内で四倍の仕事をこなす能力を身につけなければならなくなったわけだ。ただし給料は据え置かれたため、彼の生活にさしたる影響は見られなかった。気管支喘息と、誰とどんな場所にいようが座ったとたんに居眠りを始める悪癖が慢性化したぐらいだ。それでも、ピエトロは初老とはいえタフな男であり、なにより精神力に満ちあふれていたので、これから大きな変化が待ち受けているにちがいないと期待することをやめはしなかった。

毎日八時間、ピエトロは四台の機械のあいだをくるくるまわり、一周ごとにまったくおなじ順序で動作を繰り返す。一連の動作はもはやすっかり身体に馴染んでいたので、どんなバリでも完璧にそぎ落とせたし、喘息の発作でさえ作業のリズムに合わせて正確に調整できた。瞳までもが、まるで惑星のように厳密な軌道に沿って動いていた。加工工程が中断して出来高がふいにならないよう、各々の機械に然るべき目配りをしながら制御することが求められた。

仕事を始めて三十分も経つと、ピエトロは早くも疲れてくる。鼓膜には工場の騒音がブーンというひと塊の背景音となってへばりつき、その上に、彼の担当する四台の機械のリズムがコンビネーションを成して際立った。そのリズムに駆りたてられて、ピエトロはなかば呆けたように作業を続ける。なにかしら不具合が生じたか、あるいは作業時間が終了して、難破した人の目の前に現れた海岸線の輪郭さながらに、伝動ベルトのぎいっと軋む音が甘美に響きわたったかと思うと、機械の動きがしだいに緩慢になり、やがて完全に停止するまで、その状態が続くのだった。

とはいえ、人間の自由というものは決して尽きることがない。これほどの状況にあっても、ピエトロの思考は蜘蛛の口から出る糸のように次から次へとあふれ出し、機械と機械のあいだに巣を張りめぐらせた。そして、歩幅や動作や視線や無条件反射によって描きだされる幾何学模様の真ん中で、ときおり彼は自分らしさを取り戻し、まるで朝も遅い時間にパーゴラの下に現れては太陽を仰ぎ、口笛で犬を呼び、木に登ってゆらゆらと枝を揺する孫たちを見守り、日々熟していく無花果《いちじく》を心待ちにする田舎の好々爺のように穏やかな気持ちになるのだった。

むろん、これほどまでの思考の自由に到達するには、長年にわたる鍛錬なしには習得できない特殊技能が要った。たとえば、手で持っている部品を旋盤の下に固定する直前に思考の道筋をいったん中断し、部品に触れるすれすれまで旋盤を近づけて、切削《せっさく》が始まったところで、その続きを再開できるようにならなければならない。とりわけ望ましいのは、歩く時間の有効活用だ。よく知っている道を歩いているときほど考えが深まることはないのだから。といっても、彼の場合にはたったの二歩しかなかった。一歩、二歩。それでも、その道のりで驚くほどたくさんのことが考えられた。毎日が日曜日で、広場へ行っては、拡声器のそばに陣取って政治集会に耳を傾けながら過ごす幸せな老後のこと。失業中の息子の就職口。やがて何人もの釣り好きの孫に囲まれ、夏の夕方にはみんなで川岸の堤防に肩を並べて腰かけ、釣り糸を垂れる。はたまた、自転車競技や政権の危機をめぐって友人のトンマーゾとする賭けのこと。あまりに掛け金が大きくなれば、しまいにはあの頑固なトンマーゾも、しばらく意地を張るのはやめておこうと思うだろう……。こうした考えと並行して、回転盤のいつもの場所で伝動ベルトが外れないように目を光らせる。

《もしも五……（レバーを持ちあげる！）……月に息子があのうつけ老人の娘と結婚することになったら……（ここで部品を旋盤の下に固定！）……広い部屋を片づけよう……（二歩移動しながら）……そうすれば新婚カップルは日曜日の朝、遅くまで一緒にベッドにとどまって窓から峰々を眺めることができる……（今度はむこうのレバーを下げる！）

……俺と老いた妻は、小さいほうの部屋に移動すればいい……（部品をケースにしまう！）……窓からはガスタンクしか見えないけれど、どうってことないさ》ここで彼の思考は別の論理をたどりはじめる。あたかも家のそばにそびえるガスタンクの光景によって日々の現実に引き戻されたかのように。あるいは一時的にガタついた旋盤を見て、闘争心を思い起こしたかのように。《もしも圧延作業工員が出来高制をめぐって労働闘争を起こすようなことがあれば、俺たちも……（部品が曲がったぞ、まずい！）……足並みをそろえて……（しっかりしろ！）……要……要求しよう……（ああ、割れちまった、ちくしょう！）……個々の工員の専門的な能力に応じた等級……制度……を……採用するように……》

こんな具合に、機械の動きが思考の働きを左右すると同時に、煽りたてもするのだった。そして、この機械という甲冑に覆われた思考は、ちょうど中世の若き騎士の筋肉質で敏捷な肉体が己の甲冑に馴染んでいくように、少しずつ弾力を帯びてしなやかになっていった。しびれた腕をほぐすために上腕二頭筋を緊張させては弛緩することや、伸びをすること、むず痒い肩甲骨を鉄製の背もたれにこすりつけることや、臀筋をひきしめること、座面に押しつけられている睾丸を移動することや、足の親指と人差し指の間をひらくことができるようになるにつれて、ピエトロの思考も、精神的緊張と機械的な作業と疲労を強いられるその監獄のような場所で、羽をひろげ、ほぐれていった。

どんな監獄にも明かりの射す隙間というものは存在する。同様に、ごくわずかな隙間時間までをも活用することが求められるシステムの内部でも、自らの動作をうまくコントロールしさえすれば、数秒間の素晴らしい安らぎが眼前にひらける瞬間が生じるという発見に至るものだ。その数秒で、好きに三歩行っては戻ってきたり、お腹を掻いたり、「ぽっ、ぽっ、ぽっ、ぽっ……」と歌ったりできるし、とやかく言ってくる部長がその場にいなければ、作業と作業の合間に、同僚とちょっとした会話を交わすこともできた。

このようなわけで、めんどりが顔を出すと、ピエトロは「コッコッコッ……」と鳴き真似をして、四台の機械のあいだをちょこまか動きまわっている図体が大きくて扁平足な自分の姿を、頭のなかでめんどりの動きになぞらえてみる余裕もあった。それだけでなく、鉄屑入れの箱までトウモロコシの粒を一直線に撒いて鶏をおびき寄せ、警備員のアダルベルトのためでもなく、友人でありライバルでもあるトンマーゾのためでもなく、自分のために卵を産ませようと画策することもできた。

ところが肝心のめんどりは、ピエトロの用意した巣にもトンマーゾの用意した巣にも魅力を感じないようだった。どうやらめんどりが卵を産み落とすのは明け方、まだアダルベルトの鶏小屋にいる時刻で、工場内の散歩を始める前らしかった。ピエトロもトンマーゾも、めんどりを見かけるたびに捕まえては、さわって下腹のふくらみ具合を調べるのが日課となっていた。めんどりは、もともと猫のように人に懐く習性があるので、おとなしくさわらせてはくれたものの、下腹はいつだって空っぽだった。

おまけに、数日前からピエトロは、四台の機械に囲まれて一人で仕事をしているわけではなくなっていた。相変わらずピエトロ一人で四台の機械を動かしていたが、仕上げ加工が必要な部品が一定数以上あるとわかり、ときおり、やすりを持った工員がやってきては、近くに設えられた作業台に部品を運び、ギコギコ、ガリガリ、のんびりとマイペースに、十分ばかり擦《こす》っていくようになった。ピエトロの作業を手伝うことはなく、どちらかというと、いつも行く手に立ちふさがり、ピエトロを混乱させるのだった。その男の真の任務が別にあることは疑いようもなかった。彼は、工員のあいだでは以前からかなり有名な存在で、〈臭いジョヴァンニーノ〉という綽名まであった。

痩せぎすで全身黒ずくめ、髪はもじゃもじゃの巻き毛で、鼻は上向きかげん、それにつられて上唇までめくれていた。どのような経緯《いきさつ》で入社したのかは誰も知らない。工場に採用されて最初にあてがわれた仕事がトイレの衛生管理係だった。だが本当のところは、一日中トイレにこもって聞き耳を立て、聞いたことを報告するのが彼の任務だった。いったいいかなる重要な会話がトイレで交わされているのかはわからずじまいだったが、内部委員会か、あるいは別のなんらかの組織に所属していた労働組合のメンバー二人が、たちどころに解雇される危険を冒さずに会話を交わせる場所がほかに見当たらず、用を足すふりをして個室の仕切り越しに意見交換をしたことがあったらしい。決して工場の工員用のトイレが落ち着ける場所だというわけではない。個室にこもって煙草を吸えないように、きちんとした扉ではなく、低い位置に簡単な目隠し用の戸がついているだけで、頭も胸のあたりも丸見えだし、ときおり警備員がやってきては、長居をしている者はいないか、本当に排泄をしているのか、サボってはいないかなどをチェックするのだから。それでも、工場のほかの場所に較べたら、ほっとすることの許される居心地のいい空間だった。ともかく、その二人は勤務時間内に政治活動をしていたとして解雇された。誰か告発した者がいるのは間違いない。ほどなく告発者はジョヴァンニーノだと判明し、以来、〈臭いジョヴァンニーノ〉と呼ばれるようになった。春だというのに、彼は一日中トイレに閉じこもり、ざあざあ、ぽちゃん、ちゃあという水音を聞きながら、滔々と流れる川や澄んだ空気を夢想していた。しかし、その一件以来、トイレの個室で話をする者は一人もいなくなり、結局、ジョヴァンニーノは配置換えとなった。なんの技能もない男だったので、見るからに無意味な急ごしらえの業務を与えられては、班から班へと転々としながら、常に警戒心を抱いている幹部たちの、迷走を極める恐怖心を軽減するために、監視という隠密な任務を果たしていた。彼がどこへ行こうと、仕事仲間たちは無言で背を向け、彼がこなそうとしている余分な業務には一瞥もくれなかった。

ここ数日、ジョヴァンニーノは、耳が遠くていつも孤立している初老の工員のあとをつけていた。だが、いったいなにが発見できるというのだろう。彼の告発の犠牲になった者たちとおなじように、ジョヴァンニーノも、路頭に放り出される一歩手前の、最後の階段を踏み外そうとしているのだろうか。〈臭いジョヴァンニーノ〉は、とにかく痕跡や疑惑、あるいは手掛かりを見つけようと、ない知恵を絞っていた。いまこそ好機だ。工員たちのあいだに不満がふつふつとたまり、経営陣はぴりぴりし、工場全体の警戒心が高まっていた。ジョヴァンニーノはといえば、しばらく前からひとつの考えを反芻していた。毎日、決まった時刻になると、作業場にめんどりが入ってくる。すると、旋盤工のピエトロが必ずこのめんどりにさわる。トウモロコシ二粒でおびきよせ、めんどりが近づいていくと、その腹の下に手を入れるのだ。いったいあれはなにを意味しているのだろうか。部署から部署へと極秘メッセージを送るための新手の方法ではないか。ジョヴァンニーノはもはや確信していた。めんどりに対するピエトロの動きは、羽毛のあいだになにかを探しているか、隠しているものとしか思えなかった。そこである日、〈臭いジョヴァンニーノ〉は、ピエトロの手から放たれためんどりを追跡することにした。めんどりは中庭を横切り、鉄材の山にのぼり——ジョヴァンニーノも平均台を渡るようにその後を追う——、放置された土管にもぐりこみ——ジョヴァンニーノも這いつくばって中に入る——、さらにそのむこう側の中庭をちょこちょこと走り、品質検査部へと入っていった。そこでは、別の初老の社員が待ち受けていたらしい。入り口をちらちらと見やり、めんどりの姿が現れたとたん、手にしていたハンマーとドライバーを置き、迎えに出た。めんどりは、この社員にも懐いていると見え、おとなしく抱きかかえられたばかりか、なんとここでも！尾の下をさわらせたのだ。ジョヴァンニーノは、もはや大手柄を確信して疑わなかった。《極秘の伝言が毎日ピエトロからこの男へと届けられている。明日、めんどりがピエトロの手から放たれたら、即刻ひっとらえて身体検査をしよう》

翌日ピエトロは、今回も駄目だろうと思いながらめんどりの下腹をさわり、案の定がっかりしてまた地面に戻した。するとその瞬間、〈臭いジョヴァンニーノ〉がや、、、すりを放り出して、小走りに出ていった。

緊急事態の知らせを受けて、警備課がめんどりの身柄の確保にかかった。中庭で、土埃にまみれたボルトやナットの隙間を縫って芋虫をついばんでいる最中に不意打ちをくらったためんどりは、特別監視係の責任者のオフィスに連行された。

それでも、アダルベルトはなにも知らずにいた。一連の事件の共犯である可能性も拭えなかったため、彼には内密に作戦が実施されていたからだ。本部に呼び出されたアダルベルトは、部長の机の上にのせられためんどりが、二人の同僚の手で羽交い絞めにされているのを見ると、あやうく目から涙がこぼれ落ちそうになった。

「めんどりがなにをしたというのです？　どうしてこんなことを？　僕はいつだってきちんと鶏小屋の中に入れておきました！」工場内を自由に歩きまわらせていたことを咎められているのだと思い、彼は言い訳をはじめた。

しかし、実際にはそれよりもはるかに重大な嫌疑がかけられていることに、アダルベルトはほどなく気づいた。本部長の質問攻めにあったからだ。この本部長は、退役した軍警察《カラビニエーリ》の准尉で、おなじく軍警察出身の警備員たちに対し、軍の上下関係そのままの威厳を発揮しつづけていた。尋問されているうちにアダルベルトは胸の内で、めんどりに対する愛情や、養鶏場をつくるという将来の夢よりも、事件にかかわりがあると思われたら厄介だという不安のほうが強くなった。そこで先手を打って、めんどりを小屋から出して自由に歩かせていたことについて弁明しようと思ったものの、めんどりと労働組合との関係を問い質されると、我が身かわいさのあまり、めんどりの無罪を立証しようとも、かばおうともしなかった。「僕はなにも知りません……」「僕は関係ありません……」といった自己防衛に徹し、事件に対する自身の責任が回避されることだけに心を砕いた。

結局、自らの無実こそ認められたものの、アダルベルトは、運命の激流に呑まれためんどりを見つめながら、喉に嗚咽がこみあげ、後悔の念で胸が締めつけられそうだった。

准尉はめんどりの身体検査を命じた。刑事の一人は、吐き気がするからといってめんどりにさわることを拒絶し、もう一人は嘴《くちばし》で思いっきりつつかれた挙句、血のにじんだ指をくわえて退散した。しまいには、意気込みを遺憾なく発揮できるチャンスに大満足の、百戦錬磨の精鋭たちの出番となった。ところが、めんどりの卵管を調べても、会社の利益を損なうといったもろもろの企みが記された書簡など隠されてはいなかった。一方、種々の戦闘技術に詳しい准尉は、羽の下をよく調べるようにと命じた。鳩愛好家の戦術士が、封をした特殊な小筒に入れて伝言を隠す場所らしい。羽の下を探りまくった結果、机の上に羽根や羽毛や土塊《つちくれ》がまき散らされたものの、結局なにひとつ発見されなかった。

それにもかかわらず、無実にしてはあまりに挙動不審で怪しげだという理由で、めんどりの有罪が確定した。荒涼とした中庭で、黒い制服に身を包んだ二人の男が両側から一本ずつめんどりの足をつかみ、もう一人の男が首を絞めた。めんどりは長く悲痛な断末魔の声をあげた。聞くも痛ましいコケーコッコッコという鳴き声だった。あまりに慎ましやかなめんどりだったため、陽気な鳴き声はとうとうあげずじまいだった。アダルベルトは両手で顔を覆った。ぴよぴよと雛の鳴き声が聞こえてくる養鶏場をつくるという彼の長閑《のどか》な夢は芽生えたばかりにして潰えたのだった。

抑圧の機械というものは、それに仕える者たちにも容赦なく牙を剝くのが世の常だ。解雇に対して抗議する工員たちの代表との面会を控え、不安を抱えていた社長は、めんどりの断末魔の叫びを社長室で聞き、漠たる胸騒ぎを覚えた。

計理課の夜

La notte dei numeri

夕暮れになると、路地や大通りに忍びこんだ闇が木々の葉と葉の隙間を黒で満たし、路面電車のパンタグラフの架線に火花を散らし、時刻に正確な街灯の下にはおぼろげな円錐のひろがりを生じさせ、ショーウィンドウには華やかな電飾を灯し、建物の上階の外壁では各々の家庭の窓にかけられたカーテンの慎みを強調する。ところが一階や二階や中二階では、シェードのない電灯の幅広い長方形が、町にいくつもある企業のオフィスに隠された秘密を暴くのだ。仕事に追われた一日がまもなく終わろうとしている。一列に並んだタイプライターのローラーからは最後の用紙が送り出され、カーボン紙のインク面から剝がれていく。課長たちの机には署名を待つ書類の束が積まれ、タイピストたちは愛用の機械にカバーをかぶせてから銘々のロッカーへ向かうか、早くもコートを着こんで、タイムレコーダーの時計のまわりでお喋りに花を咲かせる集団に加わる。やがて至るところから人の姿が消え、窓は、空っぽになった後のオフィスの光景を垣間見せてくれる。蛍光灯の明かりが、ところどころ陽気な色で区切られた壁や艶光りしたむきだしの机、思考を続けようとするがむしゃらな努力をやめて馬のように立ったまま眠る情報処理装置に反射し、人《ひと》気《け》のない部屋をほの白い石灰色で満たす。すると、そんな幾何学模様ばかりの光景に、いきなり中年の女たちが何人も登場する。緑と深紅の花柄のエプロンに身を包み、頭はバンダナを巻くか、おだんごにまとめるかし、肩に三角巾を掛け、丈の短すぎるスカートからはウールのストッキングをはいた腫れぼったい脚がにゅっと突き出し、足には布製のスリッパを履いている。計理課の夜は魔女を生む。箒やデッキブラシを握りしめ、思い思いの数字占《カバラ》いの線を描くために、すべすべした床へと飛び出していくのだ。

ある窓の四角い枠の内側に、黒い剛毛を鶏冠《とさか》のように逆立てた、そばかすだらけの少年の顔が現れる。と思ったら、すっと走っていき、隣の窓にまた姿を現し、次の窓、そしてまた次の窓と、まるで水槽に入れられたマンボウみたいにぐるぐる動きまわっている。やがて、ひとつの窓の隅でようやく動きをとめると、次の瞬間、いきなりブラインドが下ろされ、四角く輝いていた水槽が消えてしまう。こうして一つ、二つ、三つ、四つ……と、すべての窓に闇がおりるのだけれど、どの窓も最後に見えるのは、その少年の小さな顔に浮かぶ、マンボウのようなしかめっ面だ。

「パオリーノ！　ブラインドは全部下ろしたの？」

パオリーノは朝、早起きをして学校へ行かなければいけないというのに、毎晩決まって母親に職場へ連れていかれる。連れていけば多少なりとも役に立つし、仕事も憶えるからだ。それくらいの時間になると、眠気の雲がもやもやとかかりはじめ、パオリーノの瞼は重くなる。すっかり暗くなった外の通りから来たせいで、まばゆい光があふれる誰もいないオフィスに入ると目がくらくらする。卓上ライトもみんなつけ放されていて、伸縮自在の長いアームの先端についた緑のランプシェードを、艶光りする机の天板に寄せている。パオリーノは、通りかかるそばから、スイッチを一つひとつひねってライトを消し、煌々とした明かりを和らげる。

「なにをしてるの？　遊んでる時間なんてないのよ。こっちに来てさっさと手伝いなさい！　ブラインドは全部閉めたの？」

パオリーノは乱暴な動作で残りのブラインドをいっぺんに下ろす。すると、窓の外にあった夜の闇や、街灯の暈《かさ》、大通りのむこう側に遠く見えていた窓々の柔らかな光が消え去り、この光の箱のほかに世界がなくなる。ブラインドをざざっと勢いよく下ろすごとに、パオリーノは気怠さから目覚めたような心地になるものの、眠っているときに目が覚める夢を見るのとおなじく、また新たな、さらに深い眠りに入るだけなのだ。

「母ちゃん、屑籠のゴミを集めてきてもいい?」

「ああ、いい子だね。袋を持ってお行き。ほら!」

パオリーノは袋を持ってオフィスをまわり、順に屑籠を空にする。袋はパオリーノの背丈よりも大きいので、床を滑らせるようにして引きずっている。できるだけ回収に長い時間がかかるよう、わざとのろのろ歩く。パオリーノにとっては、それが夜のあいだでいちばん楽しい時だ。どれもおなじ計算機や分類用のファイルが整然と並んだ広いオフィス、あるいは電話機やインターフォン、キーボードなどをのせた厳めしい机がいくつもある部屋が、一つ、また一つと目の前に現れる。そんな場所を一人でまわって歩くのが彼のお気に入りだ。そのうちに、自分までスチール製のオフィス家具や、直角の角と一体化し、そのほかのことはきれいさっぱり忘れてしまう。なにより、母親やディルチェ夫人の喋り声が耳のなかでわんわん響かなくなる。

ディルチェ夫人とパオリーノの母親の違いは、ディルチェ夫人は〈SBAV社〉のオフィスの清掃作業に誇りを感じているのに対し、パオリーノの母親にとっては、掃除する場所が会社だろうが家の台所だろうが店の倉庫だろうがなんら変わりがないという点にある。

ディルチェ夫人はすべてのオフィスの正式な名称を把握していて、「ペンソッティさん、次は計理課へ行きましょう」などとパオリーノの母親に言う。

するとと決まって、「なんですって？　どこへ行くんです？」と、背が低くてでっぷりとした、田舎の村から出てきたばかりのパオリーノの母親が訊きかえす。

対するディルチェ夫人は、すらりと痩せた、尊大なところのあるご婦人で、キモノのような服を着ている。会社にまつわるあらゆる秘密を知っていて、パオリーノの母親はもっぱら口をぽかんと開けて彼女の話を聞く役だ。「まったく、ベルトレンギさんときたら、本当に整理が下手なのね。信じられない」そんなふうにディルチェ夫人は話しだす。「こんなにごちゃごちゃしてたら、輸出だってうまくいかないに決まってるわ」

するとパオリーノの母親が夫人の袖を引っ張る。「いったい誰のことです？　勝手に手を出しちゃ駄目ですよ。なにをいじってるんです、ディルチェさん。知らないのですか？　机の上はたとえ散らかってても掃除しちゃいけないんですよ。するとしても電話機にこうして羽根はたきをあてて、大きめの埃をはらうくらいです」

それでもディルチェ夫人は書類のあいだにまで鼻を突っこんで、一通の手紙を手にとり、近眼のために鼻のすぐ先まで近づけて、こう言う。

「ねえ、ちょっと聞いてちょうだいよ。ここに三十万ドルって書いてあるわ……。ペンソッティさん、三十万ドルっていくらか、ご存じ？」

パオリーノにしてみれば、この二人のおばさんはその場に不釣り合いな存在で、オフィスの厳かな静寂を侮辱するものでしかない。どちらも見ていていらいらする。ディルチェ夫人はとにかく厚かましくて、インターフォンの操作盤や抽斗《ひきだし》の取っ手の埃をはらうにも、わざわざ課長の椅子に腰掛けるのだが、そのさまときたら、滑稽きわまりない。しかも、雑巾であちこち拭きながら、いかにも重要な案件を大急ぎで片づけているときの課長さながらのしかつめらしい表情を浮かべる。一方の母親は、いまだに田舎のおばちゃんといった風貌が抜けず、計算機の埃をはらっていても、小屋で家畜の世話をしているようにしか見えない。

パオリーノが二人からだんだんと離れていき、誰もいないオフィスの奥へと足を踏み入れるにつれて、眠気のせいで彼の目は小さくなる。すると殺風景で角張った世界が拡大され、自分が蟻になったような気がして愉快になる。ほとんど目に見えない存在である自分が、白くて平坦な空の下、すべすべで茫洋としたリノリウムの大地を、切り立った崖が連なる艶光りした山々を縫うように歩いていく。そのうちになんだか怖くなってくる。そこで自らを奮いたたせようと、変化に飛んでいて調和に欠いた人間の営みの証しを、身のまわりに探し求める。たとえば、ある机——間違いなく女性社員のもの——に敷かれたガラスの下にはマーロン・ブランドの写真。別の女性は窓辺に水仙の鉢植えを飾っている。こちらの屑籠には挿絵入りの雑誌が捨てられているかと思えば、あちらの屑籠には人形の絵がいっぱいに鉛筆で落書きされたノートのページが捨てられている。タイピストのスツールはスミレの香りを放っているし、灰皿にはリキュール入りチョコのアルミカップ……。そう、そんな些細なことにしがみつくだけで、殺風景な幾何学模様から湧きあがる恐怖心が消えるのだけれど、同時にパオリーノは、自分の臆病さを見せつけられたような気がして、屈辱を覚える。というのも、そうした恐怖心を与えるものをこそ克服したいと願い、また克服しなければと思っているのだから。

機械がずらりと並んだ部屋もある。この時間はどれも止まっているけれど、かつて、昆虫の鞘翅《さやばね》のようなブーンという絶え間ない唸り声をあげて、穴の開いた厚紙を上下に送りながら動いている機械を、パオリーノは見たことがあった。機械を操作していた、外科医とおなじ白衣を着た男の人が立ち止まり、パオリーノにこう話しかけたのだった。「いつか、オフィスがこれだけで動くようになる日が来るぞ。誰も必要なくなるのさ。この私もね」

そのときパオリーノは、ディルチェ夫人のところに急いで戻った。「あそこの機械がなにをつくってるか知ってる?」夫人の意表を衝くことを期待して尋ねてみたのだった。ちょうど、それらの機械はなにかをつくっているわけではなく、会社のありとあらゆる事業を管理し、計算に間違えがないか監視し、いままでに起こったことも、これから起こるだろうことも把握しているのだと白衣の男から教えてもらったばかりだった。

「あそこにある機械ですって?」ディルチェ夫人は答えた。「あんなものは、鼠の罠にだって使えないのよ。この私が保証してあげる。いいこと教えてあげましょうか? あの機械の代理権は功労勲賞受勲者ピスターニャ氏の義理のお兄様が持ってらして、それで会社に買わせたってわけ。嘘じゃないんだから……」

それを聞いたパオリーノは肩をすくめた。ディルチェ夫人が実はなにもわかってないことがいっそう確実になったからだった。あの部屋にある機械が、過去も未来も把握していて、いつか機械だけで会社を動かせるようになることさえ知らなかったのだから。そうなったら、オフィスからは、ちょうど夜の時間みたいに誰もいなくなり、閑散としてしまうだろう。

パオリーノは、紙屑の入った大きな袋をひきずりながら、そのとき会社はどんなふうだろうと想像し、母親からもディルチェ夫人からもなるたけ離れた場所で、その考えに集中しようと試みるのだけれど、それを妨げるなにかが、まるで不協和音のようにずっと彼につきまとう。いったいなんだろう……。

パオリーノが屑籠を取りに別のオフィスに入ろうとすると、「あっ!」という驚きの声があがる。残業をしていた男性社員と女性社員だ。二人は、ヤマアラシのような剛毛のぼさぼさ頭がドアの隙間からのぞいたかと思うと、赤と緑のストライプのTシャツを着た男の子が、大きなゴミ袋をひきずりながら入ってくるのを見た。その瞬間パオリーノは、会社のなかで不釣り合いな存在は、ほかでもなく自分自身だと気づいて悲しくなる。

一方、社員はみんな周囲の環境と問題なく調和しているらしい。残業をしている二人のうち女の人のほうは、赤い服を着て眼鏡をかけていて、男の人のほうは、ポマードを撫でつけたテカテカの頭をしている。男の人が数字を読みあげて、女の人がそれを打ちこんでいる。パオリーノは立ち止まって二人のやりとりを眺める。数字を読みあげながら、歩きまわらずにはいられない男の人。机のあいだをちょこまかと歩くその経路は、まるで迷路のようにすべて直角に曲がっている。女の人に近づいたかと思うと、すぐにまた遠ざかる。数字が乾いた霰のように降りそそぎ、キーがタイプライターのアームを上下させる。男の人の神経質な手が、卓上カレンダーや屑籠、椅子の背もたれなどに次々と触れるのだが、そこにあるすべてのものがスチール製だ。しばらくすると、女の人がミスをする。手をとめて、ローラー上で文字を消す。束の間、まるで優しく愛撫されたかのように、すべてが甘美な空気に包まれる。男の人はいくぶんゆっくりめに数字を言い直しながら、彼女の椅子の背もたれに手をかける。すると彼女はその手に触れるところまで背中を逸らせ、途切れることなく続いていた集中から二人の視線が解き放たれ、ほんの一瞬、お互いに見つめ合う。とはいえ修正作業はあっという間に終わり、彼女はふたたびキーを叩き、彼は弾丸のように数字を読みあげる。触れていた手と背中が離れ、すべてがまたもとの光景に戻るのだ。

屑籠を取りに行かなくてはならないパオリーノは、平静を装うために口笛を吹く。作業を中断して、視線をあげる二人に、パオリーノは屑籠を指差す。「どうぞ、持ってって」パオリーノは唇を口笛の形に保ったまま、音は出さずに近づく。少年が屑籠を回収するあいだ思いがけない休息を得た二人は、また距離を縮め、互いの手が触れ合う。眼差しもあちらこちらに移ろうのではなく、吸い寄せられるように見つめ合っている。パオリーノはゆっくりと袋の口を開けると、屑籠を持ちあげる。互いに微笑みを浮かべる男の人と女の人。パオリーノは勢いよく屑籠をひっくり返し、底のほうまで手を突っこんで、紙屑を残さず袋のなかにあける。そのときにはもう、男女の社員はすでに猛烈な勢いで仕事を再開している。次々に数字を読みあげる彼。タイプライターの上に前屈みになっている彼女は、赤い髪に隠れて顔も見えない。

「パオリーノ！　パオリーノ！　こっちに来て、脚立を押さえてちょうだい！」

パオリーノの母親が脚立にのぼってガラス窓を拭いている。パオリーノは脚立を押さえに走る。ディルチェ夫人は、デッキブラシで床をごしごしこすりながら、ドアマットがないことに文句を言う。「これだけの会社なのだから、玄関口にドアマットを四、五枚敷くぐらい、わけないはずなのにね。そうすれば、泥だらけの靴でオフィスに入ってこなくて済むのに……。どちらにしても、苦労させられるのはいつだって私たちよね。床をぴかぴかに磨いておかないと、ひどく叱られるんですもの……」

「まあ、ディルチェさん、土曜日にワックスを塗れば、きっと完璧な仕上がりになりますよ」ペンソッティ夫人はそう応じる。

「あら、私だってなにも、ウッジェーロ騎士勲章受勲者《カヴァリエーレ》に文句があるわけじゃないのよ。あのね、ペンソッティさん。ここだけの話だけど、実は功労勲章受勲者《コンメンダトーレ》のピスターニャ氏が……」

パオリーノは二人の話など耳に入らない。むこうの部屋にいる男の人と女の人が気になって仕方ないのだ。夕食後も一緒に残業を続けていると、男女の社員のあいだには通常とは異なる試練をともに乗り越えたかのような空気が生まれることがある。むろん熱心に仕事はするのだけれど、なんらかの緊張感というか、秘密めいたものがそこに生じるのだ。パオリーノにはうまく言葉にすることはできないけれども、先ほどの男女の眼差しになにか気になることがあって、それを確かめにふたたび戻りたくなる。

「しっかり脚立を押さえてちょうだい。あんた、寝ぼけてるの？　あたしを脚立から落とすつもり？」

パオリーノは壁に貼られたグラフをじっと眺める。上がって、下がって、上がって、上がって、少し下がって、また上がる。いったいどんな意味があるんだろう。ひょっとすると口笛で吹けばわかるかもしれない。だんだんと音程があがっていく。それから低い音があって、また高い音が、こんどは長く続く……。グラフの線に合わせて口笛を吹いてみる。「ヒュヒューヒュー……」もうひとつのグラフも、次のグラフも。すると素敵なメロディーが生まれる。「なに口笛なんて吹いてるの。馬鹿な子だねえ」母親が怒鳴りつける。「やめないと、ひっぱたくよ」

続いてパオリーノはゴミ箱を片手に全部の灰皿を空にしてまわる。先ほどの二人がいるオフィスに戻ってみたものの、タイプライターのカタカタという音はもう聞こえない。帰ってしまったのだろうか。パオリーノが顔をのぞかせると、ちょうど女の人が立ちあがり、ポマードで髪がてかてかの若い男の人のほうに、鷲の足のような形の手を伸ばしたところだ。とがった爪にはマニキュアが塗られている。彼のほうは腕を伸ばして彼女の喉のあたりに触れようとする。パオリーノが口笛を吹くと、さっき作曲したばかりのメロディーが自然と唇から出る。慌てて体勢を立てなおす二人。「あら、ぼく、また来たの?」

二人はすでにコートを羽織っていて、立ったまま翌日の仕事に使う書類を見せ合っている。「灰皿ください!」とパオリーノが声をあげても、二人は目もくれない。書類をしまうとオフィスを出ていく。廊下のつきあたりまで来たところで、彼が彼女の腕をとる。

パオリーノは二人が帰ってしまったことが残念でならない。これでもう会社には本当に誰も残っていない。聞こえてくるのは床磨き機のモーター音と母親の声だけだ。パオリーノは、顔が映るほどぴかぴかに磨かれたマホガニー材のテーブルと、それをとり囲むようにソファが置かれた重役室を通り抜けながら、遠くから助走をつけてテーブルの天板に飛びこみ、端から端まで滑った挙句、ソファにすっぽりと身をうずめ、そのまま眠ってしまったらどんなに気持ちがいいだろうと想像する。ところが、実際にはテーブルの上に指を一本すべらせて、湿った指で船の通った跡のような線をつけるだけだ。そして、肘をこすりつけてセーターの袖でその線を消す。

計理課の大きな部屋はいくつものボックスに仕切られている。奥のほうから、カタカタという音が聞こえてくる。誰かがまだ残業をしているにちがいない。パオリーノはあちらのボックスやこちらのボックスをのぞいてみるが、どこもおなじ通路ばかり続く迷路のようで、そのたびにカタカタという音が別の場所から聞こえてくる。ようやく、最後のボックスで、ひょろりと痩せた計理士が、古い機械式加算器のうえに屈みこんでいるのを見つける。セーターを着て、卵形の禿げた頭の半分ぐらいの高さには緑色のセルロイド製のサンバイザー。キーボードを打つたびに羽ばたく鳥を連想させる仕草で肘を持ちあげる。嘴のようにも見えるサンバイザーと相俟って、まさしく大きな鳥がちょこんととまっているようだ。パオリーノが空にしようと灰皿に手を伸ばすよりも一瞬早く、煙草を吸っていた計理士が灰皿の縁に吸いさしを置く。

「やあ」と計理士が声を掛ける。

「こんばんは」とパオリーノ。

「こんな時間になにをほっつき歩いてるんだい？」計理士の面長の顔は、一度も陽に当たったことがないかのように青白く、肌はがさがさだ。

「灰皿の掃除」

「子供は、夜には寝るものだよ」

「母ちゃんと来てるの。清掃会社の社員なんだ。これから仕事さ」

「何時までここにいるの？」

「十時半か、十一時くらい。ときどき、朝に残業をすることもあるよ」

「私らとは逆に、朝、残業をするんだね」

「うん。でも一週間に一回か二回だけだよ。床にワックスを塗る日にね」

「私は毎日残業してる。いくらやっても終わらないのさ」

「なにが？」

「計算を合わせること」

「合わないの？」

「ちっとも合わない」

身じろぎもせずに、片手で機械式加算器のハンドルを握り、床まで垂れている細長い用紙をじっと見つめる計理士は、ローラーからのぼってくる数字の列からなにかが現れるのを待っているようだ。折しも、唇できつく挟んでいる煙草からは煙がすっとひとすじ立ちのぼり、彼の右目の前でサンバイザーのつばにぶつかり、いったん向きを変えると、さらにランプのほやまでのぼっていき、ランプシェードのところで滞留する。

《そうだ、おじさんに教えてあげよう》そう思いついたパオリーノが尋ねる。「だけど、全部自分たちで計算してくれる電子計算機があるんじゃないの？」

計理士は煙がしみた目をしばたたかせる。「ことごとく間違ってるんだ」

パオリーノは雑巾とゴミ箱を下に置いて、計理士の机に寄りかかる。「その機械も間違えるってこと？」

サンバイザーをした計理士は首を横に振る。「いいや、その前からだ。そもそも最初からすべて間違ってる」そう言うと、立ちあがった。セーターが短すぎてワイシャツがぐるりとベルトの上にはみ出している。椅子の背もたれに掛けてあった上着を手に取って羽織る。「私についておいで」

パオリーノと計理士はボックスの仕切りのあいだを歩く。歩幅の大きな計理士の後ろから、ちょこまかと小走りでついていくパオリーノ。廊下を通り抜けて、つきあたりまで行くと、計理士がカーテンを持ちあげる。そこには階下へと続く螺旋階段がある。真っ暗にもかかわらず、計理士はスイッチの位置を把握していて、下のほうにあるほの暗い電灯を点ける。そうして会社の地下へと螺旋階段を下りていく。地下には小さなドアがあり、チェーンがかかっている。計理士は持っていた鍵で、そのドアを開ける。中には電線が敷設されていないらしい。おもむろにマッチを擦ると、迷わずすっと手を伸ばして一本の蠟燭をつかみ、火を灯す。パオリーノにはまわりの様子がよく見えないけれど、どうやら独房のような狭苦しいところにいるらしい。周囲には、何列にもなって天井まで積みあげられた、ノートや帳簿、埃まみれの書類……。先ほどからの黴のにおいは、間違いなくそこからただよっている。

「ここに保管されているのはどれも昔からの会社の原簿だ」計理士が説明する。「創業以来、百年分あるんだ」彼はスツールに腰をかけると、書見台として使えるように天板が傾いている高い机の上に細長いノートをのせて、ひらく。「見てごらん。これはアンニバレ・デ・カニスが書いた文字だ。この会社の初代の計理士で、歴代で誰よりも勤勉な計理士だ。どんなふうに帳簿をつけていたのか見せてあげよう」

パオリーノは、ところどころに飾りの線が入った、長細くて美しい筆跡で書かれた数字の列を目で追う。

「これを見せたのは君だけだ。ほかの人たちには見せたってわかってもらえないだろうからね。それでも誰かに見せておく必要があるんだ。私ももう年だからな」

「うん、計理士さん」パオリーノの声は、消え入りそうだ。

「アンニバレ・デ・カニスほどの計理士は後にも先にもいなかったよ」緑のサンバイザーをした計理士は、蠟燭を動かして、山積みの帳簿の上の、軸の外れた古い数え玉の隣にある一枚の写真を照らす。口髭と短い顎鬚を生やした紳士が、イタリアン・スピッツと並んでポーズをとっている。「それなのに、その非の打ちどころのない天才計理士が、見てごらん、一八八四年十一月十六日に……」そう言いながら、原簿のページを繰り、からからに乾いたガチョウの羽根が挿んであるところをひらく。「ほら、ここに間違いがあるんだ。合計額の欄に四百十リラ分のとんでもない間違いがね」ページのいちばん下にある合計額の数値が、赤鉛筆の線で囲ってある。「ずっと誰も気づかなかったのさ。知っているのは私だけだ。そして、その私が話すのは君が最初だ。君だけの秘密にして、決して忘れるんじゃないぞ。まあ、たとえ誰かに言ったとしても、子供の言うことなんて誰も相手にはせんだろうがな……。でも、これですべてが間違いだってことがわかったろう。四百十リラの計算ミスが、長い年月のあいだにいくらに膨らんだと思う？　数十億だよ。数十億！　機械式計算機や電子頭脳や、そのほかの機械をどれだけ動かそうと無駄なんだ！　根本のところにミスがあるんだからな。すべての数字のもとに間違いがあって、それがますます膨らんでいくばかりだ！」話しながら、二人は地下室の戸を閉めて、螺旋階段をのぼり、廊下を通過した。「会社は成長し、ものすごく大きくなった。何千人もの株主がいて、数百社という提携企業があり、海外の代理店も無数にある。それなのに、みんなして間違った数字を捏ねまわすばかりで、彼らの計算のなかには、なにひとつ真実が含まれていないんだ。町の半分はそんな間違いのうえに成りたってるのさ。いや、町の半分なんてもんじゃない。国の半分だよ！　輸出や輸入もおなじことだ。どれもこれも間違ってる。世界じゅうがこの間違いをひきずってるんだ。あの偉大なマエストロ、あの会計の巨匠、あの天才、デ・カニス計理士が生涯で犯した、たった一つの間違いをね！」

その男は洋服掛けのところへ行き、コートを着こんだ。緑のサンバイザーを外した男の顔は、一段と青ざめ、哀愁を帯びて見えたが、すぐに目深にかぶった帽子のつばの陰に隠れてしまう。「私がなにを考えているかわかるかね？」腰を屈めながら、彼は声を潜めて言う。「彼がわざと計算を間違えたにちがいないと思っているのさ！」

彼は身体を起こすと、コートのポケットに両手を突っこんで、「いいかい。私と君とは、話したこともなければ会ったこともない」と、パオリーノに小声でつぶやく。

そうして踵を返すと、胸を張ろうとしたものの、心なしか歪んだ姿勢で、会社の玄関へと歩いていく。「女心は気まぐれだ《ラ・ドンナ・エ・モービレ》……」と口ずさみながら。

電話が鳴る。「もしもし！　もしもし！」ディルチェ夫人の声が響き、パオリーノが声のしたほうに走っていく。

「ええ、そうです。〈ＳＢＡＶ社〉です。なんですって？　わかりません。ド・ブラジル？　その場合は、『ブラジルから電話してるのですが』と言うものです。ええ、どんなご用件でしょうか。わかりません……。ペンソッティさん、ブラジル語を喋ってるのだけれど、あなたも聞いてみてくれない？」

地球の反対側からの顧客が時差を計算する際に頭が混乱し、こんな時間に電話をしてきたらしい。

パオリーノの母親はディルチェ夫人の手から受話器を奪い、「ここには誰もいません。

いいですか、誰もいないのです」と、大声で怒鳴る。「明日の朝、電話してくださーい！　いまは私たちしかいませーん。こちらは、そうじがいしゃの者です、わかりますか？　そうじのかいしゃです！」

解説　イタロ・カルヴィーノの出発地――リヴィエラの風景とパルチザンの森

堤康徳

現代イタリア文学を代表する作家のひとり、イタロ・カルヴィーノは、一作ごとに主題と手法を大胆に変えた多彩な作品群を残した。初期短篇の多くと一九四七年の長篇第一作『くもの巣の小道』、さらには、一九五〇年代までのカルヴィーノ文学の頂点をなす、奇想豊かな歴史小説三部作〈我々の祖先〉――民話から着想を得た『まっぷたつの子爵』(五二)、一生の大半を樹上で過ごす主人公の冒険を描く『木のぼり男爵』(五七)、鎧の中身が空っぽの騎士の物語『不在の騎士』(五九)――には、いずれも寓話的な味わいがある。六〇年代には、宇宙や生命の起源を題材に『レ・コスミコミケ』(六五)や『柔らかい月』(六七)といったSF的な作品が書かれた。一九七二年の『見えない都市』は、フビライ汗の寵臣となったマルコ・ポーロが、数々の空想都市の報告をするという体裁をとり、作者の理想の都市像が語られるとともに、現実の巨大都市の抱える危機的状況が示唆されている。組み合わせによる語りの装置としてタロットカードが使われた『宿命の交わる城』（七三）、読者を主人公とする二人称小説『冬の夜ひとりの旅人が』（七九）などの作品は、物語論、読者論の作者独自の実践化の試みと見ることもできるだろう。

カルヴィーノはまた、鋭敏な批評家でもあった。評論集『アメリカ講義』（八八）は、ハーヴァード大学ノートン詩学講義のために準備されていた草稿だが、一九八五年九月にカルヴィーノが急逝し、実際の講義が行われることはなかった。「軽さ」や「速さ」といった斬新な切り口から、古今の書物が縦横に論じられたこの文学理論書で意図されたのは、新しい千年紀の文学が指針とすべき価値を、文字で書かれた人類の知的遺産から抽出することである。また、四十年にわたる自らの創作活動を振り返りながら、そのよりどころを披歴した自作解説書としての一面を併せもっている。第三千年紀までおよそ十五年の時点で書かれたこの評論集の大前提は、カルヴィーノ自身が冒頭で述べているように、文学の未来にたいするゆるぎない信頼である。

生誕から作家となるまで

イタロ・カルヴィーノは、一九二三年十月十五日、キューバの首都ハバナに近い、サンチャゴ・デ・ラス・ベガスで生まれた。サンレモ出身の父マリオ・カルヴィーノは農学者、サルデーニャ島出身の母エヴェリーナ（エヴァ）・マメーリは植物学者だった。革命期のメキシコに長らく暮らしたマリオが、農業試験場の所長としてキューバに移住したのは、一七年のことである。二五年、マリオが、故郷サンレモに新たに設立された花弁栽培試験場の所長に任命され、一家はイタリアに帰国した。二七年には、のちに地質学者となる弟のフロリアーノが生まれている。「科学だけが立派な学問」とみなされた科学者の家系のなかで、唯一文学の道に進んだカルヴィーノは、自らをやや自嘲気ぎみに「黒い羊」と評したことがあった。

カルヴィーノは、トリノ大学に入学する十八歳まで、海と山に囲まれた自然豊かなサンレモの地で少年期を過ごした。温暖な気候に恵まれたリグーリア州サンレモは、イタリア有数のリゾート地であり、「花の町」とも称される。また、五一年から続くサンレモ音楽祭の開催地としても有名である。

カルヴィーノが子供の頃のサンレモは、イタリアのほかのどの都市ともことなり、「世界各地から来た風変りな人々の住む」町だったという。また彼の家族は、「サンレモのみならず、当時のイタリアではかなり異色であり、科学者、自然の愛好者、自由な考えの持ち主だった」(『パラドッソ』誌一九六〇年九月―十二月号)。

花弁栽培試験場の拠点は、ほどなく、地元銀行の破産に起因する経済的な事情によって、カルヴィーノ一家が住むメリディアーナ邸に置かれることになった。こうして、サンレモ市街と海を見下ろす邸宅の、三千平米に及ぶ広大な庭は、パパイアやグアバなどの熱帯原産の植物で埋め尽くされたのである。

四一年、カルヴィーノは、父親マリオが熱帯農業の教鞭をとるトリノ大学農学部に進学し、四三年にはフィレンツェ大学農学部に籍を移すが、どちらの大学でも単位はほとんど取得していない。四三年七月二十五日のムッソリーニ逮捕の報を、彼はフィレンツェで聞いている。首相には新たにバドリオ元帥が任命され、国王＝バドリオ政府が成立したのだった。

カルヴィーノが生きたこの激動の時代を簡単に振り返ってみよう。まさにこの時代を背景とする短篇が本書には収められているから。四三年九月八日、バドリオ政府がひそかに連合軍と結んだ休戦協定が公表され、事態は急展開をとげる。翌日未明、ドイツ軍の攻撃を恐れた国王とバドリオは、首都ローマを捨て、アドリア海に面する南部の港町ブリンディジに逃れた。同じく九日、連合軍はナポリ南東のサレルノに上陸し、サレルノ以南を占領下に置いた。ナポリ以北はドイツ軍の占領下に置かれた。

追って十二日、幽閉されていたムッソリーニが救出され、北イタリアのガルダ湖西岸のサロに新ファシスト政府を樹立し、イタリア社会共和国の名を冠した。こうして、南には国王＝ファシスト政府、北にはドイツ軍の支援を受けた「サロ共和国」ができ、イタリアは政治的・軍事的に分断されることになる。一九四三年九月八日の休戦協定公表とともに、ドイツ占領軍とファシスト政府からの解放を目指す抵抗運動（レジスタンス）が始まった。その武装闘争の担い手がパルチザンである。ナチファシストからイタリア全土が解放されるのは四五年四月下旬である。

カルヴィーノはファシスト政府の徴兵を忌避していったん身を隠すが、四四年二月、パルチザンのリーダーでコミュニストの医師、フェリーチェ・カショーネがドイツ軍に殺されたことを知り、武装闘争に身を投じる決意を固め、「ガリバルディ」第二襲撃師団に、十六歳の弟フロリアーノとともに加わった。カルヴィーノが二十歳のときである。彼らの活動の場は、サンレモの背後に迫る沿海アルプスの山中だった。

このパルチザンとしての体験をもとに、短篇集『最後に鴉がやってくる』所収の数篇と、長篇『くもの巣の小道』は書かれている。また、一九七四年に発表された短篇「ある戦いの記憶」（『サン・ジョヴァンニの道』所収）で回想されるのは、四五年三月にカルヴィーノ自身が加わったバイアルド（サンレモから約十キロ）の戦いである。四四年秋、カルヴィーノの両親は、息子ふたりの地下活動によってドイツ軍の人質となり、母は一月間、父はさらに数ヶ月にわたり拘束された。本書所収の短篇「血とおなじもの」（四九年発表）は、このときの体験が土台にあると考えられる。

カルヴィーノは自らのパルチザン体験について、解放からまもない四五年七月六日、サンレモから送った、エウジェニオ・スカルファリ（高校の同級生。新聞記者として七六年の『レプッブリカ』紙創刊に携わる）宛ての手紙のなかで以下のように述べている。

何よりもまず、こう言うべきだろう。ぼくの人生は今年、波乱に富むものだった。ぼくはこの期間ずっとパルチザンだった。言葉では言い尽くせない危険と困難をかいくぐってきた。牢獄と逃亡を体験し、何度も死にそうになった。だがぼくは自分のしたこと、積み上げた貴重な経験に満足している。できることなら、もっと続けたいところだ。

一九四五年秋、カルヴィーノは、トリノ大学文学部に編入し、四七年十一月、ジョセフ・コンラッドにかんする論文を書いて卒業した。コンラッドは、キップリングやスティーヴンソンとともに、カルヴィーノが愛読したイギリス人作家のひとりであった。

一九四六年からカルヴィーノは、共産党機関紙『ウニタ』や、エリオ・ヴィットリーニが創刊した総合文化誌『ポリテクニコ』に短篇を次々と発表し始める。これらの短篇が短篇集『最後に鴉がやってくる』に収められた。この頃から、エイナウディ社の編集に携わり、パヴェーゼやヴィットリーニ、ナタリア・ギンズブルグなどの作家と親交を深めた。

『くもの巣の小道』

『くもの巣の小道』は一九四七年に出版されたカルヴィーノの長篇第一作である。チェーザレ・パヴェーゼは、四七年十月二十六日付の『ウニタ』紙上で、この小説の語り口を的確にとらえて次のように評した。

ペンのリス、イタロ・カルヴィーノの巧妙さは、木によじ登って、恐れよりも遊び心から、騒々しく多彩な、「他とは異なる」ひとつの森の寓話として、パルチザンの生活を観察したことである。

主人公の少年ピンは、娼婦の姉のもとに通うドイツ兵からピストルを盗んでそれをくもの巣のなかに隠す。ピンは捕えられるが、獄中で知り合ったパルチザン、ルーポ・ロッソとともに脱走する。ピンがひとり森をさまよっていると、大男のパルチザン、クジーノと出会う。ピンが、クジーノに連れられて行った山小屋は、落ちこぼれの寄せ集めのようなパルチザン部隊の拠点だった。こうしてピンは彼らと森で生活をともにすることになる。

なぜカルヴィーノは、落ちこぼれのパルチザン部隊を描いたのだろうか？　最もアンチ・ヒーロー的な英雄を描くことで、レジスタンスの脱神話化を試みたのではないだろうか。パルチザンたちは、けっして、自由と正義という大義のためだけに戦って殉死した者ばかりではなかった。歴史家セルジョ・ルッツァットの言葉を借りれば、「多くの若者たちが理由もわからず、いや理由を自らに問うことすらなくパルチザンになった」のだ。したがって、レジスタンスには、反ファシズムの神話に還元されえないもの、すなわち、「混乱、個人的事情、無秩序、狡猾、幼児性、ピカレスク的なもの」がまぎれもなく存在したのである（『反ファシズムの危機』）。

「最後に鴉がやってくる」

本短篇集の表題作は、一九四七年一月五日付『ウニタ』紙ミラノ版に初めて発表された。

物語は、森のなかの清流の描写とともに始まる。ときおり川面では鱒が背をきらめかせる。それを川べりから眺めている男たちの一団がいる。川は鱒の宝庫なのだ。全篇をつうじて、「男たち」としか書かれていないが、彼らがパルチザンであることは、物語を読み進めてゆけば明らかである。男たちのひとりが手榴弾を川に投げこんで、鱒を一網打尽にしようとする。

そこへ現れたのがリンゴのような顔をした山の少年だった。少年は、銃をもらうと、一発で鱒を仕留めてみせる。射撃の腕をかわれて、彼はパルチザン部隊と行動をともにすることになる。物語は、カルヴィーノが好んだ昔話の語りのリズムさながらに、スピーディーに展開する。

少年はパルチザンの隊長の制止にもかかわらず、目に入った標的をかたっぱしから撃ち落としてゆく。静止しているものも動くものも、陸上の動物も空中を飛ぶ鳥も、少年はけっして的をはずさない。やがて少年は、軍服の男たちと遭遇する。「軍服の男たち」としか書かれていないが、軍服の鷲章から、彼らがドイツ兵だとわかる。少年による兵士の追跡が始まる。兵士は森を追われ、草地のまんなかの大きな石の背後に身を隠す。前半は少年の視点から語られていた物語が、ここから一転、兵士の視点から語り出される。命運尽きた兵士の頭上では、いつしか一羽の鴉が旋回していた。ところが少年は、この鴉を狙おうとせず、松ぼっくりをひとつずつ撃ち落とし始めるのだ。

そこで兵士は立ち上がり、黒い鳥を指差しながら、「あそこに鴉がいるぞ!」と叫んだ。自分の国の言葉で。

その瞬間、兵士の軍服に縫いとりされた両翼をひろげた鷲の紋章のど真ん中を、弾が撃ちぬいた。

鴉が、ゆっくりと輪を描きながら舞いおりた。

この物語は、背景にパルチザン闘争があることを無視して読むことはできない。しかしそれさえ踏まえれば、多様な解釈が成立しうる「開かれた作品」ともいえるだろう。そもそも少年は、この兵士をどこまで敵として意識していたのだろうか。少年は、兵士の命ではなく、軍服の鷲章を狙っただけなのかもしれない。はたして鴉は少年には見えていなかったのか？　死の使者として兵士の目だけに映るものだったのか？　それとも、少年が鴉を撃たなかったのは、弔いの使者として最後に残すためだったのか？

少年の銃弾は森の生き物の命を情け容赦なく奪ってゆくが、カルヴィーノの淡々とした描写に残虐さは希薄である。少年にとって銃は、武器ではなく、遊具のようでさえある。少年の射撃は、何よりも、戦争に本質的にそなわる遊戯性の象徴のようにも思われる。

鳥の楽園に響く銃声は、生と死のあいだに現存するはずの隔たりをもいやおうなく無化してゆく。そのことに無自覚な少年の銃弾は、空虚なみせかけの距離を満たす一方で、銃口の延長線上にある死の実体を、逆に空洞化しているのである。

カルヴィーノ文学を読み解く鍵のひとつが、距離へのこだわりにある。これをドイツ文学者で批評家のチェーザレ・カーゼスは、ニーチェの用語を借りてカルヴィーノの「距離のパトス」と呼んだ。カーゼスは、一九五八年の論考において、『木のぼり男爵』の主人公コジモが樹上生活者になることによって、「健全ではあるがやや悪臭を放つ民衆からも、おもしろみがなくて冷酷な貴族の一家からも煩わされることなく、人々と関係をもち、彼らの役に立つことのできる距離」が与えられたと述べている（「カルヴィーノと『距離のパトス』」）。「最後に鴉がやってくる」の主人公は、地上から一定の距離を保つことに心を砕いたコジモとはまったく逆に、視線の先にある対象物との距離を銃によって強引に無化する少年である。本書所収の短篇「羊飼いとの昼食」（四八）は、深淵のように口を開けた異なる階級や文化を隔てる距離をめぐる短篇とも定義できるだろう。

「ある日の午後、アダムが」

短篇集の冒頭に置かれた短篇「ある日の午後、アダムが」は、雑誌掲載されておらず、本短篇集が初出である。主人公、十五歳の庭師リベレーゾ（カルヴィーノの幼なじみ、リベレーゾ・グリエルミがモデル。マリオ・カルヴィーノが所長を務めるサンレモの花弁栽培試験場で植物学を学び、のちにその専門家となった）と、十四歳の家政婦マリア＝ヌンツィアータは対極的な生活環境に属している。少年の名はエスペラント語で自由を意味し、少女の名は誕生日が受胎告知の日であることにちなむ。リベレーゾが語る彼の父は、息子と同じく長髪で、菜食主義者であり、エスペラント語を話し、無政府主義者の地理学者エリゼ・ルクリュの本を息子たちに読み聞かせている。一方、カラブリア地方出身の少女は、兄弟が多くて貧しいベルガモット農家に生まれ、カトリックの信仰とともに育っていることが読み取れる。自然児のリベレーゾは、蟇蛙、ハナムグリ、蛇、カナヘビ、金魚など、庭に生息するさまざまな小動物を少女にプレゼントして彼女の気を引こうとする。それらの生き物を気味悪がる少女も、少年本人には関心をいだくようすがうかがえる。結局、少年は台所にしのびこみ、生き物たちを食器や鍋に入れて少女への置き土産にする。これが物語のあらすじである。ふたりが出会う庭は、カルヴィーノ一家が住んだメリディアーナ邸の庭を想起させる。

新進の作家が、イタリア解放からまもない時期に発表したこの作品に、牧歌的な明るさと希望を見出すことは困難ではあるまい。ここに描かれているのは、題名が示唆するように、原罪以前の楽園の風景であるかもしれない。あるいは、バベルの塔建設に端を発する「言語の混乱」以前に存在していた全人類の共通語、アダムの言語の話される理想郷が、国境も国民語の垣根も取り払われた来たるべき世界として描かれたのかもしれない。ただしカルヴィーノは、現実の戦後世界におけるそのようなユートピアの不可能性をも、楽園への侵入者をさりげなく描くことによって示唆していたようにも思われる。リベレーゾの体を這うアルゼンチン蟻が、その侵入者である。ここでは、その脅威には言及されていないが、一九五二年の短篇「アルゼンチン蟻」で、この侵略的外来種があらためてクローズアップされることになる。

非人間中心主義の系譜

カルヴィーノの作品には、なぜ多くの動植物が登場するのだろうか？

ルネサンスの根本思想が人文主義にあり、イタリアこそルネサンス発祥の地であるならば、イタリア文学の伝統の根幹を形成するのは、やはり人間中心主義ということになるのだろうか。その代表例として、キリスト教の束縛が解かれた人間の愛と欲望を鮮やかに描き出すボッカッチョの『デカメロン』が挙げられよう。しかし、それとはまったく別の伝統も存在するのではないか。まさにカルヴィーノが、古今の世界文学とイタリア文学のなかにたどろうとしたのは、人間中心主義とは別の系譜であった。それは、カルヴィーノ自らがそこに連なる系譜でもあった。カルヴィーノは、一九六八年に『アップロード・レッテラーリオ』誌に掲載された、科学と文学をめぐるインタヴュー（評論集『水に流して』所収）において、ダンテからガリレオに継承されたイタリア文学の深い使命は、文学の言葉をとおして宇宙のイメージをさぐることにあると述べている。これはまた、カルヴィーノ自身の『レ・コスミコミケ』や『柔らかい月』の課題でもあった。

カルヴィーノが最後に遺した評論集『アメリカ講義』のなかでも、「軽さ」「多様性」といった斬新な切り口によって一貫して模索されるのは、「偏狭な人間中心主義」を脱却して無限の多様性のなかに世界をとらえる認識と表現の方法なのである。そのような世界観の表現者としてカルヴィーノが念頭に置いていたのは、「存在するものいっさいのあいだに本質的な対等関係」を見出した『変身物語』の作者オウィディウス、ごく限られた数の無限の組み合わせによって宇宙の多様性がすべて表現されうると考えていたガリレオ、『月世界旅行記』でキャベツと人間の同胞愛を宣言したシラノ・ド・ベルジュラック、さらには、ガリレオをイタリア文学史上最高の散文家のひとりとみなしていた十九世紀の詩人ジャコモ・レオパルディである。カルヴィーノによれば、レオパルディは、とりわけ月をうたうことによって、「生存の耐えがたい重さについての絶え間ない思索のなかで、到達し得ない幸福の観念に軽やかさのイメージを与え」た詩人であった（『アメリカ講義』「1　軽さ」より米川良夫訳）。レオパルディの作品世界の中心にあるペシミズムは、たんに自らの苦悩に満ちた生を反映するものではなく、唯物論的で無神論的であるとともに、人間中心主義と地球中心主義をも否定する宇宙的なスケールをもっていた。

こうしたカルヴィーノの世界観は、一九五六年に出版された『イタリア民話集』序文の以下の言葉とも共鳴している。ここで編著者のカルヴィーノは、民話の本質のひとつが、「人、動物、草、物、すべての一体性と、存在するものすべてが無限に変容する可能性」にあると述べているのである。『イタリア民話集』は、『グリム童話集』に匹敵する民話集をイタリアでも刊行するという壮大な意図のもとに誕生した。収められた民話の数は、『グリム童話集』と同じく二百篇。イタリア全土から選ばれた昔話が、カルヴィーノ自身の手によって方言からイタリア語に書き直されている。

『アメリカ講義』「速さ」の章で、カルヴィーノは、コスモポリタン的イタリアにルーツをもつ自分が文学活動の一時期に民話に魅了されたのは、民族的伝統に忠実であろうとしたからではなく、簡潔でスピーディーな語りに魅了されたからだと説明しているが、カルヴィーノ文学の森が、民話的な想像力をその豊潤な養分としていることはたしかだろう。

父と息子の関係

短篇集『最後に鴉がやってくる』の初版（一九四九）には三十の短篇が収められていた。六九年の第二版も三十篇から成るが、初版から選ばれた二十五篇に、ほぼ同時期に書かれた五篇を新たに加えたものである。六九年版の注記のなかで、カルヴィーノはこの短篇集を主題ごとに三つのグループに分類している。ひとつ目は、レジスタンス（あるいは戦争や暴力）の物語。ふたつ目が、終戦直後のピカレスクな物語。三つ目が、少年や動物の多く登場する、リヴィエラ（リグーリア海岸）の風景が顕著なもの。

戦争物のなかで、パルチザンではなくドイツ兵の視点から、その逃避行がみごとに描写された「三人のうち一人はまだ生きている」（四九）は、「最後に鴉がやってくる」と対をなすような秀作である。狭い洞窟を這って進む裸のドイツ兵はついに脱出に成功し、柳の木のてっぺんに登り下界を見下ろす。ここでも木に登る行為は特別な意味をもつ。木の頂上はいわば、地獄から生還したアダムが、楽園の存在を確認するために必要な場所である。

第二グループには、「食堂で見かけた男女」（四七）「ドルと年増の娼婦たち」「犬のように眠る」（ともに四八）「十一月の願いごと」（四九）が属する。ここには、飢えや寒さをなんとかしのいで懸命に生きる人々が登場する。深刻になりがちなネオレアリズモ的な題材を扱うときの、カルヴィーノの軽妙でドタバタ喜劇的な語り口（とくに「ドルと年増の娼婦たち」）が注目される。

第三のグループは、「ある日の午後、アダムが」「荒れ地の男」（四六）「地主の目」（四七）「なまくら息子たち」（四八）「羊飼いとの昼食」などである。ここには、カルヴィーノが少年期を過ごしたリヴィエラの風景と家族の記憶が色濃く刻まれている。

「裁判官の絞首刑」「海に機雷を仕掛けたのは誰?」(ともに四八)は、これらの分類から漏れる、いわば政治的寓話である。

「工場のめんどり」(五四)と「経理課の夜」(五八)は、『最後に鴉がやってくる』初版にも六九年版にも収められていない。両作とも、それまでの主要中短篇を集めた五八年の『短篇集』第一部「むずかしい牧歌」に収録されている。解放から十年が経過し、高度成長期を迎えつつあるイタリアが作品の背景にある。「工場のめんどり」は、都市のなかの自然という『マルコヴァルドさんの四季』(六三)に通じるテーマを、「経理課の夜」は、産業社会における人間と機械の関係を扱っている。

「なまくら息子たち」には、一家の農地で作物を育てることに熱心な父と、無関心な息子たちが登場する。「地主の目」には、悪態をつきながら小作人をこき使うとはいえ、小作人から彼らの一員とみなされている地主の父と、文句は言わないが余所者として彼らから軽蔑されている息子が対照的に描かれている。自分の農場に情熱を傾ける父、そして父とは一定の距離を保つ息子。このモチーフは、五三年の短篇「空襲警報の夜」にも、六二年に執筆された短篇「サン・ジョヴァンニの道」(作者の死後、一九九〇年に出版された短篇集『サン・ジョヴァンニの道』所収)にも現れる。

カルヴィーノ家が住むメリディアーナ邸は、サンレモ市街を見下ろすサン・ピエトロの丘の中腹にあった。そこからさらに丘を登り、ラバ用の細い道を通ってようやくたどり着くサン・ジョヴァンニと呼ばれる土地に一家は畑をもっていた。短篇「サン・ジョヴァンニの道」には、この土地に情熱を傾ける父の姿が生き生きと描かれている。父マリオにとってこの土地は、自らの学問の実験場でもあり、また理想郷でもあった。そこでは、食糧難の時代に、自給自足を可能にするほどの野菜と果物が丹精をこめて栽培されていた。父は、「夏も冬も五時に起きてゲートルを巻いて」そこへ出かけてゆく。彼はまた、鳥の鳴き声をまねるのに長け（多くの動物が登場するカルヴィーノ文学で特権的な地位を与えられているのは鳥である）、動物の通り道を知り尽くした猟師でもあり、「犬か銃さえあれば、ピエモンテからフランスまで、森からまったく出ることなく」たどり着くこともできるのだが、息子のほうは、「草一本、鳥一羽も区別できない」。畑で獲れた新鮮な作物を、ラバに代わって運ぶのが、彼と弟の日課だったが（授業のある期間は免除されていた）、息子たちはその任務に父親ほどの情熱は感じていない。

カルヴィーノの自伝的作品では、父子の関係が大きな重みをもっている。そこには、息子と父のあいだに存在した距離感が意識されると同時に、自然を知り尽くした父親マリオへの敬愛も感じられる。たとえば、短篇「公認のゴミ箱」（『サン・ジョヴァンニの道』所収）では、自然と密接なかかわりをもった父親が、ロビンソン・クルーソーのように「自分自身の主人」だったと述べられている。それにたいし、都会に住む作家の息子は、「壁と、文字の書かれた紙の迷宮」のなかに囚われの身なのである（「サン・ジョヴァンニの道」）。また、父親は「野生の森という、非人間中心的な宇宙と向かいあってこそ（そこにおいてのみ）、人間は人間となる」（「サン・ジョヴァンニの道」）という考えのもち主だったという。民話の本質と通底するこのような世界観が、カルヴィーノ文学の中核を形成しているように思われる。

本短篇集所収の「荒れ地の男」も、いわば親子物の一篇である。ここには、父と息子の兎狩りの一日、そのかけがえのない時間が描かれている。ふたりが兎狩りに出かけるのは、空気の澄む風のない日の早朝である。この短篇の書き出しは、まるでシュルレアリスムの絵画のようだ。

早朝にはコルシカ島が見える。その風貌はまるで山をいくつも積んだ船が水平線のうえで宙づりになっているようだ。

リヴィエラからコルシカ島が望めることにまず驚かされるが、この描写から、地中海の神話的な風景が立ち上がってこないだろうか。カルヴィーノは、『くもの巣の小道』を一九六四年に再刊するさいに長い序文を付したが、そのなかで、ネオレアリズモ文学が何よりも、知られざる「さまざまなイタリアの多様な発見」だったと述べている。そして、いずれも四一年に出版されたヴィットリーニの『シチリアでの会話』とパヴェーゼの『故郷』を、ネオレアリズモ文学の双璧とみなしている。たしかに、『シチリアでの会話』が世に出ていなければ、どれだけの人々が、フィキディンディアの生い茂る荒々しいシチリアの自然と生活の貧しさを発見できただろうか。同じことがカルヴィーノにも言える。『くもの巣の小道』や『最後に鴉がやってくる』が書かれなければ、私たちはきっとリヴィエラの風景とそこに刻まれた歴史の真実を発見できなかったにちがいない。

（つつみ・やすのり／イタリア文学者）

訳者あとがき

「二十世紀文学の鬼才」「文学の魔術師」……生涯を通じて世界中の読者を魅了する作品を発表しつづけたイタロ・カルヴィーノには、様々な枕詞がついてまわる。しかし、最初の短篇集『最後に鴉がやってくる〔Ultimo viene il corvo〕』（一九四九年）に収められた三十の短篇が書かれたのは一九四五年から四九年にかけて、カルヴィーノはまだ二十代前半の青年だった。少し神経質で、いかにもシャイそうな、でも固い信念を持った青年カルヴィーノの姿を思い浮かべてほしい。二十歳になるかならないかの多感な年頃に戦争があり、パルチザン闘争に加わらざるを得なかった。そして、ようやく戦争が終わった。そんな時期に、ほとばしり出るような創作意欲でもって、自らの心のなかに深く刻まれていた数々の光景を言葉にせずにはいられなかったのだろう。

戦後すぐに書かれた自伝的な作品である「血とおなじもの」に登場する兄の描写、「どちらかというと夢想家で、ちがう惑星からやってきたお客さんのようなところがあった。拳銃に弾をこめることさえできそうになかった。そのくせ、民主主義とはなにか、共産主義とはなにかと熱弁をふるい、革命の歴史や、独裁者に抵抗する詩を諳《そら》んじていた」に、カルヴィーノ自身の姿が投影されていることは敢えて指摘するまでもない。だが、「僕はパルチザンや農民や密売人の物語を書くけれど、それぞれの物語においては、パルチザンも農民も密売人も、色彩や、語りの手法、鋭い心理描写を豊かにするための方便でしかない。結局のところ、僕が探求しているのは僕自身であり、僕が表現しようと試みているのは僕自身の姿なのだ」という言葉にあるとおり（『ウニタ』紙一九四七年一月）、寓話風にまとめられた短篇の随所にも、青年カルヴィーノがときおり顔をのぞかせる。

たとえば、「ベーヴェラ村の飢え」のラバ。「ラバは鼻面を地面すれすれにつけてひたすら歩きながら、黒い目隠しで限られた視界の内側で、驚嘆に満ちたものを観察していた。被弾してひび割れた殻から虹色の粘液を滴らせているカタツムリや、爆撃をくらった巣から白と黒の帯となって卵を抱えて逃げていく蟻たち、ひっこ抜かれて、樹木のような奇妙なひげ根を天にさらしている草……」。この描写からは、カルヴィーノがどのような思いでパルチザン闘争をくぐり抜けてきたかがうかがえないだろうか。

一九四九年に同短篇集がエイナウディ社から初めて刊行されたとき、驚くべきことに、初版はたったの千五百部だった。その二年前におなじエイナウディから刊行された長篇処女作『くもの巣の小道』の初版部数三千と較べると、いかに当時のエイナウディが短篇集というジャンルを過小評価していたかがわかる。じつはパルチザン闘争に身を投じる二年前の四二年、当時まだ二十歳にもなっていなかったカルヴィーノは、おなじエイナウディに別の短篇集を持ち込んでみたものの、「弊社は基本的に長篇小説の出版しか受け付けておりません」と断られている。また、カルヴィーノを見出したとされるパヴェーゼにも、短篇ではなく長篇の執筆を勧められ(それは『くもの巣の小道』として結実するわけだけれど)、カルヴィーノは作家のシルヴィオ・ミキエーリにこんな手紙を送っている。「僕は、短篇を集めた簡潔で美しくてきれいな本を作ろうと思っていたのに、パヴェーゼは駄目だと言うんだ。短篇は売れないから、長篇を書くべきだと。でも僕は、いまは長篇を書きたいとは思わない。一生、短篇を書いていきたいと思っている」。それほど短篇に強いこだわりを見せていた青年カルヴィーノが、ようやく念願の出版にこぎつけたのが、『最後に鴉がやってくる』だった。

解説でも触れられているとおり、一九四九年に刊行された同短篇集は、五篇が別の短篇におきかえられた第二版が六九年に出されたのち、七六年にもとの三十篇に戻され、以来、エイナウディからモンダドーリへと版元を変えながら読みつがれている。

今回、叢書〈短篇小説の快楽〉の最終巻として、本短篇集『最後に鴉がやってくる』を編むにあたっては、三十篇のうち、『魔法の庭』(和田忠彦訳、晶文社/ちくま文庫。なお、岩波文庫から復刊予定)ですでに邦訳されていた六篇(「蟹だらけの船」「魔法の庭」「小道の恐怖」「動物たちの森」

「菓子泥棒」「猫と警官」）と、『むずかしい愛』（和田忠彦訳、岩波文庫）に所収されている一篇（「ある兵士の冒険」）、そして、「直近の体験に物語という形を与える試みであり、記憶の喚起が感情の訴えに強く結びついたもの」としてカルヴィーノ自身が第二版（六九年）から除外しているとおり、対象から一歩距離をおいた特有の語りにまで昇華されておらず、ほかの短篇群とは趣が異なる二篇（"Attesa della morte in un albergo" "Angoscia in caserma"）を割愛した二十一篇に、『短篇集［I racconti］』（一九五八）より、少しあとの時期の作品になるものの、「工場のめんどり」（五四）と、「計理課の夜」（五八）を加え、計二十三篇とした。

これらの作品を通して読むことによって、さまざまな思索や試みの跡がうかがえる。第三者を語り手とした寓話風の物語を基調としながらも、全体を通して現在形で書かれた「なまくら息子たち」や「バニャスコ兄弟」のようなものもあれば、一人称で語られたもの（「羊飼いとの昼食」など、リグーリアを舞台として父と子の関係を描いた作品のなかに、息子の一人称で語られているものが多い）や、「裸の枝に訪れた夜明け」や「父から子へ」のように、村の農民たちを語り部とした昔話風の物語もある。「養蜂箱のある家」は世捨て人によるモノローグだし、「計理課の夜」では、まるで映像でも撮っているかのように、パオリーノの目に映った夜の会社の情景が現在形で淡々と、それでいてコミカルに綴られている。翻訳にあたっては、そういった個々の短篇の多彩さをできるかぎり忠実に再現するようにした。

カルヴィーノは、鋭敏な観察眼（そこには両親の影響があったと思われる）を駆使した緻密な情景描写と、出来事がスピーディーに展開していく軽妙な描写を交互に織り交ぜることによって、語りに絶妙な緩急をつけるのが得意な作家だ。こうした特徴はすでに最初期の短篇群にも顕著にみてとれる。細かな情景描写に没入しているときには、カンマをあまり打たない。どの程度意識してのことなのか、私には知る由もないが、まさにとめどなくあふれ出るような、カンマの少ない（場合によってはまったくない）文章のときには、なるべく訳文でも読点を少なくし（むろん、日本語とイタリア語では句読法の約束事が異なるために、完全に原文に一致させることは不可能だが）、そのような変化を訳文でも読みとれるように心掛けたつもりだ。

＊　＊　＊

長年待たれていた〈短篇小説の快楽〉全五巻の最終巻として、まったく予想もしていなかったバトンを不意打ちで差し出され、ついうっかり受け取ってしまったという感覚で始めた翻訳作業だったが、訳し進めていくにしたがって改めてその重みを認識し、バトンを受け取ったことを後悔したこともあった。それでも、まがりなりにもこうして刊行という一応のゴールにたどりつけたのは、むろんカルヴィーノの短篇たちの魅力も大きかったが、多くの方の助けがあったからこそである。

国書刊行会の樽本周馬さんには、訳文に丁寧に目を通していただき、編集者としての嗅覚としか説明のつかない鋭さで、どのように生じたのか訳者自身にもわからない原文との微妙なずれを指摘していただいた。なにより、こうしてカルヴィーノの初期の短篇とみっちり向き合う貴重な機会を与えていただいたことに感謝したい。

堤康徳さんには、カルヴィーノの魅力を余すところなく的確に伝える解説を寄せていただいただけでなく、訳文に対しても貴重なアドバイスをいただいた。

マルコ・ズバラッリには、カルヴィーノの厚みのあるイタリア語を解釈するにあたって、様々なヒントをもらった。いつ電話しても、「僕にとっても大切な短篇たちだから」と、あの時代のイタリアに特有の歴史・文化的な背景をきっちり押さえたうえで懇切丁寧に質問に答えてくれ、本当にありがたかった。皆さんに心よりお礼を申しあげる。

折しも、カルヴィーノの代表作である三部作〈我々の祖先〉の新装版が相次いで刊行されている。これまで未邦訳だった初期の短篇群（「最後に鴉がやってくる」のみ、『世界短編名作選　イタリア編』〔新日本出版社、一九七七年〕に米川良夫訳が所収されている）が邦訳作品に加わることによって、作家カルヴィーノの新たな魅力の発見につながるとしたら、訳者としてこれ以上の喜びはない。

二〇一八年　初春

関口英子

著者　イタロ・カルヴィーノ　Italo Calvino
1923年キューバ生まれ。両親とともにイタリアに戻り、トリノ大学農学部に入学。44年、反ファシズム運動に参加、パルチザンとなる。47年、その体験を元に長篇『くもの巣の小道』を発表、ネオレアリズモ文学の傑作と称される。その前後から雑誌・機関誌に短篇を執筆し、49年短篇集『最後に鴉がやってくる』を刊行。出版社で編集に携わりつつ作品を発表、一作ごとに主題と方法を変えながら現代イタリア文学の最前線に立ち続ける。主な長篇に『まっぷたつの子爵』（52年）『木のぼり男爵』（57年）『不在の騎士』（59年）『見えない都市』（72年）『冬の夜ひとりの旅人が』（79年）などがある。85年没。

訳者　関口英子（せきぐち　えいこ）
埼玉県生まれ。大阪外国語大学イタリア語学科卒業。イタリア文学翻訳家。おもな訳書にイタロ・カルヴィーノ『マルコヴァルドさんの四季』（岩波少年文庫）、プリーモ・レーヴィ『天使の蝶』（光文社古典新訳文庫）、カルミネ・アバーテ『風の丘』（新潮社）、ロベルト・サヴィアーノ『コカイン　ゼロゼロゼロ』（河出書房新社）などがある。ルイジ・ピランデッロ『月を見つけたチャウラ　ピランデッロ短篇集』（光文社古典新訳文庫）で、第一回須賀敦子翻訳賞受賞。

短篇小説の快楽

最後《さいご》に鴉《からす》がやってくる

2018年3月23日初版第1刷発行

著者　イタロ・カルヴィーノ
訳者　関口英子
発行者　佐藤今朝夫
発行所　株式会社国書刊行会
〒174-0056　東京都板橋区志村1-13-15
電話03-5970-7421　ファックス03-5970-7427
http://www.kokusho.co.jp
印刷製本所　中央精版印刷株式会社

ISBN978-4-336-04843-1
落丁・乱丁本はお取り替えいたします。

短篇小説の快楽

読書の真の快楽は短篇にあり。
20世紀文学を代表する名匠の初期短篇から
本邦初紹介作家の知られざる傑作まで、
すべて新訳・日本オリジナル編集でおくる
作家別短篇集シリーズ

聖母の贈り物　ウィリアム・トレヴァー　栩木伸明訳

“孤独を求めなさい”——聖母の言葉を信じてアイルランド全土を彷徨する男を描く表題作ほか、圧倒的な描写力と抑制された語り口で、運命にあらがえない人々の姿を鮮やかに映し出す珠玉の短篇全12篇。トレヴァー、本邦初のベスト・コレクション。

すべての終わりの始まり　キャロル・エムシュウィラー　畔柳和代訳

私の誕生日に世界の終わりが訪れるとは……なんて素敵なの！　あらゆるジャンルを超越したエムシュウィラーの奇想世界を初めて集成。繊細かつコミカルな文章と奇天烈で不思議な発想が詰まった20のファンタスティック・ストーリーズ。

あなたまかせのお話　レーモン・クノー　塩塚秀一郎訳

その犬は目には見えないけれど、みんなに可愛がられているんだ……哲学的寓話「ディノ」他、人を喰った異色短篇からユーモア溢れる実験作品まで、いまだ知られざるレーモン・クノーのヴァラエティ豊かな短篇を初めて集成。

パウリーナの思い出に　アドルフォ・ビオイ＝カサーレス　高岡・野村訳

最愛の女性は恋敵の妄想によって生みだされた亡霊だった——代表作となる表題作、バッカスを祝う祭りの夜、愛をめぐって喜劇と悲劇が交錯する「愛のからくり」他、ボルヘス絶讃『モレルの発明』の作者が愛と世界のからくりを解く九つの短篇。

最後に鴉がやってくる　イタロ・カルヴィーノ　関口英子訳

〈文学の魔術師〉カルヴィーノの輝かしき原点となる第一短篇集、待望の刊行！　自身のパルチザン体験や故郷の生活風景を描いた物語を中心に、戦後の都会を舞台にしたコミカルなピカレスクロマン、軽妙な語り口の風刺的寓話など全23篇を収録。